蒼天の王土

篠原悠希

角川文庫
23585

目次

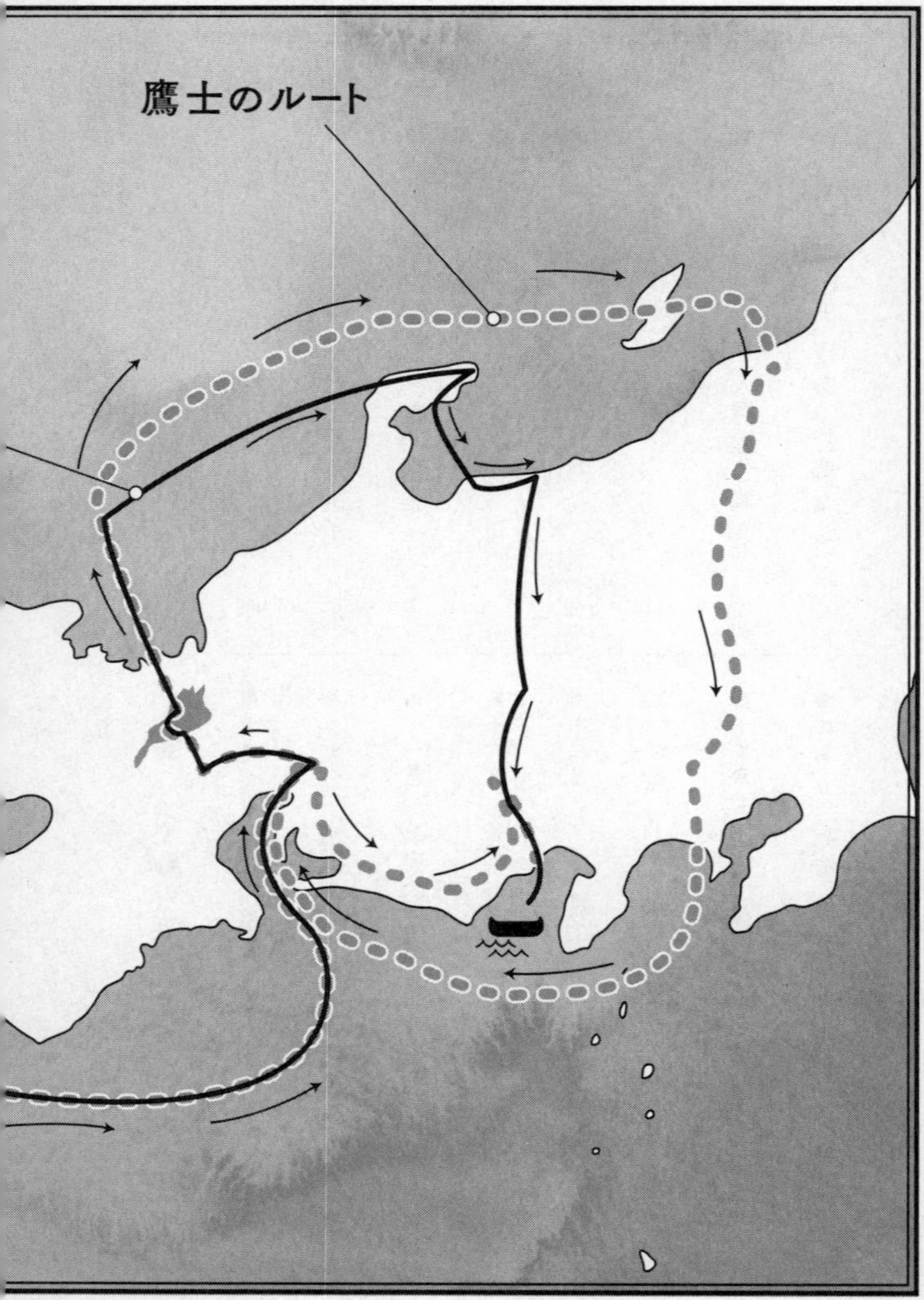

鷹士のルート

『蒼天の王土』の世界

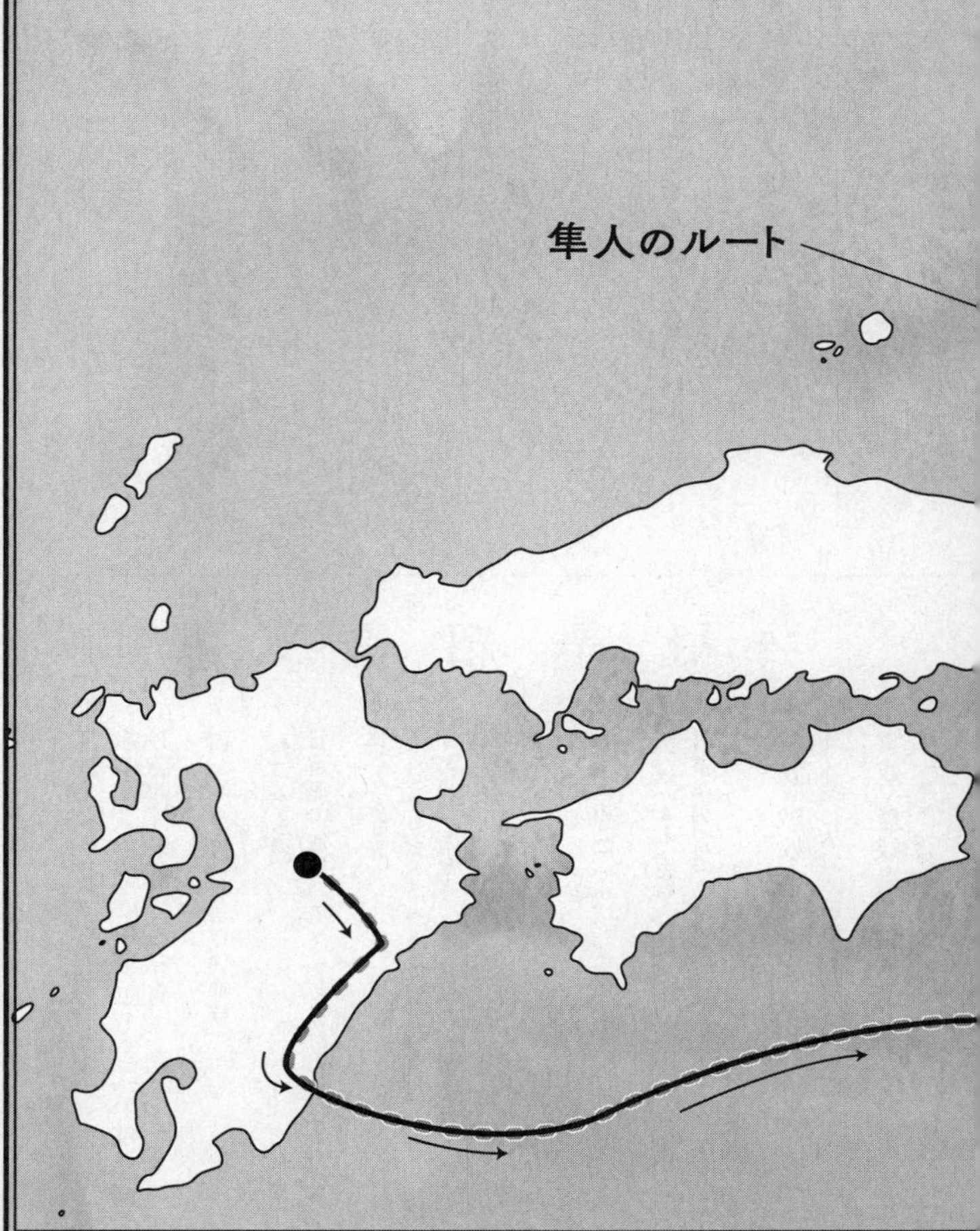

登場人物

【豊邦《とよのくに》】

◆隼人（はやと）
まっすぐで天真爛漫な神子。
隈邦の御子だが、忌み子として邦を追われ、
豊邦の冶金師の養子として育つ。

【津櫛邦《つくしのくに》】

◆鷹士（たかし）
隼人の年上の友人。恐ろしいほどの剣の使い手。
いつも無表情だが、情に厚く、幾度となく隼人を
救ってきた。長脛日子と剣奴との間の庶子。

◆長脛日子（ながはぎひこ）
日留座の一の御子。各邦へ戦を仕掛けている。

【日向邦《ひむかのくに》】

◆高照（たかてる）
日留座の娘で巫女。賢く勝気な呪術の使い手。

【隈邦《くまのくに》】

◆饒速（にぎはや）
日留座の御子。隼人の双子の弟。

◆真坂（まさか）
倭人の男。外来（けらい）の山師の子孫でも
あり、岩石や鉱物について豊富な知識を持つ。

用語紹介

◆日留座（ひるのくら）
邦でもっとも尊い存在。祀主（まつりぬし）。
久慈四神の末裔とされる。

◆御子（みこ）　日留座の血族。

◆兵（つわもの）
日留座の血族の男子から選ばれる戦士たち。

◆巫（かんなぎ）
それぞれの集落における神職の長。
その巫たちをまとめる存在が日留座。

◆巫覡（ふげき）
神職。巫（ふ）は女性、覡（げき）は男性。

◆神子（みこ）　未成年の巫覡。

◆大郷（おおさと）
日留座の宮のある郷。規模が小さく
なるにつれ、郷、邑、里と呼び方が変わる。

◆剣奴・戦奴（けんど・せんど）
北久慈における戦争奴隷。

◆宮奴・農奴・雑奴（きゅうど・のうど・ぞうど）
北久慈における奴隷階級。

「倭人は帯方の東南大海の中にあり、山島に依りて國邑をなす」

魏志　烏丸鮮卑東夷伝　倭人条（紀元二八〇―二九七）陳寿

序章

どろどろに溶けた銅と錫《すず》、鉛が紅蓮《ぐれん》の溶湯《ようとう》となって坩堝《るつぼ》の中で煮えたぎる。地床炉《ちしようろ》に据えられた坩堝は、まわりの火炎や中の溶湯に劣らず、高熱で真っ赤に染まっていた。

まだようやく十代の半ばと見える少年が、鹿革の厚い手袋をはめて取瓶《とりべ》の柄《え》をしっかりと握り、坩堝の溶湯をかき混ぜ、すくいあげる。そして鋳型《いがた》の受け口へ、赤く溶けた合金を慎重な手つきで流し込んだ。

季節はいまだ真冬の厳寒期であったが、冶金《やきん》工房の床に掘り下げられた炉から立ち昇る熱気と、初めての鋳込み作業の緊張で、少年の首や顔からは汗が噴き出していた。額に二重に巻いた鉢巻きのおかげで、前髪も汗も目に入ることはないが、使い古された革の手袋の中では、手のひらに汗がにじむ。

少年は溶湯を最後の一滴まで鋳型に注ぎ込み、取瓶を横に置いた。

鋳型は割れもせず、どの隅からも溶湯が漏《も》れ出る気配はない。

「よくやった、隼人《はやと》。うまくいったぞ。さすが冶金工房育ちというだけのことはある。

覚えるのも早くて手際もいい。隼人の父親が知れば、自慢に思うことだろう」

息を詰めて少年の作業を見守っていた年嵩《としかさ》の職人に褒められ、隼人はもっとも危険な作業を成し遂げたことに安堵《あんど》し、目を閉じてしゃがみ込んだ。

伏屋《ふせや》の開け放たれた戸から、弱い冬日が射し込む。隼人の目の前がすうっと暗くなった。霞《かす》む目を手の甲でこすり、連日の睡眠不足からくる眠気を払いのける。

まだ、鋳物を型から出し、はみ出したバリの部分を削り落とし、隼人が生まれて初めて自力で鋳造《ちゅうぞう》した鏡を磨き上げる作業が残っている。

冶金工房の職人たちが集まり、少し休むようにと隼人に声をかけた。

「仕上げの整形はおれたちがやっておく。隼人は少し休め。明日には日向《ひむか》へ出発するんだろう?」

「こんな雪の深いときに発《た》つなんざ、無茶をするものだな。春まで待てないのか」

隼人はあくびをかみ殺しつつ、口を挟んできた工房の親方にほほ笑み返す。

「雪が融《と》けるころは、腹を減らした熊が出て山越えは危ないし、春一番の滄海《そうかい》交易の舟に遅れたくないんです。できるだけ早い舟で、秋津島《あきつしま》に渡りたいんですよ」

隼人は阿曾《あそ》の冶金工房で働く冶金師たちに、屈託のない笑みを向けた。

このひと月、隼人に青銅器の鋳造をじっくり教えてくれた職人たちだ。先に銅鏡の仕上げを申し出た職人が、名残惜しげに隼人を引き留める。

「隼人は腕のいい見習いだ。ここで修業すればすぐに腕のいい冶金師になれるのに。秋津島に渡ったところで、久慈よりいい冶金工房なんか、見つからないぞ」

「冶金の原料になる銅鉄の鉱脈を、この大八洲で見つけたいんです。いまみたいに、大陸から買い求めなくても、すむように」

固い決意と希望に目を輝かせて、隼人は断言した。

大八洲とは、隼人が最近になって覚えた地名だ。

一年前までは、北久慈の東岸、豊邦《とよのくに》にある山間《やまあい》の小さな工人里で育った隼人にとって、四方を海に囲まれた火山の島、久慈大島《おおしま》が世界のすべてであった。土地の巫覡《ふげき》に教えられたままに、この久慈という島は阿曾の火山の地底にしろしめす、地母神クラによって創り出された大地であり、自分たちはその地母神によって産み出された四神の子孫であると信じていた。

そして、冶金師の養父のもとで銅冶金の修業を始めていた隼人は、自分たちが扱う青銅器の原料が、『大陸』と呼ばれる北や西の海の彼方《かなた》から持ち込まれていたこと、その代価として、久慈大島のあちらこちらから拉致《らち》され、連れてこられたひとびとが奴隷として取引されてきたことも、この一年で知ることになった。

そしてそれは、隼人自身が豊邦と隣邦《りんぽう》の津櫛邦《つくしのくに》との争いで捕虜にされ、津櫛の奴隷に落とされて学んだことだった。

そもそも、冶金の原料である銅や鉄は、どこで得られるのだろう。

それまで、考えもしなかったことだ。青銅の原料となる藍銅鉱《らんどうこう》や黄銅鉱《おうどうこう》の原石を、養父に見せてもらったことはある。だが、その鉱石はもともとどこにあって、誰がどのようにして見つけだし、久慈まで持ってきたのだろうか。

どの冶金師に訊《き》いても、『それは大陸から外来《けらい》の異邦人が持ってくるのだ』としか答えられない。久慈大島はもちろん、東の海峡を隔てた秋津島のどこかにも銅鉄の鉱脈があるらしいと教えてくれたのは、年明けに七歳の息子を連れて阿曽を訪れた倭人《わじん》の山師、真坂《まさか》だ。鉱脈を探す山師の仕事に興味を覚えた隼人は、真坂の話に夢中になった。

真坂は息子の頭を撫《な》でながら熱く語った。

『久慈や秋津、あるいは近くの島々で原鉱石が採れれば、女やこどもたちを奴隷にして、言葉も風土も違う異国へ売らなくてもよくなる』

真坂は外来の山師の子孫でもあり、岩石や鉱物、そして久慈大島はもとより、海の向こうの島々や大陸について、豊富な知識を持っていた。

かれの話によると、久慈大島は、秋津島、伊予島《いよのしま》、そのほか五島《ごとう》、対《つい》の島などといった大小の島々からなる、大八洲という諸島海域にある島のひとつに過ぎないという。

『大八洲で一番大きいのは、秋津島だ。久慈を大島と呼ぶのは、久慈の民だけさ。というのも、歩いて秋津島の北端に行って、久慈まで帰ってきた者がいまだかつてないくらい、秋津島は長細くて、大きな島なんだよ』

真坂は自分がその秋津島を知り尽くしたかのように、両手を広げてその大きさを強調した。

『そして、大陸にもないような、とても高い山がある。この世にふたつとない霊峰という意味で、「不二《ふじ》の山」と呼ばれているんだ。まだその山の北へは行ったことがないから、この夏はその先へ鉱脈を探しに行くつもりなんだ』

不二の山と聞いて、隼人の胸はいっそうときめいた。

かつて、年上の友人である鷹士《たかし》に、まだ誰も知らない広大な世界のありようについて、教えてもらったことがある。世界は四角い箱のようなもので、『宇宙』と呼ばれていること、天の四隅と地の四隅を合わせて『八紘《はっこう》』ということ。

それは、遠く海を越えた大陸のひとびとから伝えられた世界の形であった。誰ひとり行き着いたこともなく、見届けたこともないその八紘を、隼人はその目で見てみたいと思い、ならば世界で一番高い山に登るのが一番ではと、鷹士と話し合った。

真坂から大八洲の話を聞いた隼人は、さっそく鷹士に秋津島への渡海を持ちかけた。

『世界の果てを見に行こう。そして、その途中で鉱脈ってやつを見つけて、久慈に持ち帰れば、銅鉄の対価を払うために奴隷を狩る必要もないし、奴隷を狩るための戦もなくなるんじゃないかな』

津櫛邦の戦奴隷《いくさどれい》でありながら、鷹士は津櫛の一の御子《みこ》である長脛日子《ながはぎひこ》の庶子でもあった。物心がつく前から長脛日子の忠実な剣奴《けんど》を務めていたが、火邦《ひのくに》と津櫛邦との対立に巻き込まれ、隼人らとともに失われた神宝を捜し求める巡り合わせとなった。旅の間に見聞した久慈のありようを知るうちに、鷹士は久慈大島の覇権を狙う長脛日子の野心に疑問を持ち、地底の母神を祀《まつ》る久慈古来の信仰に心を寄せるようになった。冬の初めの降臨神事において、長脛日子の野望を挫《くじ》いたことから、身の安全のために久慈大島から離れる必要もあり、鷹士は隼人に同行することに同意した。

鷹士の了解を得て、隼人はさっそく真坂の秋津行きに同行したいと申し出た。真坂は旅の連れができたことを喜び、交易の季節に日向から出航することを約束した。

隼人は工人たちを相手に、意気込んで自分の夢を語る。

「おれたちに必要なものなら、クラ母神が授けてくれているはずです。この大八洲のどこかで鉱脈が見つかれば、倭人の海賊や長脛日子の奴隷狩りも、きっとなくなる」

冶金の技術が久慈の島にもたらされて数世代が過ぎたが、未《いま》だに原料となる鉱石を久慈や秋津で見つけた者はいない。工人たちは曖昧《あいまい》な笑みを浮かべて視線を交わしたものの、隼人の夢を否定も肯定もしなかった。

「見つかると、いいな」

工人たちは、次々と隼人の肩に手を置いて祈るように励ました。

初めて自分が意匠を考えて鋳型を彫り、自らの手で銅鏡を鋳造した隼人は、この年明けに数えで十四になった。

第一章　火邦の大郷、津櫛の比女御子

　出発の日の朝、隼人《はやと》は金銅の輝きを放つ銅鏡を柔らかなウサギの革に包んで、丁寧な手つきで腰の物入れに収めた。それから山越えの旅に必要な荷物を詰めた竹の荷籠《にかご》を背負い、藁《わら》の雪沓《ゆきぐつ》を履いて、この秋と冬を過ごした伏屋《ふせや》を出た。

　午前中には出発しなくてはならなかったのに、太陽がいつの間にか高く上がっていた。寝過ごしたうえに、銅鏡を磨くのに忙しく、前夜までに旅の準備もろくに終えていなかったからだ。

　火邦《ひのくに》の大郷《おおさと》の中央、阿曾《あそ》の巫覡《ふげき》の宮に近い二間《にけん》の高殿《たかどの》へと急ぐ。そこで旅の連れが隼人を待っているはずだ。

　隼人は、磨いた丸太に段々を刻んだ樹梯《はしだて》を昇り、縁廊《えんろう》に膝《ひざ》をつく。戸枠に手をかけた隼人は、前室が無人であることに軽い驚きを覚えた。

　高殿に住まうのは、クラ母神を祀《まつ》る巫覡見習いとして、阿曾で修行する津櫛《つくし》の比女御《ひめみ》子《こ》である。隼人より三つ年上の友人鷹士《たかし》は、この津櫛の比女御子の宮室に間借りしていた。

　長脛日子《ながはぎひこ》の長女である津櫛の比女御子は、火邦では微妙な立場に置かれた客人であった。

というのは、久慈《くじ》大島《おおしま》でもっとも豊かな津櫛邦《くに》と、久慈でももっとも古い歴史をもち、五邦《ごほう》の民から崇敬されている母神クラを奉じる火邦は、現在のところ対立しているためだ。それはそのまま、久慈大島の覇権を狙う長脛日子と、久慈五邦の調和を願う母神クラの信仰を貴ぶ津櫛の比女御子との反目となって、久慈のひとびとの目にも明らかになりつつある。

さきの母神降臨神事において、津櫛の比女御子は次代の日留座《ひるのくら》となることをクラ母神に預言された。修行のために火邦に留《とど》まった比女御子ではあるが、その実態は長脛日子を牽制《けんせい》するための人質でもある。

その比女御子の高殿に鷹士が身を寄せることを許されたのは、神事で負った重傷の治療と療養のためであった。神事に介入して同じく重傷を負った隼人だが、先に回復して見舞いに通っていたときも、鷹士が前室よりも奥に上がるのを見たことはない。母親の違う弟とはいえ、長脛日子の子の数に入れられることなく、生母と同じ奴隷の身分である鷹士が、比女御子の私室に入ることはありえなかった。

しかしこの日は、帳《とばり》の奥で慌しく動くひとの気配がする。

比女の私室に鷹士が上がっているところに、他人が来合わせていいものかと隼人は迷った。

――前室の戸は開いているから、やましいことはないんだろうけど。

隼人はためらいつつ、敷居ににじりよった。

奥室からは『しゅっ、しゅっ』と衣《きぬ》ずれの音がする。かちゃかちゃと金属の触れ合う音や、革のこすれ合う音が続いた。

「比女」

鷹士の低い声が奥室から聞こえ、隼人は飛び上がりそうになった。

「きつすぎますか」

津櫛の比女の涼やかな声が問いかけた。

「いいえ。隼人が、来たようです」

隼人が樹梯《はしだて》を上がる軋《きし》み音を、鷹士の鋭い耳が聞き逃すはずがなかった。ひとりでもじもじと中のようすをうかがっていた気配も悟られているのだろう。隼人は縁廊から訪《おと》ないの声をかけた。

奥室と前室を仕切る白麻の帳を上げて隼人を迎えたのは、津櫛の比女御子そのひとであった。二十歳を少し過ぎた美しい貴人に、隼人は慌てて床に手をつき頭を下げた。

「顔をあげなさい、隼人。よく来てくれました。顔色が冴《さ》えないようですが、体調がよくないのですか。一日二日くらいなら、出発を延ばすこともできますよ」

「いえ、寝不足なだけですから。旅に出れば、夜は動き回れないぶん、かえってたっぷり眠れます」

少しずつ日の出が早くなり、日没は遅くなってきたが、野山を歩くにはまだまだ夜の時間が長い。

「元気ですね」

津櫛の比女御子は、にっこりとほほ笑んで隼人を室内に導き入れた。

隼人は貴人の私室に上がるのは初めてだ。床は美しく磨きこまれ、造りつけの棚に並ぶ器や小瓶も、丹土《につち》を焼きこめた鮮やかな赤彩を放ち、小箱や器は細やかな装飾が目を引く。もっとも質素な道具でさえ、黒漆の艶《つや》やかさに目を奪われる。

棚には弓矢が一式、そして真新しい矛《ほこ》が立てかけてあった。鬼包実材《おにぐるみ》の長柄《ながえ》が差し込まれ、陽光に煌《きらめ》く金銅の刀身が目に沁《し》みる。数日前に隼人が鋳造し、鷹士に贈った新品の矛だ。

秋津《あきつ》に行くと決めてから、ひと月半しかなかった。その間に錫《すず》や鉛の配合量の異なる武器の矛と、装飾品の鏡をひとつ作り上げたのだ。限られた日数で鋳型を彫るために、隼人は何日も工房に泊まり込み、夜は遅くまで灯火を頼りに作業に打ち込んだ。寝不足になったのも無理はない。

「矛の長柄、ずいぶんと早くできたな」

隼人へとふり向いた鷹士の横顔には、切れ長の目尻《めじり》を強調するように薄《すすき》の葉に似た細く尖ったゆるやかな曲線と、頬骨に沿って三本並んだ鎌形の刺青《いれずみ》が彫り込まれている。その鋭利な刃物に似た青緑色の刺青は、見た目は十代の後半と見える若者に、年には不相応な凄《すご》みを添えていた。

「秋猪《あきしし》に矛を見せたら、長柄を兵庫からあつらえてくれた」

阿曾の兵頭《ひょうどう》、秋猪は鷹士に好意的だ。

鷹士の返答に、改めて鷹士の旅装に目を留めた隼人は、さらに驚かされた。

「旅支度っていうより、戦の準備でもしているみたいだ」

鷹士は渋染《しぶぞめ》の真新しい袷《あわせ》の上着と筒褌《つつばかま》を身につけていた。その上から、真紅の絹紐《ひも》で接ぎ合わせた黒漆塗りの革短甲《たんこう》と革籠手《こて》を装着している。柿渋《かきしぶ》で染めた淡い朱黄色の麻《あさ》衣《ごろも》は丈夫で、虫を避け水を弾《はじ》き、皮膚の病から着るものを守るという。津櫛の比女の、異郷の地へ旅立つ異母弟への配慮が感じられた。

神事のおりに火の粉を浴び、焦げて縮れたために短く削《そ》がれた鷹士の髪は、冬の間に肩まで伸びていた。首のうしろでひとつに束ね、こぼれる前髪や横の髪は貝紫で染めた鉢巻きで押さえてある。

鷹士が革籠手の結い紐を調整しつつ、手首を返す度に、籠手から見え隠れする袖口《そでぐち》の括《くく》り紐の鮮やかな赤。胸には赤い勾玉《まがたま》を中央に、粒のそろった真珠や珊瑚《さんご》を連ねた瓔珞《ようらく》、そして腰に佩《は》いた鉄剣に、隼人は溜息《ためいき》をつく。

隼人の帯は赤く染めてはあるが色褪《あ》せ、丈の短い貫頭衣《かんとうい》は洗いざらしで膝頭がむき出しだ。身に着けた装身具といえば、隈邦《くまのくに》の御子で双子の弟、饒速《にぎはや》から贈られた三連の腕輪だけだ。滑らかな白地に朱色の紋様が入った腕輪は、南方の海でしか採れない護宝螺《ごほうら》という大きな巻き貝から作られた珍重なもので、真珠や玉石に決してひけをとるものではない。

とはいえ、色彩華やかな津櫛の兵装の横に立てば、比べものにはならなかった。気落ちした隼人の心を見透かしたように、鷹士が言った。

「お前の胴着も新しい服も、用意してある」

「隈の御子のしるしは緋《ひ》の色とうかがいました。鉢巻きも帯もできるだけ濃い朱で染めさせました」

津櫛の比女は、笑みを湛《たた》えて衣籠《いかご》を差し出す。

隼人の上着は頭からかぶる貫頭衣で、色は鷹士と同じく渋染であった。裾《すそ》は長めで、北久慈の貴人男子が穿《は》く脚衣はなかった。

隼人は手渡された新しい衣に少しがっかりし、同時にほっとした。北久慈の貴人や兵《つわもの》が着るような、袷の上着や筒褌に憧《あこが》れがないわけではないが、やはり着慣れた服のほうが便利で動きやすい。

さらに差し出された髪を押さえる鉢巻きも、胴着の幅広帯も、鮮やかな赤だ。そして朱色に染め上げられた仔鹿《こじか》革の柔らかな袖なし胴着。

ここまで気前良く赤を身にまとうと、本物の御子になったような気がする。もっとも、久慈の南端、隈邦の日留座《ひるのくら》は隼人の実父である。双子を忌む風習のために、幼いうちに両親に捨てられた隼人は、旅の冶金《やきん》師に拾われてその養子となり、北久慈の工人里で育ったのだ。

「こんな上等な衣、おれなんかには、もったいないです」

津櫛の比女が、手ずから隼人の帯を結ぶのに恐縮し、隼人は口ごもりながら遠慮した。

「ご自分を卑下するものではありません。隼人のおかげでわたしたちはここにこうして健やかにいられるのです」

高貴で気品に満ちた津櫛の比女の、手放しの感謝を浴びて、隼人は身を縮ませた。

久慈の調和を乱す父の罪を背負い、久慈の地母神クラを鎮めるために、自ら贄《にえ》となることも覚悟した津櫛の比女御子は、隼人と鷹士が失われた久慈の神宝を捜し出したことで、その命を救われたのだ。

久慈大島にはクラ母神より授かったという十二神宝を奉じる火、津櫛、豊《とよ》、日《ひ》向《むか》、隈の五つの邦があり、それぞれの邦では祭祀《さいし》の長である日留座を頂点に、大地の神とその祖神を祀ってきた。

津櫛邦と豊邦、そして隈邦の失われた神宝を捜し出して母神を降臨させ、久慈信仰の権威をふたたび地上に取り戻すことができれば、長脛日子の野心を阻むことができる。

そう火邦の日留座に諭され、異母姉を救いたい鷹士と、長脛日子を止めたい隼人の利害が一致し、少年たちは神宝の探索に出た。豊邦の神剣はとうとう見つけ出せなかったが、鷹士が母方の一族から受け継いだ大陸渡来の剣を代わりに差し出すことで、母神の降臨神事はかろうじて成功した。

隼人らが身支度を終えると、津櫛の比女は黒漆で目詰《めづ》めした細長い籠を棚からおろした。

津櫛の比女は、嬉しげな笑みを少年たちに向ける。

「薬女《くすめ》に調達を命じておいた品が届きました。出発に間に合ってよかった。史人《ふみと》もサザキも、大郷の巫覡の宮に落ち着いて、修行に励んでいるそうですよ」

夏の神宝探索をともにした隼人の幼馴染《おさななじみ》の少年たちは、年が明けると火邦に囚われていた津櫛の貴人、薬女について津櫛の大郷へと発った。豊邦の捕虜として津櫛の貴人に仕える不自由は察するものの、友人の消息に隼人は胸を撫《な》でおろす。

ほっとする隼人へと、微笑をたたえてうなずきながら、津櫛の比女は籠の紐をほどき両手で蓋《ふた》を開けて、ふたりの前に差し出す。

「父君に知られぬように取り寄せるのは難しいことでしたよ」

「比女、これは――」

鷹士は息を呑《の》んだ。横から首を伸ばして籠の中をのぞき込む隼人の目を、金銅色の輝きが射た。初めて目にする異様な形状の銅器に、隼人も息を呑む。

「『御魂代《みたましろ》の鉤守《かぎまもり》』を知っていますか。隼人」

隼人は「いいえ」とまごつきながら答えた。

津櫛の比女は鉤守りをひとつ手にとり、隼人に差し出した。黄色味の強い合金で造られた、艶《つや》やかに輝く半球から、猛禽《もうきん》の鉤爪のような腕が七本、放射状に突き出ている。

「この鉤爪には、護符を持つものの魂を繋《つな》ぎ止める呪力《じゅりょく》が込められています」

比女が鉤守りを裏返すと、背面には紐を通せるように細工がしてあった。津櫛の兵《つわもの》が、盾などに結いつけて破邪の護符とするものだという。

「美しいものですが、人目を引くのはよくありません。水を弾く鯨革の物入れを用意しました。この物入れの底にしまって、常に身に着けておきなさい」

初めて見る七鉤守りの護符のきらきらしさに、純銅をどれだけ贅沢《ぜいたく》に使えばこんな色が出るのか、どういう錫の配合で、このような薄さの繊細かつ鋭い鉤の形を、この硬さで鋳出せるのかと、隼人は感嘆の息を漏らした。その横で、鷹士は鉤守りを両手に固く握りしめ、顔を上げなかった。

「鷹士。ひとときも心たゆませることなく、隼人をお守りするのですよ」

津櫛の比女は、隼人に向かって両手をつき、頭を下げた。

「隼人。頼りないところのある子ですが、どうか、鷹士をよろしくお願いします」

鷹士が頼りない人間だと、隼人は一度も思ったことがない。

出会って以来、数えきれぬほど鷹士に窮地を救われてきた隼人は比女の言葉に驚き、ただでさえ大きな目を見開いて言葉を失った。

＊　＊　＊

ひと冬世話になった阿曾のひとびとに見送られて、隼人と鷹士は真坂《まさか》の案内で阿曾の大郷を旅立った。とはいっても、雪で難渋するであろうと、阿曾の外輪山を越えるまでは兵頭の秋猪《あきしし》と阿曾の兵たちがついてきて難所の登攀《とうはん》に手を貸してくれた。

別れ際に、秋猪が峠の向こうに連なる東の山並みを指さして言った。

「高千穂《たかちほ》を下ってしまえば、雪も深くないはずだ。日向の東岸は、冬でも暖かくてあまり雪は降らない。北久慈と、それほど変わらんのではないか」

「北久慈も、わりと降るよな。そんなに積もらないけど」

鷹士が黙っているので、隼人は水を向けた。鷹士は気の入らない声音で「そうだな」と応《こた》える。

秋猪は我が子を旅に出す父親のように、あれこれと細かい注意を長々と続ける。

「冬の間はひとの行き来がなかったから、邦通道《くにのかよいじ》は荒れているかもしれん。道標《みちしるべ》を見失うことのないよう、気をつけろ。岩場が凍っていればもちろん、雪の深いところは避けろ。枯れ葉溜《だ》まりは濡《ぬ》れているだけでも滑りやすい。崖際《がけぎわ》は転落したら死ぬと思って慎重にゆけよ」

各邦の大郷を結ぶ邦通道とはいえ、ひとりひとりの旅人が踏み分けてできた幅の細い道である。ひと季節でも人通りが途絶えれば、すぐに草木や土砂に覆われて見失ってしまうことは珍しくない。

「秋猪」

言い残したことはないかと話の止まらない秋猪を、鷹士が遮った。

「津櫛の比女御子を、お願いします」

両の握りこぶしを腿《もも》の脇に垂らし、軽く頭を下げる。足場が悪いのでなければ、膝をついて頼み込んでいたかもしれない。

「もちろんだ。比女御子には、久慈のためにも津櫛の日留座《ひるのくら》についてもらわねば困る。鷹士も隼人も、比女御子の力になれるよう、長脛日子に対抗できるだけの実力をつけて、必ず帰って来いよ」

「きっと帰ってきますよ！　銅鉄の鉱脈を見つけて、長脛日子の戦奴《せんど》が何百襲ってきたところで、充分に戦えるだけの武器が作れるくらいの鉱石を持って帰ります！」

唇をぐっと引き結んで何も言わない鷹士の横に立って、隼人は半ば背伸びをするようにして応える。

秋猪は壮年の逞《たくま》しさと、火邦の兵《つわもの》を束ねる落ち着きを湛えてほほ笑み、少し先に立ってかれらを見守っていた真坂へと視線を向けた。

「真坂とやら、こいつらはまだ若くて未熟だが、久慈の宝だ。良い経験をたくさんさせてやって、必ず連れ戻ってくれ。頼んだぞ」

「まかせてくださいよ」

まだ知己となって間もないが、隼人は真坂からたくさんの知識を学んだ。その足で海の向こうや、大八洲《おおやしま》の大小の島々を巡ってきたという真坂の体験談は、代々口伝で語り継がれてきた巫覡たちの話よりも、少年を興奮させた。

夏であれば一日で越せる火邦の外輪山も、邦通道を覆い尽くす雪の深さを探りつつ、滑らないように慎重に歩を進めなくてはならず、いくらも山を下らないうちに日が陰ってきた。

「真冬に野宿かぁ」

雪をかぶった深く薄暗い森の中で、隼人は白い息とともにつぶやいた。先を行く真坂がふり向いて応える。

「野宿だが寝るところはあるさ。あの枝に赤い紐が三本結びつけてあるだろ。あれは岩屋か手掘りの洞穴が近くにあるって目印だ。居心地がいいかどうかは、わからんがな。雨風がしのげるだけでもありがたい」

定期的に邦通道を使う猟師や行商、土地の巫覡が残した標《しるべ》を見つけては、真坂は隼人たちを案内する。深い草に覆われた崖に沿って、数人が並んで横になれそうな岩屋があった。

「土蜘蛛《つちぐも》の住処《すみか》だったり、しないよな」

隼人がおっかなびっくり訊《たず》ねる。

土蜘蛛とは、阿曾山麓《さんろく》の森に住む五邦のいずれの民にも属さないひとびとだ。背が高く、手足が長いので土蜘蛛と呼ばれている。かれらの間でのみ通じる言葉を話し、とても身軽で足が速く好戦的だ。戦って急所を突けばあっさり死んでしまうのは、隼人ら久慈の四族や、真坂のような渡りの民と変わらない。伝説によれば、クラ母神が最初に創造した祈りのヒト族であるともされている。だが、他の民との交流を拒み、阿曾の樹海を熟知する土蜘蛛と、このような深い森の中で遭遇するのは遠慮したかった。

「あいつらは、邦通道の近くには出てこない。おれたちはよほど嫌われてるみたいだ」

真坂が請け合ったので、隼人は安心して岩屋に落ち着き、火を熾《おこ》すのを手伝った。

小枝に刺した干し肉や、練り飯《めし》の団子を焚《た》き火で炙《あぶ》っているうちに日が暮れる。積み重ねた枯れ枝の上で躍る炎の光が届かぬ先は、みるみる闇と静寂に覆われていった。

腹ごしらえのあと、鷹士が銅鍋《なべ》で湯を沸かし、湯に入れる生姜《しょうが》を刻んでいるのを横目で眺めながら、真坂が真顔で訊ねる。

「隼人たちは、本気で津櫛の長脛日子とやり合うつもりか」

襲ってくる眠気を我慢しつつ、隼人は苦笑した。

「やり合えるかどうかわかんないけど。おれたちにできることで、長脛日子を止める方法を見つけ出せたらいいと思う。銅鉄の鉱石をいっぱい手に入れて武器を用意しておけば、とりあえず津櫛のやつらが攻めてきても、おれの育った阿古《あこ》の里《こざと》みたいに為す術《すべ》もなくやられないんじゃないかと思う。阿古の里は武器もなく、工人と農奴しかいなかったから、あっというまに燃やされて、みんな捕まって津櫛の奴隷にされてしまったんだ」

黙って生姜湯を作る鷹士をちらりと横目で見て、隼人は自分の来し方を真坂に話した。

「隼人は豊邦の人間だったのか。じゃあ」

真坂はもの言いたげに鷹士の顔へと視線を移す。鷹士は沈黙したまま、沸騰する湯を眺めている。隼人は少し口ごもって先を続けた。

「出会ったときは、敵と味方だったけど、死にかけたところを鷹士に助けられて――」

隼人がその先を続けようとしたとき、唐突に鷹士が口を挟み、隼人の話を遮った。

「隼人は冶金師見習いとして津櫛の大郷へ送られるはずだったが、母神の宣託を受けた隼人が秋津に鉱脈を探しに行くと望んだので、心配なされた比女御子がおれに護衛を命じられた」

あれ、と隼人は思った。秋津行きは鷹士の意思で決めたものだと思っていたからだ。鷹士の言葉に嘘はないが、かなり端折《はしょ》っているし、必ずしも真実ではない。

鷹士は父親と呼ぶことを許されない長脛日子の剣奴《けんど》として、繰り返し戦に送り出されては、死ぬまでただひたすら敵と戦うだけの生き方に倦《う》んでいた。長脛日子の手の届かない秋津へ渡れば、そして、頬骨に刻み込まれた鎌形の刺青の意味を、誰も知らない土地まで逃れれば、奴隷ではない生き方を見つけられるのでは、という隼人の提案を、鷹士は受け入れたのではなかったか。

それに、秋津ではふたりでやらねばならないことが、もうひとつある。

クラ母神の降臨神事で、隼人は『潮の示す道を行け』と、そして鷹士は『神々は去り、王の時代がくる』と告げる女神の声を聞いた。

神々の声を聴く者がひとびとの調和を保つのではなく、力ある者が民を支配する『王の時代』。

久慈を守ってきた神々は去り、ひと握りの人間が力ずくで民を支配するために、クニとクニが武器を以《もっ》て争い、ひととひとが殺し合う。そんな『王の時代』が長脛日子の目指す世界であった。

久慈では長い間、五邦それぞれの頂点に在るのは、地母神クラの御鎮魂《みたましずめ》を務めとする日留座《ひるのくら》であった。しかし、日留座はひとびとを支配する権力者ではない。それぞれに自治を営むあまたの郷邑《ごうゆう》をゆるやかにつなぎ、諍《いさか》いあれば占いを以て調停し、相和をうながす地の天秤《てんびん》であった。

日留座の血族は貴人とされ、近親は御子と敬われて巫覡となるか、男子は大郷を守る兵《つわもの》となり、女性は邦内か他邦の貴人の妻となる。

津櫛邦の日留座は高齢で、直系の御子である長脛日子が彼の野心のままに戦奴を増やし、この数年は武力で以て隣邦の邑《むら》や郷に津櫛への帰順を要請してきた。隼人の育った豊邦の阿古の里は、問答無用で焼き払われて、生き延びた里人は拉致《らち》された。阿古が工人の里であったことから、特に冶金職人を津櫛に多く取り込むためであったと、のちに知ることができた。工人と女こどもは津櫛の大郷へ連行され、成人に満たない隼人ら里の男児は、戦奴に育てられるために別の邑へと連れて行かれた。

隼人は、敬愛する養父と兄がいまも津櫛の工人区郭《くるわ》で冶金を続けているところまでは突き止めたが、母と妹がどうなってしまったのかはわからない。戦奴邑から逃げ出すことも、火邦に押しつけられた試練を投げ出すこともできなかった隼人は、津櫛の大郷に近づくこともままならないでいたのだ。

戦奴邑で聞かされた、腕のいい冶金職人は大事にされるという鷹士の話を信じて、家族も無事であると祈るほか、隼人にできることはなかった。

――おれが、無力でなにもできないこどもだから、とうさんたちを助けられない。だけどおとなのとうさんは、津櫛に連れて行かれてもうまく立ち回って冶金を続けている。

隼人は帯に下げた小さな銅鏡に手を置き、そっと握りしめた。津櫛の大郷から一日という距離にあった郷の市で見つけた銅鏡だ。雛鳥《ひなどり》に囲まれた隼《はやぶさ》を背面に刻み込んだ珍しい意匠に、隼人はすぐにそれが養父の作だと確信した。

そのとき隼人は、いまは津櫛の大郷に潜入して家族を逃がすことも、安全な場所へ連れて行くこともできない無力な自分だが、必ず力を蓄えて家族を救い出すと誓ったのだ。

その道行きに、鷹士が最後まで同行してくれたら心強いが、久慈に舞い戻って父親に剣を向けることまでは、隼人は期待していない。久慈から離れたどこか遠くで、津櫛のしがらみから解放されて、別の生き方を見つけることができれば、鷹士はこれ以上苦しまなくてすむのではと、隼人は思う。

「鷹士はおれの護衛か？」

隼人は釈然としない気持ちで訊ねた。ついこの間まで、隼人は剣奴の鷹士の付き人を務める雑奴《ぞうど》であったのに、いきなり守られる立場になっている。鷹士は生姜湯を銅鍋から木の椀《わん》に注ぎ、隼人に手渡しつつ応える。

「護衛だ。おまえは考える前に行動に移して、無茶ばかりするからな」

「なんだよ、ひとをお荷物みたいに言いやがって」

ふうふうと熱い湯に息を吹きかけながら、隼人は不機嫌に言った。鷹士は真坂にも生姜湯を渡す。

「おれが最初に火の番をする。真坂と隼人は寝ろ」

鷹士がずっと年上の真坂に横柄な物の言い方をするので、隼人は尻の据わりがよくない。なんとなく真坂に申し訳ない気がしたが、黙って生姜湯を飲み干した。

「寝る前に用を足してくる」

椀を置いて立ち上がった隼人は、焚き火からできるだけ離れて繁みを探した。背後に誰かの気配を感じてふり向くと、鷹士が立っていた。

「鷹士。こんなとこまで護衛しなくていいよ。暗いからってひとりじゃ外で用の足せない幼子じゃないんだから」

鷹士は口に指を当てて、黙るように目配せした。

「真坂には、おれたちの出自を話したのか」

押し殺した声で問いかけてくる鷹士に、隼人は首を横に振った。

「別に、他人に言うことじゃないだろ。おれは豊の工人の子で、鷹士は津櫛の兵《つわもの》だっていう、阿曾の大郷で噂されていた以上のことは、話してない」

隼人が隈の日留座《ひるのくら》の直系でありながら、双子であったことから捨てられた忌まれ御子であったことや、鷹士が長脛日子と異国人の奴隷との間に生まれた剣奴であったことなど、誰にも言う必要はない。

　鷹士はうなずいた。

「火邦と津櫛邦の戦いと、十二神宝探索のことも、話していないな？」

　隼人は念を押され、鼻白んで首を横に振る。

「誰にも話してないよ。火邦の日留座《ひるのくら》に口止めされてるし」

　鷹士は満足したように、ふたたびうなずく。

「真坂には、詳しいことは何も話すな」

「鷹士は、倭人《わじん》が嫌いだったな」

　久慈の四神の裔《すえ》ではない、しかし久慈大島や秋津島の沿岸のどこにでも姿を現し、交易を行うこともあれば、無防備な郷を襲って拉致した住人を異国へ売り飛ばす海賊の多くが、倭人であるとされている。その正体や本拠地は知られておらず、またそうした海賊たちが倭人というひとつの民なのかどうかも、わかっていない。

　この、大八洲の沿岸に分散して略奪を働き、北久慈の貴人たちと通婚し、海洋を自在に行き来して、ときに集合しては大陸の戦争にも介入するという倭人なるものを、鷹士は好ましく思っていない。

「好きも嫌いもない。何人であろうと、まだよく知らぬ人間を簡単に信用するな。ましてお前は脱走奴隷、おれは裏切り者。津櫛へ戻らぬ以上、おれたちが追われる身であることを忘れるな」

確かに、隼人は真坂とは知り合って間もない。人好きのする人柄に、豊富な知識と興味深い話で隼人を魅了してきたが、彼自身については、どこの生まれ育ちで、いまはどこに家族が住んでいるのかは聞かされていなかった。七つになるという息子と会ったのも、最初のうちの二回きりだ。真坂が各地を渡り歩く山師であるということのほかは、何一つ知らなかった。

「わかった」

隼人が短く答えると、鷹士は踵《きびす》を返して岩屋へと戻っていく。

――追われる身。

長脛日子は脱走した奴隷を、火邦についてかれの久慈覇権の野望を挫《くじ》いた息子を、決して許さないだろう。だから、津櫛の比女御子はふたりを秋津に送り出したのだ。日向の浜から大海原へ漕《こ》ぎ出すまでは、まだ自由になったと安心してはならない。

第二章　高千穂の死闘、津櫛の忍熊

雪融《ど》けの道はぬかるみ、歩きにくい。

阿曾《あそ》の外輪山を越え、高千穂《たかちほ》の里《こざと》へと続く邦通道《くにのかよいじ》は、交易路とは思えぬほど細く険しい。枝に結ばれた目印の細布は風霜に色褪《あ》せ、岩に塗られた丹土《につち》や白粉は雨風に剝《は》げ落ちていた。秋猪《あきしし》が警告したとおり、冬の間は往来のなかった山道には濡《ぬ》れた朽ち葉が積もり、岩場は古苔《ふるごけ》で滑りやすく、泥道は足をとられる。

真坂《まさか》と鷹士《たかし》は足場の悪さをそれほど苦にしたようすはなかったが、経験の浅い隼人《はやと》は狩猟用の短い槍《やり》を杖《つえ》代わりにして、雪の深さを測ったり、岩の上に張った氷をついて確かめたりしながら慎重に進んでゆく。

一行は渓流沿いに日なたを見つけ、背に負った荷籠《にかご》を下ろして休憩をとった。樫《かし》の実の粗《あら》挽き粉と黍《きび》粉に、刻んだ干し柿を練りこんだ甘みのある蒸し餅《もち》を頰張りながら、隼人は航海について真坂を質問攻めにする。

何日もかけて、夜も昼も東へと航海を続けるという話だが、水や食糧はどうするのか。隼人は丸太を刳《く》り貫《ぬ》いた刳舟《くりぶね》しか見たことがないが、交易の荷はどういったものを載せるのか、何人も乗れないのではないか、などと疑問は尽きない。

真坂は経験の豊富さを披露して、隼人の質問にひとつひとつ答える。空と海しか見えない旅、足の下は千尋《ちひろ》の海水という船旅に、隼人は得体の知れない恐怖を感じてごくりとつばを呑《の》んだ。

「毎日が釣り上げた魚ばっかりじゃ、いくら新鮮でも飽きてしまいそうだなぁ」

生まれたのは久慈《くじ》の南端、隈邦《くまのくに》の海辺ではあったが、記憶にあるのは阿古《あこ》の山暮らしだ。隼人は食べ慣れた肉や穀類、木の実の食事を好む。

「静かに」

鷹士は隼人と真坂の会話を、手を上げて遮った。すっと目を細めて辺りを見回し、首を傾け耳を澄ます。対岸へ視線を走らせ、同時に足元の弓矢を拾い立ち上がった。なにごとかとびっくりしている隼人の横で素早く矢をつがえ、対岸の樹間に狙いを定めた。真坂は危険を察して、あたふたと近くの岩陰に隠れる。

「鷹士、どう――」

「槍を構えろ」

鷹士の放つ緊張感と殺気に気圧《けお》され、隼人は鏃《やじり》の先を目で追った。

「ここまで樹皮を剝いだ爪痕《つめあと》も、糞も見かけなかったから、油断した」

対岸の木陰に、巨岩のような黒い影が動いた。腹に響く唸《うな》り声に隼人は舌が凍り、指も動かせない。

「雪融け前に冬ごもりから出てくる熊は、春先の腹を空《す》かせたやつらに劣らず気が荒い。矢を急所に当てて突進の勢いは削《そ》げても、すぐにはたおせまい。おまえはできるだけひきつけて深く槍を突き込み、すぐに下がれ。あとはおれがやる」

あたふたと槍を拾い上げた隼人は、言われたとおりに鷹士の斜め前に出た。

「あっ、そうだ。工房の親方が、熊に遭ったら使えって、これをくれたんだ」

隼人は肩に斜めにかけた荷袋に手を突っ込んで、鈴釧《すずくしろ》を取り出した。腕を飾る祭具ではあるが、この青銅の釧は音が大きく出るよう、鈴が大きめに鋳出してある。

隼人が釧をにぎり顔を上げると、黒い影が後足で立ち上がって両腕を広げた。身長は隼人と同じくらいだが、幅と厚みは熊のほうが上だ。真っ黒な毛並みに、首だけが三日月形の白。

強靭《きょうじん》な肩の上に乗った大きな頭、上下のあごには隼人の薬指よりも長く鋭い牙《きば》が見えた。恐怖に駆られた隼人は、釧を激しくふった。五つの鈴が、カランカランと高い金属音を響かせる。

熊の動きが止まる。前足の鉤爪《かぎつめ》がひとの指先のようにぴくぴくと動く。鷹士は弓を引き絞ったまま微動だにしない。

威嚇行動の途中で動きを止めた熊は、明らかに釧の金属音に苛立《いらだ》ちを感じたようだ。しかし、他の季節ならその甲高い音を嫌って後退したであろう野獣は、冬ごもりを断絶させた空腹も手伝い、いっそう腹を立てた。黒い獣の咆哮《ほうこう》が森に響き渡る。隼人が思わず目を閉じた瞬間、弦の弾《はじ》ける音が立て続けに鼓膜を刺した。

隼人が目を開けると、熊はのどと胸に二本の矢を受けてぐらりと前に倒れた。前足をついて四つん這《ば》いになり、こちらへと走り出す。水しぶきを上げて突進してくる熊の右目に、三番目の矢が吸い込まれる。痛みに吼《ほ》える熊の突進が鈍り、仰《の》け反ったあごの下に四本目の矢が射込まれた。いつ鈴を放り出して槍を構え直したのか、自覚もさだかでないまま、隼人は目前にせまった黒い剛毛の塊に体ごと槍を突き出した。

熱をともなった獣の生臭い息と、吐き散らされるつばに息が詰まる。突進の勢いを受け止めきれず、隼人はうしろへと弾き飛ばされた。

唸りをあげる熊の口へと、鷹士が矛を突き込む。内側から頸部《けいぶ》を砕かれた熊の厚い背中が痙攣《けいれん》した。鷹士は熊の肩に足をかけて矛を引き抜き、後方へ飛び退いた。

血を吐き四肢を折って前のめりに倒れた熊の脇腹と岩の間に、鷹士は矛の柄を差し込んで仰《あお》向けにひっくりかえした。隼人の槍がわずかに外した心臓に、ゆっくりと矛の穂先を沈めてゆく。鷹士のこめかみから滴り落ちる汗が頰をつたい、黒毛に落ちて転がった。

雪谷の冷気にもかかわらず、隼人の背中と脇、手のひらにも汗がじっとりと滲《にじ》む。熊が動かなくなったのを見て、真坂が岩陰から這い出した。ただ唖然《あぜん》と口を開いて、感嘆の言葉を吐き出す。

「迷い熊をふたりだけでやっつけちまうなんて、おまえら、すごく腕が立つんだな」

鷹士はふり向きもせずに応《こた》える。

「こいつは若い熊で、かなり弱っていた。おそらくは縄張り争いに負けて秋の間に充分な餌をとれず、落ち着いて冬を過ごせる巣穴も見つからず、森をさまよっていたのだろう。さもなければおれたちだけでは斃《たお》せなかった」

厳寒のころに歩き回る熊は、見つからぬ餌や安全な巣ごもり穴を求めて歩き疲れ、苛立っている。だからこそいっそう、最後の生命力をふりしぼって隼人たちを襲った熊は、隼人に死を覚悟させたほど凶暴になっていた。

隼人は体の震えをこらえながら、動かぬ黒い毛の塊となった熊の近くまで這い寄った。

「なんでわざわざひっくり返してとどめを刺したんだ。背中からじゃなくて」

「背中に傷をつけたら毛皮の価値が下がる」

鷹士はあごの下の汗を手の甲で拭《ぬぐ》って払い落とし、淡々と答えた。

目を丸くして呆然《ぼうぜん》としている隼人に、鷹士が指示をだす。

「野営のできる場所を探して火を熾《おこ》せ」

「え……えっ？　ここで野宿するのか」

隼人の驚きに注意を払うこともなく、鷹士は矛を持ちなおして血に塗《まみ》れた先端に指を這わせ、刃がこぼれていないか調べた。そしてすでにこときれた熊の左目を矛先で突いた。

「そいつ、もう、死んでるよな」

念には念を入れているのだろうかと隼人は訊《き》いてみた。

「肉体にぬくもりが残っている間は、御霊《みたま》も去ってない。顔を覚えられぬよう、目は最初に潰《つぶ》しておかなくてはならない」

空腹のまま、激怒した状態で殺された熊の霊魂がまだ残っている屍《しかばね》と、たったいま死闘を終えたばかりだというのに、恐怖や興奮の片鱗《へんりん》も見せずに淡々と熊の皮を剝ぎ始める鷹士と、どちらが恐ろしいのか隼人には決めかねた。痛む尻《しり》をさすりながら立ち上がった隼人の膝《ひざ》が、がくがくと震える。

「腰が抜けてないだけでも自慢したいよ」

「こいつを斃したのは、隼人のひと突きだ。おれがもうひと突きいれたのは、そうすることで、この熊はだれが自分にとどめを刺したのかわからなくなり、祟《たた》る相手を見失うからだ」

「たっ、祟るのか、熊は」

隼人はこんどこそ、ほんとうに腰を抜かしそうになった。

「熊の御霊を鎮めずに屍を放置しておくと、あとでここを通ったものも祟りに巻き込む」

鷹士の落ち着きに倣って、隼人は呼吸を整えた。

「鷹士の熊狩りはこいつで何頭目だ？」

「津櫛《つくし》では年に一、二回だったが、秋猪の兵《つわもの》たちと麓《ふもと》の巡回をしていたときに五回遭遇し、二回戦った。火邦《ひのくに》は深い山に囲まれているから熊も多い」

高千穂を越えるまで生きていられるかと青くなる隼人を、鷹士は平然と諭した。

「獣の肉や皮は、手っ取り早い路用稼ぎになるが、山神の祀《まつ》り方、獲物の御鎮魂《みたましずめ》を知らずにいると命取りだ。隼人も早く慣れろ」

熊の血で汚れぬよう、脱いだ服をたたんで荷籠の上に重ねた鷹士は、小物入れから火《ひ》鑽具《きりぐ》を出して隼人に渡した。

「熊狩りとか、慣れるのか。このおれが、慣れるのか？」

震える手で、繰り返し火《ひ》鑽金《きりがね》に火打石を打ちつけても、火花は飛ばない。膝で手のひらの汗を拭《ふ》く隼人から、真坂が火鑽具を取り上げる。

真坂は要領よく火花を放ち、熟艾《やいぐさ》はぶすぶすと煙をあげ始めた。小枝を足しているうちに空気中に漂う獣の血や、えずきそうになる内臓の臭いが煙にまぎれる。

勢いよく燃えあがった焚《た》き火に柴《たきぎ》を足してから、隼人は鷹士の手伝いに駆け寄った。

「真坂、持っていけない内臓と骨を埋める穴を掘るのを手伝ってくれ。その上に祠《ほこら》を建てて頭を納める。皮から削ぎ落とした脂肪は鍋《なべ》に融かして、冷やし固めておけば薬にもなる。隼人は入れ物になりそうな、適当な太さの竹を切ってきてくれるか」

取り出した胆《きも》を注意深く紐《ひも》で縛り、木の枝にぶらさげながら、鷹士は真坂と隼人に指図した。

「なんだ、その気持ち悪い袋みたいなの」

「熊の胆《い》だ。高照《たかてる》にはよいみやげだろう」

隼人たちが秋津島へ渡る舟を手配してくれるのは、日向邦《ひむかのくに》の比女巫女《ひめみこ》で十六になる高照だ。黙っていれば可憐《かれん》な少女であるが、日向の次代の日留座《ひるのくら》と目されるだけあって、霊力に富み、呪術《じゅじゅつ》にも医術にも長《た》けている。ゆえに、年頃の娘たちが喜ぶような花や玉飾りよりも、希少な生薬である熊の胆をもらえば、たしかに大喜びするかもしれない。

去年の夏から秋を、久慈の神宝探しに同行した日向の高照は、それぞれの立場と宗教的見解の違いから、鷹士と反目していた。だから、高照へのみやげまで気を回す鷹士の心境に、どういう変化が起きたのかと、隼人は気になる。

その鷹士は肝臓を薄く切り分けて焚き火で炙《あぶ》りつつ、塩をふった。

「隼人は、狩りは初めてだったな」

問われてうなずく隼人に、鷹士は炙った肝片を差し出した。

「よくやった。おまえの獲物だ。最初に味わう資格がある」

隼人は自分が褒められていることに加えて、鷹士の細められた眼に、ほのかな笑みが湛《たた》えられていることにびっくりした。肝片を受け取り、おそるおそる口に入れる。火を通しても血の塊を食べているような濃厚な臭いが鼻腔《びこう》に満ちる。一瞬吐きそうになったが、滋養に満ちた肝が滑らかに腹へとおりてゆくころには、まずいとは思わなくなっていた。

「真坂もいっしょに食おう」

隼人は赤く染まった手につかんだ肝臓を、真坂に突き出す。食べ物というよりは、強壮の薬とされている熊の肝を、真坂は礼を言って受け取った。

切り分けられるままに、炙っては夢中で食べてゆく。三人がかりで気持ち悪くなるまで食べても、肝臓はまだ半分以上残っていた。

「残りも火を通して持っていく」

「それはおれがやる」

血や脂で汚さないように隼人も服を脱ぎ、鯨骨《げいこつ》の小刀をだした。

食べ終わり、毛皮や肉などの持ち去る部分をまとめると、急ごしらえの熊塚を作り、竹を蔓《つる》で組んだ簡素な祠を建てる。鷹士の唱える鎮魂《ちんこん》の呪言《じゅごん》は、どこか異国の響きがした。

熊の処理に手間取ったせいで、隼人らは予定より一日遅れて高千穂の集落に着いた。行商人や旅人に用意された四柱の壁屋に入り、炉端に落ち着いた隼人たちは、熊の生肉を切り分けて焼石に並べた。熟成の進んだ熊の背肉は熱く焼けた石に触れ、じゅうっと音を立てて香ばしい匂いをあげる。交易には季節外れではあるが集落を訪れていた行商もいて、隼人はかれらにも熊肉をふるまった。

翌朝には山をおりる支度を始める隼人らに、真坂は少しここで休んでいくことを勧めた。

「熊狩りでかなり疲れたし、重たい熊の毛皮や肉は、ここで真朱《まそほ》か母貝みたいな嵩張《かさば》らなくて価値のあるものと取り替えてもらおう。急ぐことはない。そんなに慌てなくても滄海《そうかい》交易の季節には間に合う。それに、この里の渓谷は絶景だぞ。一見の価値がある」

「熊が出ないなら見に行ってみたいけど」

隼人は絶景なるものに心をそそられ、鷹士の顔色をうかがった。

「隼人が行きたければ見に行け。おれは弓の手入れをしておく」

抑揚のない淡々とした口調で、鷹士は伏し目がちに応えた。

真坂は壁屋の外で、うしろからついてきた隼人に小声で話しかける。

「鷹士は隠しごとでもあるのか」

隼人はきょとんとして、目尻に小じわの寄った真坂の思案げな顔を見上げた。

「とくに思い当たらないけど」

「ひとと話しているときに目を逸《そ》らしたり伏せたりする人間は、信用できないもんだぞ」

隼人は真坂の口ぶりに驚き、慌てて言い添えた。

「ふつうはそうかもしれないけど。鷹士の場合はただ、慣れない相手と話すのが苦手なだけで」

真坂に話しかけられても鷹士の返答は極端に短く、踏み込んだことを訊かれると黙り込んでしまう。饒舌《じょうぜつ》な真坂と、無口で無愛想で倭人《わじん》嫌いの鷹士との折り合いの難しさに、隼人は溜息《ためいき》をついた。

「やっぱり、渓谷はいいや。真坂の言うとおり、今日はここで休んで、山下りに力を蓄えるよ」

「そうか。それじゃ、おれは下流の邦通道《くにのかよいじ》がどうなっているか、里の狩人《かりうど》に聞いてくる」

真坂はあっさりと立ち去った。

隼人が屋内に戻ると、鷹士が弓を脇に置いて、炉に並べた土器の小皿に膠《にかわ》を溶かしていた。

鷹士の弓は変わった形をしている。弦を張ると、普通の弓の三日月形ではなく、双子に並んだ山を思わせるふたつの弧を描く。弦をはずすと直線の棒に戻らず、弦を張ったのとは反対側へ大きく反り返る。そして普通の弓よりも短いのに、飛距離も貫通力も優れていた。

出発の準備をしていた行商が、鷹士の作業を珍しそうに眺め、訊《たず》ねる。

「胡弓《こきゅう》ってやつだな。珍しい。どこで手に入れたんだ」

熊肉のごちそうに与《あずか》った行商人のひとりで、聞き慣れない訛《なま》りがあった。獣脂を木材部に塗り込みながら、鷹士は間をおいて答えた。

「兄の形見だ」

弓の腹に貼られた獣角の部分に目を近づけ、指で触れた鷹士は静かに息を吐いた。戸口に立ったまま、なんとなく鷹士と行商人のやりとりを見守っていた隼人は、近づいて声をかける。

「どうしたんだ」

「老朽がひどい。あとどのくらいもつものか」

「新しい部品に貼り替えられないのか。熊を退治したときに、骨や腱《けん》を取っておけばよかったな」

鷹士は首を横にふった。

「作り方を知るものが、ここにはいない。材料になる腱や獣骨も、久慈の獣のものではない」

弓の前後の、はがれそうになっている複合部分に膠を塗りつけ貼りなおし、太めの麻糸で縛りつけてゆく。鷹士はふと手を止めて、あたりを見回した。さっきまで壁屋にいた行商人も、すでに下山のために発《た》ったらしい。中には隼人と鷹士だけになっていた。

鷹士は炉に置かれた土器から、温められた湯を椀《わん》にすくって飲んだ。

「おれの母方の一族は、カウマと呼ばれる外来《けらい》の戦族で、かれらを捕らえた長脛日子《ながはぎひこ》が、久慈で生まれたカウマの子孫をこどものうちから戦奴《せんど》として育て、鬼童隊《きどうたい》を作ったことは前に話したな」

隼人はうなずいた。

「覚えてるよ」

「おれたち鬼童隊は、最初に弓を習う。それがカウマの最強の武器だからだ。カウマの弓は久慈の弓と違って短く、そして射程が長く、貫通力も高い。母や兄は、この弓を使う技を教えてはくれたが、作り方は教えてくれなかった。教える前に、死んでしまったからだが」

隼人は悄然《しょうぜん》として、鷹士の膝に置かれた胡弓を見た。たしかに、とてもくたびれている。

「なぜ、鬼童隊でおれだけが生き残ったのか、知りたいか」

隼人は大きな目を丸くして鷹士を見上げ、そしてうなずいた。

鷹士の母の一族は、大陸の北辺から戦渦によって故地を追われた、森と草原に生きる狩猟の民であった。伝説の楽土を目指して海へと漕《こ》ぎ出した、男女ともに弓技や剣技に長けた民であったという。

鷹士はゆっくりと息を吸い込み、静かに話し始めた。

「四年前の夏、疫病が流行《はや》った。その隙を突くようにして、北岸に海賊が押し寄せた。長脛日子は戦奴隊を送り出し、カウマ族と鬼童隊も出陣したが、熱を出したおれは一族の郭《くるわ》に残された。長老の病も篤《あつ》く、もしものときは最期を看取ることも任されていた。長老が息を引き取り、巫覡《ふげき》の宮に棺をもらいに行った。そこで比女に引き留められた。宮では薬湯を勧められ、そのあとのことはよく覚えていない。次に目を覚ましたとき、急いで郭に戻ろうとしたおれに、比女はもうカウマの郭はないのだと言われた」

鷹士はそこで言葉を切るとしばらく黙っていたが、やがて頭痛がするとでもいうように拳《こぶし》で眉間《みけん》を押さえた。

「鷹士——」

言葉を切ったまま、無表情に宙を見つめる鷹士に、隼人が声をかけようとした。鷹士は体を前にたおして、炉の端に転がる丸石を拾い、手の中に握りこんだ。手の中で石を回しながら、鷹士はふたたび口を開いた。

「おれが巫覡の宮で寝込んでいた間に、流行り病にかかった郷人《さとびと》は、大郷《おおさと》から出されて川原に捨て置かれたという。流行り病が治まりおれの病も癒《い》えたころ、薬房に鬼童たちの遺髪が届けられた。カウマの戦士も、だれひとり、帰ってこなかった」

丸石を手の中で回しながら、淡々とした、あまりに平坦《へいたん》な口調で鷹士は話を終えた。

「なあ、鷹士。思い出すの、つらいんじゃないか。無理に押さえつけてないで、叫んだり、泣いたりしても——ここにはほかに、だれもいないし」

自分が泣きそうになって、隼人はのどを詰まらせた。

「おれは、阿古が焼け落ちた夜のことや、妹が連れて行かれたときのこと、いまだってはっきりと目に浮かぶ。工房の焼け跡の臭いが忘れられないし、妹がおれを呼ぶ声がいつまでも耳に残って、思い出すたびに悔しくて苦しくて、胸やはらわたが臼《うす》で挽かれるように痛くて、でも、泣くと、少しだけど、楽になるんだ」

息を荒くして顔をそむける隼人に、鷹士は顔を上げ静かに言った。

「おまえの里を焼いたのは、悪かった」

まぶたがかっと熱くなって、隼人は涙があふれそうになった。

「鷹士に、あやまって、もらってもっ。い、いまさらっ」

隼人は握りしめた拳で、自分の膝を叩《たた》いた。

「なんで、鷹士の話をしているのに、鷹士が泣かないんだ」

鷹士は息を吐き、丸石を握りしめた拳を膝の上に置いて、すっと背筋を伸ばした。

「カウマの男は、泣いてはならない」

隼人は唖然として鷹士の顔を見つめた。

「親が死んでもか」

「父母の死にも、男子は憂い悲しみ涙を見せてはならない。もし子が泣けば、そんな柔弱に育てた親が、冥界《めいかい》で祖先に顔向けできない」

隼人は手のひらで頬とまぶたをこすって、肩で息をした。

「そんなの、聞いたことない。久慈の人間なら、親が死んだら十日は泣いて暮らさないと親不孝だって謗《そし》られるんだぞ。鷹士は津櫛の御子になりたかったんだろ。だったら久慈のやり方に倣えよ」

鷹士は応《こた》えず、話は終わったとばかりに弓を拾い上げ、ふたたび手入れを始めた。

いきなり昔の話をしたのは、長脛日子の命令で阿古の里を焼いたことを、隼人に謝るためだったのだろうか。いつからそうしようと考えていたのだろう。鷹士が命じた襲撃ではなく、当時は剣奴《けんど》の見習いでしかなかった鷹士に、責任があったわけではないことくらい、隼人にはわかっている。

黙々と弓の修理を続ける鷹士の手つきから目を離すこともできず、隼人は黙り込む。

兄の弓、母の鉄剣、熊の葬送、そして、男子は決して泣いてはいけないという北の異民族の記憶を、この久慈でただひとり大事に抱えて生きていくのは、虚《むな》しくはないのだろうか。

修理を終えた鷹士が立ち上がり、膠《にかわ》を乾かすために、天井近くの横木に胡弓を吊《つ》るすのを見上げて、隼人はそう思った。

翌日も真坂は、川沿いの邦通道は融けた雪で冠水しているかもしれないと、出発を遅らせることを勧めたが、隼人たちは先を急ぐことにした。

隼人は鈴釧《すずくしろ》を背籠に結び付けて、一歩ごとにカラカラと鳴るようにしておいた。興奮していない熊なら、規則的な金属音で回避できると真坂が勧めたからだ。

短甲や籠手《こて》を身に着け、いつでも弓が引けるよう、右の手には弓懸《ゆが》けまで挿した鷹士の完全武装を見て、真坂は呆《あき》れた声を上げた。

「戦にでも行くのかい。鷹士」

揶揄《やゆ》するような問いに、鷹士は真顔で応じる。

「熊が出たときは弓懸けをしているひまがなかった。もっと強く引いていれば、あの距離なら即死させられたはずだった。一頭がうろついていたということは、他にもいるかもしれない。用心に越したことはない」

鷹士が警戒しているのが熊ではないことを、隼人は勘づいている。隼人は不安になったが、黙って荷の負い紐の結び目を固くしておいた。

冠水した道は、支流を遡《さかのぼ》って浅瀬を徒歩で渡ることも多い。大雨や鉄砲水によるものか、道はところどころ土砂が積もって途切れたり、倒木や落ち枝で行く手を阻まれてもいた。

「もう少し暖かくなれば、日向と火の各郷から、若いものが総出で片づけに駆り出されて、歩きやすくなるんだがな」

一日のうちにいくらも進むことができずにいる現状を、真坂は自分の責任であるかのように言い訳をしながら、障害物をよじ登ったり迂回路《うかい》を案内した。

「山が崩れて水が退《ひ》いたときが、山師の一番の稼ぎどきだ。どんなお宝が出てくるかわからない。石ころひとつおろそかにしないで、慎重に吟味しないとならんのだぞ」

真坂は土砂崩れで断層が露出した崖《がけ》や、増水で削られた川岸を見つけては、そのたびに立ち止まって岩をひっくり返したり、柄の短い鋤《すき》で土や砂利を掘り返し、隼人に鉱石の見分け方や探し方について説明するので、かれらの歩みは非常に遅かった。

鷹士が頻繁に来た道をふり返る気配に、隼人は緊張して大事な真坂の講義に身が入らない。

迂回路から段々状の岩場をおりていた真坂が「うわっ」という悲鳴とともに転げ落ちた。隼人が急いで岩場をおりると、真坂は足を抱え込んでうめき声を上げていた。

「足をくじいてしまった」

隼人が診たところ腫《は》れもあざもないが、つま先を押さえたり足首を動かそうとするとひどく痛がる。

「鷹士の矛を貸してくれるかな」

杖があれば歩けるという真坂の丁寧な頼みに、鷹士は肩を引き、眉《まゆ》をぎゅっと真ん中に寄せて矛の柄を強く握りしめた。

「おれの槍を使っていいよ。鷹士のよりは短いけど、杖には充分だと思う」

隼人は慌てて自分の槍を真坂に差し出し、その肩を支えた。鷹士が真坂の荷を背負う。

ただでさえ歩きにくい山道を、けが人に合わせて進む速度は亀にも劣る。いくらも進まないうちに陽は西に傾き、隼人の背でゆれる鈴釧の澄んだ音が谷間にこだました。

足の痛みのためか、真坂の呼吸は荒く顔色もよくない。日暮れを前に集めた枝を組み、草をかぶせ、ひとりが夜露を防ぐに充分な草屋ができると、その中に真坂を寝かせた。

真坂のいびきが聞こえたころ、焚き火に枯れ枝をくべながら鷹士が口を開いた。

「隼人がまだ起きていられるなら、おれが先に寝る。明け方の火番のほうがきついからな」

「追っ手がかかってるって、ほんとうに思うのか」

鷹士は左手で胸甲を軽く叩いた。

「昨夜あたりから、ここが騒ぐ。戦が始まる前の、大勢の戦奴が草むらで息をひそめているような、そんな不気味な緊張が、どんどん強くなる」

戦場を生き延びてきた、動物的な勘とでもいうのだろうか。隼人は不安になって夕闇に沈む森を見回した。川のせせらぎのほかは、夜の鳥や獣の声が樹間をすりぬけてゆくだけで、ひとの気配はない。空には星が瞬き、月も出ている。

「鷹士が先に寝ろよ。おれはまだ大丈夫だ」

「なにかあったら、すぐに起こせ」

短甲を着けたまま、火の横に広げた鹿革の上に横になった鷹士は、弓矢を枕に矛を抱え込み、たちまち寝息を立て始めた。

「落ち着かないと言いながら、この寒さで筵《むしろ》もかけずにすぐに眠れるのって、すごい特技だよな」

隼人はつぶやいた。荷籠から銅鏡と砂袋を取り出し、使い込んだなめし革の上に置いて、粒子の細かい砂で鏡面を磨き始める。

「津櫛の遠見鏡みたいに、ここに高照の顔が映らないかな」

持ち上げて月と並べ、その白金の輝きを比べては、冬至のころに別れた日向の比女巫女の面影を思い出そうとする。そして、熾《お》き火番の交代まで磨き作業に没頭した。

次の日も隼人が真坂をささえて先を歩いた。真坂の疲労は早く、痛み止めの薬を煎《せん》じるために火を熾す。晴天に昇る一条の煙を、鷹士が目を細めて見上げた。

いつまでも休みたがる真坂を急がせて進むと、蛇行する川の内側に、白っぽい砂州の広がる場所に出た。

「ここをまっすぐ横切ると、その先の森に道が続いている」

真坂がほっとしたように、砂州の向こうにたなびく、邦通道を示す小幡《こばた》を指さした。

砂州を半分ほど進んだとき、ヒュッと風を切る音がして、隼人の左腕に焼けつくような痛みが走った。数歩前の砂利に矢が突き立ち、縞目《しま》の美しい疾鷹《はいたか》の矢羽根がぶるぶると震えている。

「うわあっ。なんだっ」

悲鳴を上げたのは真坂だ。彼らの周りでは矢が風を切る音と、背後で鷹士が矢を叩き落とす音が続き、隼人は真坂をかばったまま身動きもできなかった。

矢の雨がおさまるなり、鷹士は矛の石突を地面に突き立て弓に持ち替え、三本の矢を立て続けに森へ向けて放った。樹上にいた射手《いて》がふたり、鷹士の矢に貫かれて落ちた。

「森へ逃げろっ」

鷹士の叫びに、われに返った隼人は真坂をせき立てて森へと走り出した。風を切る矢の音、鷹士の弓弦《ゆづる》が鳴る音と悲鳴を背中で聞きながら、隼人たちは丸い砂利を踏みしだき、必死で森を目指した。

川筋が蛇行の向きを変えるあたりから、ふたたび森が始まっている。そこには槍を構えた津櫛の戦奴が待ち構えていた。

「鷹士っ。こっちにもっ」

隼人は真坂を引っ張って、湾曲する川岸に沿って逃げた。逆巻く濁流はいまこの瞬間も、川岸の土を削り落としていく。

荷を捨て、隼人たちに素早く追いついた鷹士は、行く手をふさぐ戦奴に襲いかかった。戦奴は鷹士の繰り出した矛を跳ね返したが、鷹士はその勢いのまま矛を回転させ、柄の部分で相手の槍を巻き上げ、からめとって跳ね飛ばす。武器が手から離れ、恐怖にすくむ戦奴の腹へ、鷹士はためらいなく矛を突き刺した。一瞬も動きを止めることなく、長《なが》柄《え》を握る手を返し、戦奴の腹に埋め込んだ切っ先を上向きに抉《えぐ》りながら矛を引き抜く。断末魔の悲鳴とともに、噴き出す鮮血が砂州を赤く染めた。

視界の隅で鷹士の無事を確認した隼人は、真坂の背を押して先を急いだ。しかし真坂が踏み出したのは、岸の下部を濁流に削られた地面が、ひさし状に張り出したもろい箇所であった。

「うわあああ」

悲鳴を上げながら、真坂は崩れた岸とともに川へ落ちた。水柱が立つ。

「真坂っ」

隼人は地面に手をつき川面をのぞきこんだが、真坂が杖代わりにしていた隼人の槍だけが、恐ろしい速さで川下へと流れていくのが見えただけだ。真坂の名を呼ぶ隼人の衿《えり》首が乱暴に引っ張り上げられた。砂州へと隼人をひきずり戻す襲撃者の歩幅は広く、隼人は自分の首に回された刺青《いれずみ》の入った太い腕に、両手の爪を立てて暴れた。

「放せっ」

節くれだった指が、隼人の髪をつかんで頭を持ち上げる。

隼人のゆがむ視界では、鷹士が津櫛の戦奴と戦っていた。長身の戦奴は、槍の長柄もそれを持つ腕も鷹士より長く、鋭い切っ先はやすやすと鷹士の守りをかいくぐり、たびたび急所をかすめた。

突いてくる槍穂を横へ受け流した鷹士は、戦奴が槍を引いた瞬間に、長柄の石突を地面に突きこみ跳ね上げ、戦奴に砂利を浴びせかけた。目に砂の入った戦奴の動きが鈍った瞬間を逃さずに、鷹士は戦奴のみぞおちに穂先を突き刺し、血潮とともに引き抜いた。

「まったく末恐ろしいがきだな、鷹士は。殺すには惜しい」

頭上から降ってくる捕獲者の感嘆には、賞賛の響きさえ含まれていた。

「だったら殺さなくていいじゃないか」

「敵に回したら恐ろしいだろう。戻るつもりがないのなら、殺すしかない」

隼人は、蔓草模様の刺青が彫り込まれた太い腕にあごの下を締めつけられながら、足のつかない高さまで吊り上げられた。苦しい息の下から蹴《け》りつけた足に剣の鞘《さや》が当たり、この男が剣奴と知る。かなりの長身で、幅も厚みも人並み以上と腕の太さから推量できた。

太い腕と自重によって気道を締め付けられ、隼人の目の前が真っ赤になり、そして暗くなった。ぐったりして抵抗をやめた隼人を、長身の剣奴は脇に抱えなおした。

「鷹士、久しぶりだな」

剣奴の太い呼びかけが、朦朧《もうろう》とする隼人の耳と腹に響いた。

「忍熊《おしくま》」

鷹士は苦い声で応え、忍熊が肩をゆらして笑った。隼人は薄く眼を開く。

「男の剣技を教えてやったのに、いつまでも女こどもの小手先技が抜けないようだな」

「あんたらみたいにばかでかい相手に、力業で勝てるか」

「速さと小技だけで、おれに勝てたこともないな」

嘲弄《ちょうろう》のこもった挑発に、鷹士は矛を持つ手を持ち替えた。一連の戦闘の激しさも感じられない落ち着いた息遣いで叫び返す。

「隼人は関係ない。放してやれ」

「長脛日子さまのご命令だ。隈のくされ御子《みこ》は生きたまま津櫛へ連れて来いと」

「津櫛が、捨てられた隈の御子になんの用だ」

鷹士の口調は冷静だ。隼人は忍熊の注意が鷹士に向いているあいだに逃げられないかと、隙をうかがう。

「こいつは潮を操る神子《みこ》なのだろう？　そんな役に立つがきを長脛日子さまが野放しにしておくと思うか」

隼人はびくりとしそうになるのをこらえた。なぜそのことが長脛日子に知られているのか。隼人が噴火口で神宝の潮満玉《しおみつたま》を発動させたことは極秘のはずだ。

「隈の神宝がなければ、そいつはなにもできない。連れて行っても無駄だ」

「では隈の神宝を手に入れればいいことだ。鷹士。いまなら、なんの咎《とが》めもなく津櫛に帰れるぞ」

隼人は思わずまぶたを上げて鷹士の顔を見た。その面からは、なんの感情も読み取れない。

「脱走者は死罪だ。長脛日子さまにさんざん贔屓《ひいき》にされておきながら、後足で砂をかけて逃げるような剣奴は、見せしめにみなの前で四肢を棒で叩き折ってから、首を斬り落とすくらいの厳罰が待っている。それを赦《ゆる》してやろうと長脛日子さまはおおせだ。おまえが手なずけた、この隈のがきと神宝をもって帰る気があるのならな」

鷹士はすうっと目を細める。

「鷹士、帰ってこい」

諭すような忍熊の声音に、鷹士の矛を構える肩がゆっくりと上下した。

「隈の神宝は破裂してなくなった。隼人はなんの役にも立たないただのこどもだ。放してやれ」

「ではここで脱走奴隷を処分して、おれの仕事は片づく」

隼人を放り出した忍熊は、大ぶりの銅剣を抜き放った。

大小の玉砂利の上に投げ出された隼人はとっさに体を丸めたが、背中を打った拍子に、こらえていた咳《せき》が出る。

二十歩は離れていた鷹士に、忍熊は三歩半で肉薄した。風圧を伴う斬撃に矛を弾き飛ばされ、鷹士はうしろに跳んで避けた。勢いが余って転倒し、後転して立ち上がったときには、鷹士の右手には細身の鉄剣が握られていた。

忍熊は二歩で追いつき、片手で斧《おの》でも叩きつけるように、鷹士の頭上に幅広の銅剣をふりおろした。

当たれば、夏瓜《うり》を棒で割るように頭蓋《ずがい》が砕け、脳漿《のうしょう》が飛び散ったであろう。鷹士は間一髪でよけ、退きざまに鉄剣を閃《ひらめ》かせて忍熊の左の上腕に切りつけた。

忍熊がひるんだ隙に鷹士は間を取り、呼吸をととのえ体勢を立て直す。

「相変わらず隙を見せて誘うのが得意だな。男らしく戦おうと思わないのか」

「あんたの背丈に追いついたら検討する」

「無理だな。去年からたいして伸びてない。おまえは剣奴には向かん。雀は鷹《たか》にはなれん」

「だから、剣奴をやめるために、津櫛を出た」

いつもなら敵手の挑発など黙殺するであろう鷹士が、律儀に言葉を返している。隼人は違和感を覚えたが、鷹士が手早く剣の柄紐《つか》を手首にかけるのを見て、それが時間稼ぎであると察した。

「教えたはずだがな、剣奴をやめるときは死ぬときだと」

忍熊はふたたび踏み込んだ。体の大きさも銅剣の重さも感じさせない速さで、突いては薙《な》いでふりおろす忍熊の勢いは、鷹士の敏捷《びんしょう》さに劣らない。硬度で勝る鉄の剣で受け止めても、そのまま叩き潰されそうな忍熊の刃《やいば》は、避けるほかにない。

忍熊の圧倒的な強さに、浅瀬に追い込まれた鷹士の沓《くつ》が水を吸い、川の流れに足を取られる。それでも忍熊に背を向けて逃げようとしない鷹士を助けようと、隼人は手近の石を両手に拾い上げ、走り出した。

肩口すれすれに切っ先を避けた鷹士は、大きな丸石にかかとをとられ、水しぶきを上げて仰向けにたおれた。忍熊は鷹士の胸を踏みつけ水面下に沈めた。隼人からは忍熊の脛《すね》をつかもうともがく鷹士の腕と、膝しか見えない。忍熊はふり上げた剣を止めた。それは、このままとどめを刺すべきか迷ったように見えたが、獲物を踏みつける足にさらに体重をかけた。鷹士の肺から押し出された空気が水面《みなも》を泡立てる。

走りながら、隼人は夢中で忍熊に石を投げつけた。手中の石がなくなると、足元に無限にある石を拾っては投げる。痩《や》せた小柄な少年と侮られがちだが、冶金《やきん》作業と日々の鍛練で鍛えられた隼人の膂力《りょりょく》は、本人が知る以上に強靱だった。

危険な石礫《つぶて》に閉口し、上体をねじってふり向いた忍熊の額を、拳大の石が直撃した。衝撃でふらついた忍熊の脚を、鷹士が抱き込むようにして持ち上げ、波を立てて起き上がった。

忍熊は派手な水しぶきを上げて横転した。鷹士は手首にからませていた革紐で、沈んでいた剣の柄を引き寄せた。逆手に剣を持ち、忍熊に馬乗りになって胸を刺し、引き抜いた。激しく咳《せ》き込み水を吐きながら、忍熊の胸といわず腹といわずになんども突き刺した。

川が赤く染まっていく。

やがて、返り血にまみれた鷹士は両腕をだらりとおろし、うつむいたまま肩で浅い息を繰り返した。友人の凶行を呆然と見つめていた隼人はおそるおそる近づき、声をかけた。

「鷹士。大丈夫か、怪我はないか」

びくりと肩を震わせた鷹士は、剣を手放した。信じられないといったようすで忍熊の首に手をやり、脈がないことを確認する。そして、震える声でつぶやいた。

「おれが、殺したのか？　忍熊を？」

隼人の投げた石が忍熊に隙を作らせたのだが、水底に沈められていた鷹士は見ていなかったようだ。転倒してから忍熊は反撃しなかった。石の打ち所が悪くて脳震盪《のうしんとう》を起こしたか、あるいはその時点で即死していたのかもしれないが、真相はわからない。

「そう、だな」

隼人は肯定した。鷹士は血に染まった手で忍熊の頬を包み、剣奴の印である頬骨の上に彫られた三弧の刺青を親指でたどった。

「忍熊？」

まるで、眠っている相手を揺り起こそうとでもいうように身を乗り出して、青い空を虚《うつ》ろににらむ死者の両眼をのぞき込む。忍熊の赤黒く腫れた額に、震える指で触れる。深く息を吐いた鷹士は、忍熊のまぶたを両手で覆って閉ざした。そしてぎこちない動作で忍熊の上からおり、膝をついて両手を合わせ、瞑目《めいもく》した。

その後は、ふたりで津櫛の戦奴の遺体を森の奥へ運び、繁みに隠した。忍熊は体も大きく重く、ずぶ濡れであったためにに、運び終えたときはふたりとも疲労困憊《こんぱい》していた。

しかし、鷹士は休む間もなく太い枝を切り落として、それを鋤代わりに穴を掘り始める。繰り返された戦闘と、死闘のあとの重労働に、鷹士の疲労は限界を超えていたはずだが、隼人が話しかけても聞こえないように穴を掘り続ける。隼人は大声を出した。

「鷹士、もうやめろよっ」

ふりむいた鷹士の顔が、ひどくげっそりしていることに、隼人は狼狽《ろうばい》した。

「忍熊の屍を、さらしてはおけない」

忍熊の血のこびりついた泥だらけの手で、鷹士は額の汗を拭った。

「そいつ、鷹士のともだちだったのか」

鷹士は乾いた目でぼんやりと隼人を見つめ、それから忍熊へと視線を移した。

「おれは、忍熊付きの見習いだった」

鷹士は泥で汚れた指で、自分の頬に三本並んだ鎌形の刺青に触れた。

「成人の儀には、忍熊が三本目の刺青を彫った」

隼人は穴に飛び降りて、鷹士の手から枝を取り上げた。

「おれが掘る。おまえ、水責めで死にかけたんだぞ。休め」

鷹士はふらふらと穴から這い上がると、近くの木の幹にすがるようにして体を折り、嘔吐《おうと》した。隼人は自分も吐きたいのをこらえながら、ひたすらに穴を掘り続けた。

忍熊をかれの銅剣とともに葬ったときは、すでに日暮れに近かった。死臭を嗅《か》ぎつけた狼や野犬を怖れた隼人は、残照を頼りに荷物をかき集め、鷹士を促してさらに川下へ逃れ、野営の準備を始めた。

火を熾してから、放心したまま動こうとしない鷹士に着替えを渡す。隼人は脱がせた短甲や籠手を抱えて川におりて、こびりついた血と泥を川で濯《すす》いだ。血に染まった衣は、空にした荷籠に入れて川の中に浸しておいた。

雪や氷の浮かぶ川で全身の血と泥を洗い流した鷹士は、焚き火に当たっても震えが止まらず、歯の根も合わないありさまだった。隼人は焚き火のそばに草屋を作り、温めておいた焼石をとりだして、草屋の地面に埋めた。その上に毛皮を敷き、鷹士にそこで眠るように言う。素直に草屋にもぐりこんだ鷹士は、食事も取らずに眠りに落ちた。

それほど離れていない場所に、五体の屍。だれにも弔われない魂は、形を持たぬ幽鬼になるという。そして森をさまよううちに、災いを為す悪霊となると恐れられている。

焚き火を前に座り込む隼人の体は、小刻みに震えた。夢中で戦奴の死体を片付けていたときは忘れていた、死肉の生温かいぐにゃりとした感触が手のひらにいつまでも残り、戦奴らの苦悶《くもん》の残る瞳《ひとみ》と、恨みを呑んだ青黒い舌が、まぶたの裏に焼きついて離れなかった。

梢《こずえ》のこすれ合う音にも飛び上がり、夜の鳥の鳴き声に耳をふさぐ。

火を絶やしてはならない。

悪霊を近づけないために、夜の獣を遠ざけておくために。

「きこしめせ、みそなわせ――」

震える声でうろおぼえの呪言《じゅごん》を唱え、祖霊の加護を祈る。赤い鉢巻きを細く裂いて小枝に結びつけ、焚き火と草屋の周りの地面に刺して魔除《まよ》けの結界を張り、塩と水をまいた。

久慈四神の名を唱えて、その加護を祈る。

「建日別大神《たけひわけのおおかみ》、白日別大神《しらひわけ》、豊日別大神《とよひわけ》、久慈日禰別大神《くじひねわけ》、きこしめせ、みそなわせ、まもりたまえ、さきわえたまえ、きよめたまえ、はらいたまえ」

細い枝に火を移し、草屋の内側を照らす。規則正しい寝息に、鷹士は深い休息のなかにいることに安心した。隼人が眼を離した隙に死霊に魂を持っていかれないように、青銅の七鉤守りを鷹士の胸の下にさし入れた。

隼人とは、わずかな言葉を交わしただけであったが、忍熊は鷹士の戦いぶりを誇らしそうに見ていた。そして他人の死に、我を失うほどに動揺する鷹士を、隼人は初めて見た。

自分の血を分けた息子が、情誼《じょうぎ》を抱いているであろう人物を追っ手に差し向ける、長脛日子の情のむごさを、隼人はどうしても許せなかった。

第三章　日向邦の大郷、比女巫女の高照

真坂《まさか》は下流の川原に流れ着き、近隣の里人に助けられていた。隼人《はやと》は真坂が無事であったことに、心の底から安堵《あんど》した。

真坂は目に涙を浮かべ、隼人たちとの再会を手放しで喜んだ。

「隼人も鷹士《たかし》も、ほんとうに無事でよかった」

目を真っ赤にして隼人の頭を撫《な》でる。

「このごろは北久慈《きたくじ》から逃げてきた戦奴《せんど》が、このあたりで海賊や山賊を働くようになってきた。いやな時代になったもんだ」

真坂は襲撃者の正体について勝手に推測し、納得してくれたので、隼人は自分たちが長脛日子《ながはぎひこ》に追われていることを告白せずにすんだ。

隼人たちは真坂の怪我が治るまで里に留《とど》まり、その後は川舟で中流の里から河口まで一気に下った。

初めて見る東海の大洋に面した日向《ひむか》の灘《なだ》は、のったりとした、遮るもののない大海原だ。それ自体が巨大なゆりかごのようにまどろんでいる。

日向の大郷《おおさと》には、高床の宮室群は見当たらない。建物の間隔は広く、柵《さく》も門もない郷と外の境界は曖昧《あいまい》だ。

海浜を見下ろす丘の中腹に、日留座《ひるのくら》の宮があった。巨大な伏屋《ふせや》の半分近くが、斜面にもぐり込んだような半円形の建物に、隼人は度肝を抜かれた。

隼人らの到着を聞いた高照《たかてる》は、大急ぎで宮からまろび出てきた。

「隼人。無事だったのね。五日前にひどい占《うら》が出て心配していたのよ。高千穂《たかちほ》に迎えをやらせたのに、行き違ったようで、会えなかったと帰ってきたの。あなたたち道を間違えたの？」

心配そうに胸に手を当てる高照に、隼人は笑顔を返した。

「あちこち水や土砂で道がふさがっていて迂回《うかい》したから、すれちがってしまったのかな」

「とにかく無事に着いてよかったわ」

鷹士は、高照の前まで進むと片膝《ひざ》を地面について矛を置いた。背筋を伸ばし両手を胸の前で組み、頭だけを軽く下げる。

高照は予期せぬ鷹士の丁寧な膝礼に、小鳥のようにくりっとした目をみはった。困惑のさざなみが口元をよぎったが、すぐに日向の一の巫女《みこ》らしく慇懃《いんぎん》に姿勢を正した。

「まあ、どうした心境の変化かしら」

そう言いつつ、膝を軽く曲げて腰を落とし、鷹士の肩に手を触れる。

「頭を上げて、鷹士。あなたが私に膝をつく必要はないわ。それに日向は津櫛《つくし》ほど上下の作法に厳しくないの」

長脛日子が引き起こした周辺諸邦との確執から、津櫛に対する警戒心を隠さない高照と、クラ母神が久慈の創造神であり、大地と人間たちを産み出したのだとする信仰の宗旨に同意しない鷹士は、折り合いがつかないままこの日にいたっている。

隼人は立ち上がった鷹士に、小声で訊《たず》ねた。

「鷹士が高照に頭を下げるなんて、天地がひっくり返るかと思った」

「いまは敵味方ではない。ましてこちらから庇護《ひご》と渡海の便宜を求めて来たのだ。礼を欠くわけにはいかない」

そういうものかと隼人は納得した。山間《やまあい》の工人里で奔放に育ち、世間を知らぬまま戦禍により奴隷にされてしまった隼人は、身分の弁別や作法に疎い。

一方、真坂は地べたに正座して高照に頭を下げた。高照はまろやかな笑みを湛《たた》え、いつもとは違った口調と声音で、隼人たちを大郷へ案内した真坂をねぎらった。

真坂は舟の出る宮ノ津《みやのつ》での再会を約して、その日のうちに大郷を発《た》った。宮ノ津に家族がいるということを、隼人は川を下る舟の中で真坂から聞いていた。

日留座《ひるのくら》の宮は、大きな伏屋であった。中は帳《とばり》で仕切られており、囲い炉と煙だしのある宮の広々とした土の床は滑らかに踏み固められ、きれいに掃き清められている。壁に沿った列柱に渡された母屋《もや》から下がる帳は、それぞれの奥に個々の寝所があることを推察させた。

「すごいな。高床の宮室よりも広くて居心地がいいよ。あったかそうだし。日向の日留

「秋と冬はね。まもなくみなで夏の大郷、宮ノ津へ移動するのよ」

高照は長方形の炉端に並ぶ円座《わろうだ》を、隼人たちに勧めた。炉に据えられた湯甕《ゆかめ》から熱い湯をすくい、茶瓶に注ぐと杉菜の香りが立ち上る。別の小甕から果実と栗の甘葛《あまずら》煮をよそって小皿に盛り、杉菜茶と並べて高杯《たかつき》に載せた。木匙《さじ》を添えてふたりの前に置いてから、隼人の横に腰をおろす。

宮に仕える祝部《はふりべ》に命じず、高照みずからが給仕してくれたことに、隼人は驚き、感激した。

「旅の話を聞かせてくれるかしら。鷹士はずいぶんとやつれたし、顔色もよくないわ。降臨神事の怪我が、まだ癒《い》えてないの？」

隼人は鷹士の顔を見た。たしかに頬が削《そ》げてしまっている上に、目の下に隈《くま》ができていた。食欲はふつうにあり、歩く速度はむしろ速いくらいだったので、隼人は鷹士の顔色にまで気が回らなかった。

鷹士は右手を上げて自分の顔に触れた。鏡もないのに、その荒れた指先が青緑色の弧を正確になぞってゆくのを見て、隼人はぞっとした。忍熊《おしくま》に針を打たれ、墨を刻まれたときの感触が、肌に残っているのだろうか。

「疲れてはいるのだろう。強行軍だったからな」

素っ気なく返す鷹士の言葉を、隼人はあわてて引き取った。

「毎日熊の肉を食っても、さすがに疲れは溜《た》まるよな」

疲労の原因を語りたくないであろう鷹士に気を遣い、隼人は記念品として首に下げた四本の熊の牙《きば》を高照に見せた。熊狩りについて語っているうちに、日向の日留座《ひるのくら》とその親族が宮に帰ってきた。くりっとした目元が娘の高照に似た壮年の日留座は、気の良さそうな笑みを目尻《めじり》に湛えていた。男性には珍しい、裾《すそ》も袖《そで》もゆるやかな、かかとまで届く袷《あわせ》の長衣を身に着け、幅の広い濃い紫の帯を締めていた。

「それが津櫛で流行している胡服《こふく》というものか」

鷹士の穿《は》く筒褌《つつばかま》を興味深そうに観察して訊ねる。厳格な火邦《ひのくに》の日留座とは正反対の気安さに、隼人は驚きを呑《の》み込んだ。

「しかし、着心地はよさそうではないな。両足とも股《また》まで覆ってしまうと、肌にこすれたり、蒸れたりはしないのかね」

真面目くさった顔で問われて、鷹士は給仕の祝《はふり》に勧められた杯を手にしたまま、返答に窮した。

「おとうさま。郷の会合でお酒でも召し上がられたのですか」

高照はきまり悪そうに頬を染めて、日留座をたしなめた。

上質の衣をまとって、大きな宮に住み、多数の巫覡《ふげき》や祝部《はふりべ》にかしずかれ、邦民に敬われている人物ではあるが、厳格で近づきがたいところはなかった。高照の活発で、迷信や身分にこだわりのない気性が育《はぐ》まれた空気が、ここにあるようだ。

「大事なことだよ、高照」

日向の日留座はしごく真面目な顔で娘に言葉を返す。

「鷹士は、津櫛も豊《とよ》も青銅の器物を神宝として奉じているから、豊と津櫛の日留座は外《け》来《らい》の民の子孫なのだと断言したそうだね」

久慈の信仰の根幹を覆しかねない鷹士の推論を持ち出され、隼人は緊張して一同の反応を見回した。鷹士は日留座の面を見つめ、静かな、だが確固とした響きで「はい」と応《こた》えた。

「高照が火の大郷から帰って以来、われわれ日向の巫覡は冬の間中、神宝の由来について語り合い、遡《さかのぼ》れる限りの口伝と、それぞれの郷の伝承を検証していたのだよ」

日留座は隼人と鷹士の顔を交互に眺めながら、ゆったりと言葉を紡いでゆく。

「そして紛糾議論の末、鷹士の考えもあながち間違いではないのでは、という結論に達した。かつて、海の彼方《かなた》から訪れるひとびとを、われらの祖先は『稀人《まれびと》』と呼んだ。稀人は一粒で八百倍の実りをもたらす穀類や、久慈にはなかった薬草や果樹の種子や苗、そして蚕《かいこ》をもたらした。田畑を整え水路を造る技をもち、五穀を増やして郷を大きくした。ただ、かれらは数が少なく、訪れも『稀』であったために、その知恵が火山の噴火や川の氾濫《はんらん》でいちど失われると、二度と取り戻すことはできなかった。彼らのもたらした布もまた、同じ蚕から糸を紡いでも、われわれの機《はた》では同じように薄く滑らかに織ることはできない。ということは、日向の神宝である種々《くさぐさ》の比礼《ひれ》もまた、外来の稀人がこの地に根を下ろすために、土地の娘に贈った言納《ゆいいれ》の品であったのかもしれない」

話を終えた日留座《ひるのくら》は、杯の米酒を舐《な》めるように飲み、のどを潤した。日留座の柔軟な考え方に驚く隼人の横で、高照が反論する。

「でも、おとうさま。いくら外来《げらい》の器物が便利なものでも、神宝のように御魂《みたま》を宿し、神威を具《そな》えた布や鏡はありません。地母神の言祝《ことほ》ぎを授かってこその、神宝ではありませんか」

「それでは、稀人であった始祖神は、地母神の御子ではなく、夫たちということになるな」

日留座は愉快そうに笑い、表情を引き締めた。

「だがもはや、稀人の訪れは稀ではなくなった。外来の商人は高価な器物の代価にと、鋤《すき》でかき集めるように久慈の産物や人間を求めて去る。さらに、この久慈のひとびとが、外来の知恵や便利な器物を尊び、奪い合うようになってしまった」

溜息《ためいき》とともに、いちど言葉を区切った日留座は、自分の長衣の衿《えり》に指を這《は》わせつつ、一同を見回して話を続けた。

「この巫覡のまとう衣の形も、太古の昔に稀人がもたらしたものとされている。この実用には適《かな》わない布を多く使う長衣よりも、作りも複雑で見た目の着心地も悪く、用を足すたびに脱ぎ着しなくてはならない手間のかかる胡服が、北久慈の、特に武人の間では流行《はや》っているという。ひとびとは、ただ新しい珍しいというだけで、それまでの習慣を変えるものではない。津櫛だけではなく、久慈の王となることを望む長脛日子が、兵《つわもの》たちに胡服を広めたのなら、そうすることが目的に適うとかれが考えたからなのだ」

脚衣ひとつとっても、北久慈からひとびとの考えやあり方が変わっていくことがうかがえる。

日留座は高照を見つめ、それから隼人、鷹士へと視線を移し、親族の者たちをゆっくりと見回した。

「先の降臨神事では、久慈四族の時代は終わり、王の時代がくると、地母神が告げたという」

息を深く吸い込み、日留座は重たい言葉とともに吐き出した。

「われわれは、間の悪いときに、生まれ合わせてしまったものだな」

日留座をはじめ、高照と日向の貴人たちは、同様に重苦しい息を静かに吐いた。

次の日、隼人は勇気を奮い起こして、朝の勤めを終えた高照を呼びだした。

「ふたりだけで話したいんだけど」

高照は隼人を静かな森の小径《こみち》へ導いた。銅鏡をどうやって渡そうか思案している隼人に、高照のほうから話しかけてきた。

「鷹士はちゃんと眠れたのかしら。まだ、顔色がよくなかったわね」

その気遣わしげな口調に、高照の注意が自分でなく鷹士に向けられていることを隼人は感じとった。鏡を渡そうと意気込んでいた気持ちが、急速にしぼんでゆく。

「まだ、神事のときの傷が癒えてないのかしら。ここから宮ノ津まではけっこう遠いのよ。航海も弱った体では難しいわ」

再会してからの鷹士と高照は、以前のように反目することもなく、互いに礼を守っている。

「途中でおかしなものを食べたってことはないのね」

高照は隼人の内心の葛藤《かっとう》に気づかず、鷹士の不調の原因について心当たりを訊ねた。ひとの心を読んだり、情動を鋭く感知できる高照が、どうしていまの隼人の動揺に気がつかないのか。それほどに、高照の関心も興味も隼人には向けられていないのか。

「もう毎日毎日、熊の肝臓とか、熊の背肉とか、熊の腿《もも》肉ばかり食べてたけど」

「ちゃんと火を通して浄《きよ》めたの？　熊の御霊に憑《つ》かれたようではないけど、熊狩りの御霊振りはやったのかしら」

「鷹士が、やり方を知っていた。熊狩りは阿曾《あそ》でも津櫛でもやっていたみたいだ」

高照は指の背をあごに当てて考え込み、顔を上げてほほ笑んだ。

「とりあえず、精のつく食べ物やお茶を用意させるわね。宮ノ津へ移動するのは、春分の祭が終わってから。それまでふたりとも楽に過ごして体を休めるといいわ」

「ありがとう」

隼人は浮かない気分で、礼を言った。

「それで、隼人の話って？」

唐突に問われて、隼人はうろたえた。

「いや、うん。そうなんだ。鷹士の体調が気になってさ。高照なら呪術《じゅじゅつ》でぱっと治せるんじゃないかなとか」

隼人の賞賛に、高照は桃の花びらが開くようにほほ笑んだ。

「あまり買い被《かぶ》るものじゃないわ。ここには神宝の生玉《いくたま》も足玉《たるたま》もないもの。それに、呪術だけで簡単にひとの病気は治せるものじゃない」

「そうか、そうだな」

懐の銅鏡を手で押さえて、隼人は溜息を呑みこんだ。

話が途絶えると、祭の準備に忙しい高照は「またあとでね」とすまなそうにほほ笑み、宮へと戻ってしまった。

隼人は気力を失い、その場にしゃがみ込んだ。隼人が馴染《なじ》んでいた高照の毒舌や、高飛車なものの言い方は、ひと冬の間にすっかり影をひそめてしまっていた。もしかしたら、日向の中と外、身内と外の人間とでは、高照は巫女《みこ》の顔を使い分けているのかもしれない。

隼人は自分だけが置き去りにされたようで、気持ちが沈む。

「鏡ひとつ渡すのに、どうしてこんなに緊張するんだろう。高照が鷹士の心配をしたからって落ち込むとか、おかしいだろ、おれ」

隼人は懐から銅鏡を取り出して見つめ、深い溜息をついた。

その後も銅鏡を高照に渡せる機会を見つけられず、日留座《ひるのくら》の客人として数日を過ごすうちに、隼人もまた鷹士のようすがおかしいと思い始めた。

日課の鍛練では、鷹士の動きは敏捷《びんしょう》さを増し、矛や剣の切れはむしろ鋭くなっている。打ち込み稽古《けいこ》では、隼人は容赦なく追い詰められ、打たれて、毎日あざだらけにされていた。

「体調が悪いとかありえない。むしろつき合わされるこっちが強精薬と静養が必要だ」

忍熊にまったく歯が立たなかったことが、鷹士をさらに厳しい鍛練に駆り立てているのだろうか。そう考えた隼人は、体術の鍛練のあとも、休むことなく弓袋の口を開く鷹士を止めようとした。

「少し休めよ。無理に鍛練を重ねたって、急に忍熊みたいに強くなれるもんか」

隼人の忠告に、鷹士は憑かれたような目つきで顔を上げた。

「おれは、どれだけ努力しても、忍熊のように強くなれない」

足を使って弓を曲げ、弓弭《ゆはず》に弦をかけようとして手を止め、傾いた太陽に手のひらをかざして透かし見る。

「生まれた時の手足の大きさで、体がどれだけ大きくなるかわかるという。忍熊は幼いころから熊のように手足が大きくて、だからそう名づけられたそうだ。おれの手は小さかった。だから、母はおれに戦女《いくさめ》の剣技や体技を教えた。背が低くても、力がなくても、重い武器が使えなくても、生き残れるように」

鷹士はそう言うと、体重をかけて弓を曲げ、弦を張る。

「鷹士の背は低くない。普通だ。真坂やここの日留座の体格も、鷹士と変わらないじゃ
——」

ビシッ、と弾《はじ》けた弦が空気を裂く音とともに、鷹士が背を大きく反らした。撓《たわ》められていた弓が撥《は》ね上がり、地に落ちて二度はずんだ。

「おい、大丈夫かっ」

隼人は、まばたきもせずに呆然《ぼうぜん》と弓を見つめる鷹士に声をかけた。

鷹士の顔がみるみる青ざめる。中腰になって弓を持ち上げ、端から端まで丁寧に指を滑らせながら、破損していないか確認する。隼人の背筋に鳥肌が立った。鷹士が武器を扱うときに、このような失敗をするのを見たことがない。

「疲れてるんだよ。ちゃんと休まないから、注意がもたないんだ」

鷹士の右手が赤く染まっているのを見て、隼人は仰天した。

「血が出てる。弦で切ったのか」

手の甲に走る裂傷を見て、鷹士は無感動に「ああ」と言ってそばの草にこすりつけようとした。隼人は慌ててその手首をつかんだ。

「なにやってんだ。利き手だぞ。道具より自分の身を心配しろ」

水筒を逆さにして傷を洗っても、血が止まらない。焦った隼人は額の鉢巻きをほどい

て、傷にぐるぐると巻き、強引に巫覡の宮へと鷹士を引っ張って行った。

夕刻、隼人は祭の準備に忙しい高照をつかまえた。

「鷹士のようすが、おかしい。手を怪我したときのことだけど」

高照は仕事の手を休めて、隼人の話に耳を傾けた。

「話は薬師《くすし》から聞いたわ。手当ての最中も、まったく痛みを感じていないようだとも。あんな不注意なしくじりも鷹士には珍しいことよね」

隼人は意を決して話しだした。

「鷹士、夜眠れないみたいなんだ。夜中に起き上がって寝床に座ったまま、じっと闇を見つめている。声をかけても返事しない。それで、ときどきなんかつぶやいてる」

隼人自身が、戦奴たちを葬ったときの屍《しかばね》の感触と暗灰色の死に顔が蘇《よみがえ》り、体が震えて冷や汗が止まらず、急な嘔吐《おうと》感に襲われることがある。ところどころ抜け落ちたあの日の記憶の断片が夢に出て、うなされて目を覚ますこともあった。鷹士が闇の中に見つめているのが、額を潰《つぶ》された忍熊の、天をにらんだ死に顔であったらと思うと、隼人は身震いがとまらなくなる。

隼人は、五ヶ瀬《ごかせ》川の中流で津櫛の追っ手を屠《ほふ》ったことを語った。

「どうしてもっと早く話してくれなかったの」

高照は半ば怒りつつあきれた声をあげた。そして首をひねりながら考える。

「死者に憑かれている穢《けが》れは感じない。津櫛の比女《ひめ》の勾玉《まがたま》も身に着けているから、悪いものは依《よ》り憑けないはず。なにかが、鷹士の魂を削り落としているようね。今夜、視《み》にいくわ」

その夜、寝床で隼人が睡魔と闘っていると、炉の反対側の寝床で眠っていた鷹士がむっくりと起き上がる気配がした。炉の熾《お》き火のむこうに、ぼんやりと見える鷹士の横顔は、闇の一点をじっと見つめている。

隼人は鷹士のそばに近づき、闇に目をこらしたが、なんの存在も気配も感知できない。鷹士は隼人が横にいることも気づいたようすはなく、話しかけるのもためらわれる。

いくらも待たぬうちに戸が押し開けられ、はらりと清涼な風が屋内に吹きこんだ。花の精を凝縮したよい匂いが漂う。高照が衣に薫《た》きこませた花油の香りだ。

高照は足音も立てずに屋内を横切り、鷹士の正面に座った。鷹士はぼんやりしているだけで、高照が入ってきたことにも気づかない。鷹士のようすをしばらく観察したのち、高照は這うような低い声で呪言《じゅごん》を唱え始めた。低すぎて言葉の聞き取れない呪言は、凪《なぎ》の波音のようにおだやかに、心に沁《し》みこんでくる。

隼人は次第にうっとりとした気分になっていった。

「鷹士」

驚くほど、深く、優しい声で高照が呼びかけた。高照自身の声よりも、もっと歳を重ねた母のように落ち着いた響きには、それを耳にした者を包み込んでしまうようなぬくもりがあった。

「どうしたの、鷹士」

問いかけられて、かすかに肩を震わせ、鷹士は顔を上げた。かすれた声で答える。

「眠れない」

「どうしてねむれないの」

「夢を見る」

「こわいゆめ？」

鷹士はうなずく。

「それは、ひと？　それとも、けもの？」

鷹士は考え込むように首を傾け、息を吐いた。

「手だ」

鷹士は両手で頭を抱えた。

「助けてくれと、闇の向こうから手が伸びてくる。つかんで引き上げると顔がない。恐ろしくなって手を放すと、数が増える。数え切れないほどの青白い手や、血まみれの手が迫ってくる」

「おそろしいゆめね」

鷹士は頭を抱えたままうなずいた。

「恐ろしい」

肩を震わせながら、鷹士は上体を前にたおした。

「怖い――怖い――アーニァ、助けて」

こどものような口調になり、急に手を伸ばして高照の腕をつかんだ。

驚いた隼人は、とっさに鷹士の肩をつかんで引き戻そうとした。しかし鷹士の肩に触れたとたん、手のひらを無数の針で突かれたような痛みに襲われ、小さな悲鳴とともに思わず手を放す。

腕ごと鷹士に引き寄せられた高照の目が、痛みとも恐怖ともつかないもので見開かれた。鷹士は高照の肩に額を押しつけて、水を浴びたように汗をかき、こどものように訴える。

「怖い。アーニァ、もういやだ。いやだ。痛い、怖い。逃げても、逃げても、連れ戻される」

気丈な高照は姿勢を崩さず、そっと深く息を吸い込み、吐いた。

「だれに」

「――御子さまに――戦えと――殺せと――」

高照は空いたほうの手指に挟んだ、薄青い絹の比礼《ひれ》をひらりとふった。暗い屋内に初夏を思わせる爽《さわ》やかな風が吹く。その手を鷹士の肩にのせ、歌うようにささやきかける。

「それは、夢。ただの、夢。ここには、だれもいない。こわいものは、はらわれたわ。ここはあたたかいでしょう？　しずかでしょう。もう、こわいものはおってこない。だ

「こわいゆめね」

れも、あなたをつれもどさない。ねむりにおちても、もう、こわい夢はみない」

やわらかく穏やかな癒《いや》しの呪言に、鷹士はまぶたを閉じた。高照は三本の指で鷹士の両のまぶたにしるしを結んだ。眠りの底へ導かれ、体を丸くする鷹士を寝床に横たわらせ、隼人と高照は外に出た。

日留座《ひるのくら》の宮へ続く小径《こみち》は、欠けてゆく月の淡い光にぼうっと浮かんでいる。

「腕、大丈夫か。鷹士の力、すごいから、高照の腕を握りつぶすんじゃないかと焦った」

気遣わしげな隼人の問いに、高照は袖の上から腕をさすりつつ首を横にふった。

「もう、思い出したじゃない。いまごろになって痛くなってきたわ。あのときはつかまれた痛みどころじゃなかったけど。触れられたところから——」

そこで言葉を途切らせ、息を呑んだ。一瞬だが、鷹士の肩に触れた隼人もまた、高照が視て感じたことが、容易に想像できた。

「あんなものを抱え込んでいたら、ひとはいつか、ほんとうに鬼になってしまうわ」

「忍熊の襲撃からずっと、眠れないほどつらかったのに、横で寝てて気づかなかったなんて、おれ、鈍すぎたよ」

「気づかれないようにしてたのね。でも、怨霊《おんりょう》や魑魅《すだま》に憑かれていたのでなくてよかったわ。もしそうなら、わたしひとりの手には余ったでしょうから」

「じゃあ、なんだったんだ。あの、顔のない手とか」

口にしただけで、あたりの闇から無数の手が伸びてきそうで身震いが走る。

「おそらく、鷹士自身が抱えている死や戦いへの恐怖よ。いままで心の底に固く封印していたものが、その忍熊というかつての仲間を手にかけたことで、噴き出してきたのね」

言葉を選びながら、高照は自分の考えを述べた。

どのような局面でも、常に冷然と構えて死地に臨んでいた鷹士は、死への恐怖など超越しているのだと隼人は思っていた。

「鷹士が死ぬのを怖がるなんて、似合わないよな」

落胆した隼人は、高照でなく自分のつま先に向かってつぶやいた。

「心から、生きたいと思えるようになったということでしょう。いいことじゃないかしら」

隼人は小さくうなずいた。鷹士にとって死は、幽冥《ゆうめい》界で待つ家族や仲間と合流するための、通過点にしかすぎなかった。剣の師であった忍熊を、その手にかけるまでは。

「明日、どんな顔をして鷹士に会えばいいのかな」

隼人や高照の前で弱さをさらけ出してしまったことを、鷹士はどう考えるのだろう。

「今夜のことは、悪夢といっしょに封じたから、なにも覚えてないでしょう。いままで通り接すればいいわ」

「悪夢払いとか、できないのか」

「外からの憑きものなら、呪術で落とせるけど、あの夢は鷹士の心と記憶から生まれてくるものだから、わたしたちにできることはあまりないわ」

「秋津《あきつ》で同じことがおきたら、どうしたらいいんだ。おれは子守唄《うた》なんか歌えないぞ」

高照は腕を組み、考え込む。

「夢に出てくる前に、恐怖や痛みを自覚して言葉で吐き出せたらいいのだけど」

「カウマ族の男子は、憂い悲しみ涙を見せてはいけないんだってさ」

「それで心を壊して病や邪霊を呼び寄せたら、本末転倒なのにね。鷹士が、悲しみも涙も、喜びも全開の隼人とめぐり逢《あ》ったのも、母神のお導きかもしれないわ」

「なんだよ、それ」

「あなたたち、足して二で割るとちょうどいいのよ。とりあえず、船出までに夢封じの護符を用意しておくわ。ああいう夢に引き寄せられる邪霊も、侮れないから。ところで、アーニァって誰かしら」

「カウマ族の誰かだと思う。異国の名前みたいだし」

隼人には聞き覚えのある名であったが、はっきりとは思い出せない。それより、月夜に高照と肩を並べて歩いていることに気づいて緊張が高まる。

隼人は、降臨神事で死にかけた自分を救ってくれた高照に、どれだけ感謝しているかを、いま伝えなければと決意した。

「あの、高照に渡したいものがあって」

懐から柔らかな革にくるまれた包みを取り出し、差し出す。

「なにかしら」

受け取った高照は包みを開けた。両の手のひらに納まる金銅の円鏡を、月にかざす。小さな円鏡は地上の月のように輝いた。

「すごいわね。隼人が造ったの？」

「型作りから鋳込みも、磨き上げまで、自分でやった」

胸を張って断言する。

「すてきね。大切にするわ」

革に包み直そうとする高照を、隼人は慌てて止めた。裏に刻まれた象嵌《ぞうがん》の八つ並んだ記号は、漢《かん》という異国の『文字』であること、そこに書かれているのは詩であって、『しばらく会えないけれども、忘れないでいよう』という意味だと説明した。

「文字？」

高照は戸惑った風であった。少しためらってから、月の光の下で鏡の背面を見つめ、蒼《あお》ざめた頬に硬い笑みを浮かべた。

「こんなすてきなものをもらったら、なにを返していいのかわからないわ」

「なっ、なにも。命を助けてもらったし。それに、すごく、世話になったし。そのお礼だから。あ、でも、やっぱり、なにか欲しいかも。む、無理かもしれないけど」

急に早まる鼓動に、隼人は何度も言葉がつかえる。耳たぶが燃えそうに熱い。

「わたしに用意できるものなら」

「た、高照の、真名《まな》を」

隼人の望みに、高照の笑みがすっと引いた。なんてことを口走ってしまったかと、隼人の背中に冷や汗が流れる。高照が小声で応えた。

「考えさせてもらえるかしら」

「あ、それは、もちろん」

口の端にかすかな笑みを浮かべて、おやすみなさいとささやいた高照が日留座《ひるのくら》の宮へと戻って行く後姿を、隼人は呆然と見送った。

ごく近い近親者か、配偶者のみに明かされる女性の真名を尋ねることは、求婚を意味する。高照も驚いただろうが、隼人もまた、だいそれた望みを口走った自分が信じられなかった。

久慈の信仰に身を捧《ささ》げる高照の真名を知ることで、必ず生きて故郷に戻れるような気がしていたのだが、もしかしたら、隼人はもっと厚かましいことを我知らず望んでいたのかもしれなかった。

自分の身の程知らずさに、穴があったら入りたいほどの羞恥心《しゅうちしん》に身もだえしてしまう。

やがて顔の熱が冷め、早春の夜風に身震いした隼人は、月を見上げた。

「鏡は受け取ってもらえたから、それで充分だ。ただ、おれのことを忘れないでいてくれたら、それで良かったんだし」

隼人は深呼吸をすると、きびすを返して客屋へと駆け戻った。

春と夏は交易でにぎわう宮ノ津への道中、日留座の一行は途中の郷や邑《むら》に立ち寄っては春の祈念祭を行った。邦でもっとも尊貴な人間である日留座が、裸足《はだし》で田畑に入り、かき起こされた土や泥に触れて祝詞《のりと》をあげ、民と作物のため地母神の加護を祈り、高照ら巫女が楽を奏し、舞を奉納する。

「津櫛の日留座も、こういう仕事するのか」

質問された鷹士は、記憶をたどるように少し考えてから、かぶりをふった。

「よくは知らないが、津櫛では日留座自らが執り行う神事は、濠《ほり》や塀に囲まれた高楼で行われ、巫覡や御子しか参列は許されない」

津櫛の日留座は、血縁上は鷹士の父方の祖父にあたるはずだが、同じ大郷に住んでいても邦の頂点にいるものと、下層の剣奴《けんど》では、蜘蛛《くも》の糸ほどの絆《きずな》も感じられなかっただろう。

「そんなものか」

高照の奉納舞が始まり、隼人の注意はそちらに向いた。

旅の間、日向の日留座は久慈の伝統的な日留座のあり方を、隼人や鷹士に語って聞かせた。

「津櫛の日留座も、かつては邦内《ほうない》を回って田畑や森を寿《ことほ》ぎ、天神《あまつかみ》と地祇《くにつかみ》、そして海祇《わだつみ》、さらにそのはざまに坐《いま》す万象の神々に祈りを捧げることを務めとしていた。数世代前に多数の稀人を乗せた楼船《ろうせん》が津櫛湾に漂着してから、郷や邑を濠で囲むようになり、宮の周りに塀をめぐらし、宮楼の床をどんどん高くして、土からも民からも遠ざかってしまったが」

と、口の端に微笑を残しながら、残念そうな面持ちで語った。

久慈四族五邦のひとつ、日向邦はもとは火邦とひとつの民であった。ひとびとが久慈の東岸と西岸に広がってゆくにつれ、東岸にも祖神を祀《まつ》る大郷が興り、火邦から貴人が遣わされてその日留座《ひるのくら》になったという。

日向邦は、全体的にひとが少ないと隼人には感じられた。郷や里《こざと》の間隔は離れていて、ときに数日歩いても集落を見かけない。集落に入ると家々の間隔も広いために閑散とした印象を受ける。陸稲が多く、水田もあまり見かけない。日留座の一行はどこでも歓迎され、邦民は日留座を崇《あが》め、かつ畏《おそ》れることなく、その尊敬と親愛を示すために集まってくる。日留座と高照、そしてほかの貴人らも、とても気安く邦民と触れ合い、交流する。

かれらが宮ノ津に着いたときは、すでに多くの船が集まっており、浜の市場は邦の内外から訪れた交易人たちで賑《にぎ》わっていた。日留座の一行を目にした舟主や荷主たちは、競って船魂《ふなだま》の祭を願い出た。

どのようにして山から運び出したのか、隼人には想像もつかない巨木の刳舟《くりぶね》には、左右に張り出した二対の横木の先に、転覆を防ぐための浮き舟が固定されていた。その横木の上にもすのこを張って、可能なかぎりの生活空間を水上に作り出している。

「あんなに船を荷でいっぱいにしたら、どこで食べたり寝たりするんだろう」

「すのこの上よ」

「足を滑らしたり、寝返りを打っただけで海に落ちてしまいそうだ」

いまになって慌てる隼人に、高照はいたずらっぽくほほ笑みかけた。

「海の上では、ずっと浮き具か命綱を身に着けておくことね。泳ぎの得意なものでも、潮に流されたらどうしようもないから、みなそうしているわ」

巫覡に呼び出された高照と別れて、隼人はひとりで浜辺を歩いた。浜の方で湧き起こった歓声にふりかえると、船魂祭を終えて進水した巨大な刳舟のすのこから、舟手《ふなて》の少年たちが順番に海に飛び込んでいる。波の上をどれだけ遠くまで飛べるのか競っているのだ。

隼人は、腰布ひとつで波間に飛び込み、水しぶきとともに顔をだした若者のひとりが鷹士であることにびっくりした。器用に水を掻《か》いてふたたび昇降板にとりついて舟に上がる。そういえば、鷹士の育った津櫛の大郷は海に近い。

肝心なことを失念していたことに思い当たり、隼人の顔から血の気が引いてゆく。鷹士は、砂浜から呆然とそちらを眺めている隼人を見つけ、海へ飛び込み浜へと泳ぎ戻る。刳舟を波上へと押し出す人手に駆り出された鷹士は、そのまま舟手たちの遊びに誘われたという。

「おまえもやれ」

隼人は激しく首を横に振った。

「おれ、泳げない。泳ぎ方知らない」

「龍王の末裔《まつえい》が何を言っているんだ。海人《あま》の子は、生まれてすぐに泳ぎ出すという。航海に出るのに、水に浮くこともできないのでは自殺行為だぞ。おれが教えてやる、来い」

鷹士は隼人をむりやり海に引っ張り込む。水に顔をつけるところから始めなければならなかったが、太陽が西へ傾く頃には、隼人も舟手の少年たちと海に飛び込んでいた。

すのこを蹴《け》って空へと跳躍する昂揚《こうよう》感、海面に飛び込むときの爽快《そうかい》な刺激、太陽の光を目指して浮き上がってゆく解放感と、新鮮な空気を胸いっぱいに吸い込んだときの充足感。繰り返すたびに、ひとりでに笑いが込み上げてくる。隼人はすぐにコツを覚えて、この遊びに夢中になった。

第四章　滄海の航路、不二の霊峰

春半ばから初夏への、雨季に入るまでの短い時期を、滄海《そうかい》交易の季節と呼ぶ。

うつろう季節の大半を、気まぐれに、かつ無慈悲に嵐をもたらす天空と、たよりない小船を逆巻く高波のあぎとに呑《の》みこむ海洋が、この時季だけは穏やかにまどろみ、群青よりも濃い暖流が久慈《くじ》の南岸から北東へと流れ、海の旅人が海神綿津見《わたつみ》の領域を渡りゆくのを許してくれるのだ。

ひとひとりの背に負える数倍量の物資を、陸路であれば片道ふた月以上かかる遠方の地へ、ひと月のめぐりで往復できる、恵みの季節であった。

出航の前夜、隼人《はやと》は浜を見おろす祀宮《まつりのみや》に呼び出された。

高床に一間造りの宮室には鯨油が灯《とも》され、日留座《ひるのくら》と高照《たかてる》の母でもある宮ノ津《みやのつ》の巫《かんなぎ》が隼人を待っていた。日向邦《ひむかのくに》の最高権威である一対の男女を前に、隼人は緊張し畏《かしこ》まって正座した。

「隼人は、高照の真名を訊《たず》ねたそうだが」

日留座の単刀直入な問いかけに、隼人は心臓がのどから飛び出そうになった。

「高照の真名を知ることは、次代の日向邦をともに担《にな》うということと、承知してのことかな」

隼人は背筋をピンと伸ばした。膝《ひざ》に置いた両手を握りしめる。

「は、はい」

取り消すことができればそうしたい過ちであったが、いまになってあれは気の迷いでしたとか、思い上がりでした、などと言っては高照の名誉にかかわる。拒絶されるにしても、正々堂々と叩《たた》き出されるべきだろう。

「日向は、火邦《ひのくに》のように久慈全土の崇敬を集めているわけでもなく、津櫛《つくし》や豊《とよ》のような富も力もない。高照は、日留座は神々と邦民とともにあるべきという、私の方針を継ぐことを望んでいるが、隼人はどう考えるのかね」

ただでさえ、高照の両親といきなり公式対面という事態に緊張している隼人に、邦の未来など訊ねられても考えはまとまらない。

「あの、あまりうまく言えないんですけど——」

語尾が口の中で消えてしまった隼人を、日留座《ひるのくら》は静かに諭した。

「高照の呪術《じゅじゅつ》に癒《いや》され、命を救われたものたちは、高照に心を惹《ひ》かれ思慕の情に囚《とら》われることが多い。隼人も生死の境をさまよい、高照に呼び戻されたそうだが、巫女《みこ》として術をなすときの高照と、日常ありのままの高照の気性に差があることは、気にならないのかね」

「なりません。おれの知っている高照は、出会った最初の日からずっと、高照でした」

初めて対面したのは阿曾《あそ》の大郷《おおさと》だったが、隼人の脳裏に浮かんだのは、その数日前に鬼神の面をつけ、長脛日子《ながはぎひこ》の野営地を風術で薙《な》ぎ倒した高照だった。そのときの情景を思い出した隼人の頰がおもわずほころびそうになり、奥歯を嚙《か》んで頰を引き締める。

「高照は十六にもなるのに、いつまでも独り身ではと案じていたが、ようやく真名を求めるものがいて親としてはひと安心だ。ただ、隼人が高照の背負っているものをともに担えるかというのは、また別の問題だ」

隼人が恐る恐る見上げた日留座の細めた目には、笑みが湛《たた》えられていた。隼人は少しほっとした。

「それでも、高照の真名を知りたいかね」

「もちろんですっ」

隼人は即座に断言したが、無意識に額の上で結んだ前髪に手を当てる。

「あ、でも、いますぐじゃなくても。日留座の言われたように、これから久慈がどうなるのか、久慈の外はどうなっているのか。長脛日子に負けずにすむ道はないのか、秋津《あきつ》島《しま》に行って、探したいと思ってるんです」

緊張のあまり舌を嚙まないよう必死になるものの、自分の話し方が要領を得ていないことに隼人は失望した。どうして鷹士《たかし》みたいに理路整然と話せないのだろう。

日留座は満足そうにうなずき、身を乗り出した。

「では、隼人の器が日向邦を担うに相応《ふさわ》しいか、高照に対する想いがどれほど真《まこと》であるか、試させてもらってもよいだろうか」

日留座《ひるのくら》に促されて、宮ノ津の巫《かんなぎ》が小物籠《かご》から空色の玉を出し、隼人に手渡した。

隼人はここにあるはずのない龍玉の輝きに息を呑んだ。

「どうしてこれが、ここに？」

ひんやりとした玉の肌から触れた手のひらへと、皮膚を透して流れ込む温かな気の環流に慄然《りつぜん》とする。

「先ごろ宮ノ津を訪れた饒速《にぎはや》より預ったものです。兄の建速《たけはや》、つまり隼人に渡して欲しいと頼まれました。直接会えれば、と願っていたそうですが長くも滞在できず」

双子の弟とすれ違ってしまったことに、隼人の胸に残念な気持ちとほっとした想いが交錯する。しかし、隈《くま》の日留座の跡継ぎであり、神宝の保管者であるべき双子の弟、饒速がただひとつ残った龍玉を持ち出して他者に預けるなど、ありえないことだ。

「饒速によれば、龍玉は潮満玉《しおみつたま》と潮干玉《しおひるたま》のうち、ひとつが失われると満ち引きの均衡が崩れ、災厄をもたらすという。この冬、隈では雨が降らず、沖の潮も例年と違う方向へ流れ始めているそうだ」

日留座の厳かな言葉に、隼人は背筋に冷たい海水を流された気がした。双子が不吉だとみなが信じるから、すべての災いを双子のせいにしてしまうのだと高照は断言したが、この異変は鷹士を噴火から救うために、隼人が潮満玉を破裂させたことが原因だ。

返答する声がかすれる。

「だけど、潮満玉は海水に還《かえ》ったんです。捜しようがありません」

日留座はすべてを見てきたかのように、隼人の話を信じてくれた。

「形を捨てた潮満玉の御魂《みたま》が、隼人を包み込んで火の柱から守った。ならば、潮満の滴は隼人の肌と魂にも浸《し》み込んでいる。その御魂の滴を核に、海潮を集めてふたたび形に戻すことができれば――」

龍玉の滴のために、自分が雑巾《ぞうきん》のように絞られるのを想像し、隼人はごくりとつばを飲み込んだ。

「でも、どうやって。神宝を操る呪力《じゅりょく》なら饒速のほうがずっと――」

饒速は、遊魂術で遠くへ自分の魂を飛ばし、癒しを施すことができる。ただその術の対象は、魂を分け合う双子の兄、隼人が大怪我や大病をしたときに限定されているようであるが、饒速が人並みはずれた霊力に恵まれていることに変わりはない。

日留座の頰から笑みが消え、口調も重さを増した。

「隈で双子が忌まれる理由は、部族が裂かれ諍《いさか》いを招くからというだけではない。隈の日留座や邦民たちが信じているのは、もっと根が深い。隈の祖先、阿多《あた》族の古い言い伝えでは、双子のひとりは龍蛇《りゅうだ》の託し子であるという。どちらが託し子かわかれば、海に還すことで災いを逃れることができると信じられている」

かつて、阿多族と対立する海人《あま》の民、和邇《わに》族の巫が隼人に語った、建速が棄てられた理由――双子は不和のもと――それだけでは説明し切れなかった、隈の日留座や民びとたちの嫌悪の視線や、隼人に話しかけるのも触れるのも厭《いと》う態度に、ようやく納得できる理由が与えられた。

「おれは、隈でもここでも、異形の子だって思われているんですね」

隼人は苦しい息を吐くように、食いしばった歯の間から言葉を押し出した。

「阿曾の降臨神事で、隼人は潮満玉の神威によって生き延びた。隼人がこの神宝の正当な持ち主である龍神の申し子であるとしたら、潮満玉を再現させることは隼人にしかできないだろう」

隼人は膝の上に置いた蒼玉《そうぎょく》を見つめ、嘆息した。溶岩の噴き上げる亀裂《きれつ》へ放出させた海水に包まれたときの昂揚感《こうようかん》と、潮を操り、自身と鷹士たちを安全なところまで押し流すよう命じたときの万能感が蘇《よみがえ》る。

隼人は瀕死《ひんし》の状態となりさまよいこんだ幽明境で、久慈の地母神クラが、隼人に龍の若子と呼びかけ、潮の示す道を行けと告げたのを思い出した。

「日留座《ひるのくら》は……高照は、おれが龍蛇の託し子でもいいんですか」

隼人は高照さえ気にしないのなら、自分の正体が何であろうとかまわないと思い始めていた。

かすかな溜息《ためいき》とともに、日留座は肩を落とし、腕を組んだ。

「龍も蛇も、怒りを招かなければ大地を守り、実りをもたらす、風水を司《つかさど》る神々の眷属《けんぞく》だ。南海の海人伝説によれば、和邇族も阿多族も、南海龍王サカラの子孫と聞くが、その首長に龍蛇の子が生まれて、なんの不都合があるのか、われら日向の民にはよくわからない」

日留座が小さく首をふりながら言葉を切ると、沈黙していた宮ノ津の巫《かんなぎ》があとを引き継いだ。

「和邇族の主張するように、隈の祖神がもともと久慈の母神の御子神《みこがみ》でなく、海の彼方《かなた》から訪れた外来《けらい》の神であったのなら、久慈神族に迎えられるために、祖先が龍蛇であったことは隠したい記憶だったのかもしれません」

隼人は、太古の昔にこの久慈へ移り住んだかれの祖先と、昔から久慈に住んでいたひとびとの間にも、葛藤《かっとう》があったのだろうかと想像した。

「潮満玉を失くしたのはおれの責任ですから、捜し出せと言われればやってみます。でも、どうしたらいいのか見当もつきません。せめて、手がかりや方法とか、知ることはできないでしょうか」

日留座は妻に占いの準備をさせた。宮ノ津の巫は火を熾《おこ》した炭鉢と焼棒、白く乾燥した鹿の肩甲骨を日留座に差し出した。

骨占《ほねうら》を終えた日留座は、鹿骨に残された焼け焦げとひび割れを見つめて嘆息したのち、宮ノ津の巫に手渡した。巫の眉間《みけん》にもかすかなしわが寄る。高照の両親が難しい顔で視線を交わすのを見て、隼人は不安になった。

「真坂《まさか》の勧める通り、東海の美野《みの》で船を下りるのは良い。その後は潮干玉の導くままに進むことだが――」

言葉を切った日留座《ひるのくら》のあとを、宮ノ津の巫が引き継いだ。

「背信の兆しが出ています。潮干玉を持っていることと、潮満玉を捜していることは、だれにも話さぬ方がよいでしょう」

だれが隼人を裏切るというのだろう。道連れといえばふたりしかいない。出会ったばかりの真坂に神宝探索について打ち明けることは、隼人は初めから考えていなかった。

「鷹士にも、ですか」

高照の両親は顔を見合わせた。応《こた》えたのは日留座であった。

「鷹士が津櫛の人間であり、長脛日子の胤《たね》であることは、忘れぬほうがよいだろう」

出航の朝、揺れるすのこの上で寝起きなどできそうにもないと、不安を抱えていた隼人が案内されたのは、一葉の刳舟《くりぶね》に速度は劣るが、積む荷の量と人数にすぐれた二艘船《にそうぶね》だった。

接合部を正確に測って削り、はめ合わせた舷側板《げんそくいた》は、竪板《たていた》や仕切り板で固定され、水を吸って膨張し、継ぎ目には針を差し込む隙もない。

内側の接合部に指を這《は》わせた隼人は、浸水しないことが不思議でたまらない。

「やあ、日留座の御船に乗せていただけるなんて、ありがたいことですなぁ」

真坂は感激のあまり、刳舟の基部にはめ込まれた波除《なみよけ》の舷側板を撫《な》で回した。

「わたしの船ではない、日向の船だ」

日向の徴《しるし》である、三重の円を朱で描いた三角帆を見上げた日向の日留座は、誇らしげに真坂の言葉を訂正した。

「この船を造るために、邦中のあらゆる民の手がかかる。たとえば、棕櫚《しゅろ》の葉と樹皮から糸を取り出し、帆を織り上げるのに、ひとつの郷の女たちが総出で働いても、ひと夏かかるのだよ。さらに、巨木を伐り出して浜に運ぶのに、どれだけの人手を必要とするのか、その巨木を刳り貫《ぬ》き、外洋航海を可能にする舟造りの労力は推して知るべしだろう」

日留座は、日向の命運は海運交易にかかっていると隼人に語った。

津櫛のように、多数の戦奴《せんど》を養うほどの耕地に恵まれない日向が、長脛日子に対抗するとしたら、海にしか活路がない。

「こんなに大きな船があれば、長脛日子を怖れることはないんじゃないですか」

丸太を刳り貫いた小舟しか見たことのない隼人は、風を孕《はら》む帆を見上げて正直な感想を述べた。

「この数年は見かけないが、外来《けらい》商人の船はもっと大きいのだよ。『楼船《ろうせん》』といって、小島のように大きな船に高殿や二層、三層の楼閣が載っている。郷がひとつ、そのまま船になったようなものだ」

日向の日留座は、旅の途中でもし異国の船を見ることがあれば、学ぶ機会は逃さぬようにと隼人に耳打ちした。

舷側板を継ぎ足して高さを増すことはできても、船体の長さと幅は、基底となる刳舟《くりぶね》以上には拡張できない久慈の造船法では、どうしても他邦に抜きんでることができない。

隼人には楼船なるものの大きさも形も想像することは難しかった。久慈の北の海を制している津櫛や加羅津《からつ》、そして神出鬼没な倭人《わじん》たちの船よりも優れているのだろうか。原生林に覆われ、ようやく人ひとりが踏み分けた邦通道《くにのかよいじ》が頼りの陸路交易よりも、海上で沿岸を移動する方が少ない人数で荷をたくさん運べて有利なのは事実だ。

日向の日留座《ひるのくら》の言うとおり、海上交易は長脛日子に対抗する、現実的で有効な手段のひとつだと考えた隼人は、真剣な顔で日留座にうなずき返した。

「見聞を広げなさい、隼人。ひとつの考えや目的、問題に固執してはいけない。寄り道を怖れなくてもよい。どこに求める答があるのか、神々が言葉を残しているのか、よく目を見開いて探すことだ」

日留座が隼人に授けた餞《はなむけ》の言葉は、旅立ちの昂揚感をいっそうかき立てる。

しかし、波を蹴立《けた》てて大海へと乗り出した興奮は、長くは続かなかった。

日向邦の帆を張った二艘船が波を越えて漕《こ》ぎ出してから、隼人は丸一日船酔いに苦しみ、船尾の底に張られた寝板から動けなかった。この航海では、何日も陸に上がることなく、夜も昼も潮の流れに乗って目的地を目指すのだ。寝るのも、食べるのも、いっさいの生活を揺れる船の上で営まなくてはならない。

外洋に出てしまうと陸影は見えず、どこからともなく寄せてくる小山のような群青のうねりに、船は前後からも左右からも、持ち上げられて傾き揺れる。けして水平に定まることのない視界のなか、うねりの谷間から頂《いただき》へ、頂から谷間へとやりすごした。うねりの谷底に入り込むと、同じ日に出航し遠く近くに並走していた二艘船や、横木を広く張り出させた大刳舟は、青い丘の向こうに見えなくなる。四方八方どこを見ても、群青の底から空しか見えない光景に、初めのうちは恐怖に呑まれそうになった隼人だが、隼人の生まれた隈の阿多族の先祖も、このようにして遥《はる》か南の島から大海を渡り、久慈にたどり着いたのかと深い感慨も覚える。

絶えず揺れる二艘船の渡し板や舷側を、地面と変わらぬ気軽さでひょいひょいと忙しく働き回る、十代の舟手《ふなて》たち。舟主と舟手らは南久慈の海人《あま》びとに特有の、丸顔もしくは四角張った彫りの深い目鼻立ちをしている。ただ、ひと冬を山深い阿曾の工房で過ごした隼人の肌の色は、一年中を沿岸で過ごすかれらの、褐色に焼けた肌ほど濃くはない。南久慈風の容貌《ようぼう》だけで、泳ぎに長《た》け、船に慣れているのだろうと周囲から思われてしまうのだが、隼人は船から落ちないようにするので精一杯だ。

船酔いのおさまった隼人は、日除けの布をゆるく頭にかぶり、棚板に座って、波の下へ伸びる何本もの釣り糸を眺めていた。

のたりのたりとうごめく海面を眺めていると、眠気を催してくる。

隼人は帯に通して腰に固定された、鯨革の物入れに手を伸ばした。

津櫛の比女《ひめ》から贈られた、短い起毛の物入れは、厚手で丈夫、そして防水性も高い。

大切な護符や旅の路用となる貴重品、生薬などを入れる。蓋《ふた》の内側に縫い付けられた青銅の七鉤《ななかぎ》守りだけでも、この船賃を往復で購《あがな》えるほど高価なものであるが、その下には隈邦が奉じる神宝、潮干玉が納められていた。

潮干玉の片割れ、潮満玉捜しは、どう考えても不可能に思われた。波の上に、海人の刺青《いれずみ》を除けば自分と瓜二《うりふた》つの双子の弟、饒速《にぎはや》の顔を思い描き、「なんでおれがこんなもの預からなくちゃならないんだよ」とぼやく。

何百年も守り続けてきた神宝が一度は失われ、そして戻ってきたのだ。隈の日留座《ひるのくら》とその民が手放すとはどうしても思えない。饒速の独断ではないかと思われるが、潮干玉を持ち出さねばならないそこまでの理由があるはずだ。しかし、巫道《ふどう》になんの知識もない隼人に、どうしろというのか。

空の蒼《あお》と海の碧《みどり》が交わる水平線のかなたに、雲の切れ端のような灰色の塊が、形を変えながら右へ左へ移動している。なんだろうと隼人が首を伸ばして見ていると、ひょいひょいと棚板を跳び移ってこちらにきた若い舟手のひとりが、隼人の横で止まった。

「あん雲は海鳥の群れじゃ。あん下に魚群がおるんじゃ。網があればごいとすくうて大漁なんじゃがなぁ。網がのうても、釣り針を落とせば、そがらし釣れるが」

褐色の顔に、白目と白い歯が鮮烈な対照をみせている。親切に教えてくれるものの、隈と日向の訛《なま》りが微妙に混じり合った舟手の言葉は聞き取りにくい。

舟手は、つま先をサルのように曲げて足だけで船べりにしがみつきながら、器用にしゃがみこむ。隼人が見ていた釣り糸をくるくると巻き取りながら、魚がかかっていないことに溜息をつき、また海へ投げ戻した。

「今夜は干し魚と漬物だけかー」

舟手がぼやいていると、前方で魚が跳ねるのが見えた。

「おー、今日の潮の道はやたら魚が多いー。あっち突っ込んでいけば、てげ大漁間違いなしだがー。微妙に釣り糸の届かんところに群れとるなー」

舟手の陽気なおしゃべりを聞いていた隼人は、背後にひとの気配を感じてふり返った。見上げた先には、ゆるく巻いた麻布で頭から肩まですっぽり覆い隠した隙間から、一重の切れ長の目がのぞいていた。

隼人は失笑でゆるみそうな口元を引き締め、できるだけ罪のない真顔を頰に貼りつけた。

「鷹士、具合はもういいのか」

「調子はどげん、北久慈のお客さん。やから最初に練貝粉と日除けの頭巾をあげたに、使わんから」

米汁と貝粉を練り合わせた軟膏《なんこう》は日焼け止めだ。朝日が昇る前に塗るように言われていたのだが、出航の忙しさと船出の興奮、そしてすぐに襲ってきた船酔いのために、塗りそこねたのだ。

緑の繁る陸であればまだ穏やかな春の陽射しも、大海原では遮るもののない陽光と、四方を囲む海面の照り返しに肌をじりじりと焼かれる。さらに塩を含んだ風に一日肌をさらしているために、生まれつき色の濃い隼人でさえ、急激な日焼けで肌がぼろぼろになった。冬の間に色が褪《さ》め、北方人に多い白い肌に戻っていた鷹士は、顔や首が真っ赤になり微熱を出した。水ぶくれした皮膚を冷やそうにも、貴重な真水を使うことはできないでいる。

「あの魚は、食べられるのか」

鷹士は前方に飛び跳ねる魚を示し、舟手に問いかけた。舟手はきょとんとして隼人の顔を見た。隼人は舟手に向かって同じ問いを繰り返した。隼人は舟手の返答を聞き、鷹士のために繰り返す。

「食えるそうだよ。小骨が多いけど、肉はすりおろして生姜《しょうが》で和えて、団子汁にするとうまいって」

浜にいたときから隼人は勘付いていたのだが、鷹士には日向の船乗りや海人の言葉が通じていないようであった。さらに、舟手たちのほうでも、鷹士に話しかけられても理解できないらしかった。

北の人間に特別に配慮して渡される日除けの被《かぶ》り布と軟膏を受け取ったときに、説明と警告が理解できていれば、鷹士は重度の日焼けで苦しむこともなかっただろう。

隈生まれの隼人は、幼いときに耳にした南久慈の言葉が記憶の底に残っていたのか、舟手たちとの会話でもそれほど不便は感じていなかった。

自然と、隼人は鷹士の通訳まで務めている。隼人は隣の船に棚板を割り当てられた真坂を訪問した。

「おれも鷹士も、同じ言葉で話しているのに、どうして舟手たちには鷹士の言うことは通じないんだろう」

荷籠を修理していた真坂は、日焼けした顔にしわを寄せて笑った。

「隼人は表情が豊かで、通じないところは身ぶりや手ぶりを使って、ひとつひとつの言葉の区切りもはっきりと話す。鷹士は無表情な上に低い声で、抑揚も切れ目もなく話すだろう。だから、舟手たちには鷹士がなにを言っているのか、言いたいのか、わからない」

「そんなものかなぁ」

昨年、南久慈を旅したときに、鷹士が一行の仲間以外とはだれとも話さなかったのはそのせいかと、隼人は急に不安になった。

「秋津島に渡っても、それこそ言葉がぜんぜん通じなかったら、おれたちどうしたらいいんだ」

膝を抱え、舟手のように棚板につま先をひっかけて座り込むという器用な体勢で、隼人はつぶやいた。真坂は笑みを消して、真顔になった。

「秋津も久慈も、ものの名前や発音が少しずつ違うくらいで、そんなに変わらない。交易の盛んな邑《むら》なら久慈の言葉は通じる。外来《けらい》の商人みたいに、さっぱり意味がわからないってことはないから大丈夫だ。それに、隼人は相手の訛りを真似するのもうまいから、心配はない。鷹士は……どうかな。隼人がいつもついて通詞《つうじ》をしてやるわけにもいかないだろうしな。そのうち隼人が疲れてしまうんじゃないか」

どうやら真坂は、未《いま》だに鷹士に好感を持てないようだ。

鷹士が打ち解けないのがよくないのだろうが、無口なままでも、火邦の兵頭《ひょうどう》、秋猪《あきしし》とその配下の兵《つわもの》たちや、日向の貴人たちとは問題なく交流していた。もっとも、貴人というのは作法重視なのか、いつまでも他人行儀でもそれほど気にならないものらしい。

山師と交易を生計《たつき》とする真坂は、愛想もなく冗談も言い合えない、腹の見えない人間とは反りが合わないのだろう。また、年下の鷹士の尊大な態度が気に入らず、身分も腕っぷしでも劣るために文句が言えないのもあるかもしれない。

隼人は話題を変えた。

「秋津にも、久慈みたいに邦があって、日留座《ひるのくら》がいるのかな」

真坂は咳払《せきばら》いをしてから、重々しく講釈を始めた。

「秋津には『邦』も『日留座』もない。久慈には阿曾や霧島《きりしま》など、常に火や煙を噴いている火山が多い。その荒ぶる霊山を鎮めるために部族のしがらみや郷邑の距離を越えて、地母神クラを至上とする共通の信仰が全土にある。いっぽう、火山が少なくて、久慈ほど人間の数が多くもない、大きな邑と邑の間が遠く離れている秋津人のつながりはもっとゆるやかで、それぞれが土地の神や祖先を祀っている。集落が濠《ほり》や柵《さく》で囲まれているのを邑という。環濠《かんごう》のないのは郷とか里《こざと》だ」

久慈と秋津は似たような言葉を話しているようだが、意味や使い方は少しずつ異なっているようだ。

「じゃあ、美野は？」

隼人は日向の二艘船が目指している邑の名を挙げた。秋津島の真ん中にあるというその邑には、大八洲《おおやしま》の東西南北からひとびとが集まり、各地の物資や噂話が集まっては広がっていくという。真坂はそこで鉱脈の情報を集めるところから始めるのだと、船出前に隼人たちに説明していた。

「美野は『美野宮処《みののみやこ》』と呼ばせているなぁ。邑だけどな。『みやこ』てのは、ものすごく大きな邑って意味だ。宮処で一番えらいのは、国主《くにのぬし》と呼ばれている。淡海《あふみ》の西岸あたりの『国造神《くにつくりのかみ》』を奉じる部族の首長らがそう名乗るらしいが、よくは知らん。美野では内海で塩を作っているから、塩の代価はあまり高くない。市で買い物をするときは、覚えておけよ」

「大郷より大きいのが『みやこ』って思えばいいのか。そんな大きな『みやこ』を治めてるんなら、美野の国主は長脛日子みたいに秋津の王になりたいと思わないのかな」

真坂は眉間と鼻にしわを寄せて、難しい顔をした。

「秋津はそれこそ、南の端から北の端まで行って、帰ってきたやつが滅多にいないくらいでかい。大陸まで行って帰れるくらいの楼船をたくさん造って、秋津島を一年で回りきれる財力でもない限り、秋津全島を支配するなんて無理なこった。だが、美野の国主はかなり強欲な男だ。長脛日子のような戦好きじゃないが、油断のならない商人気質で、損得勘定にうるさく、とにかく宮処を大きくすることに力を注いでいる」

どこにいっても、おとなたちは富や力を得ることに夢中なのかと隼人はがっかりした。

隼人と鷹士は、母神の託宣のひとつであった『王の時代』の到来を、ひとびとに警告するべきなのか、という問題も抱えていた。長脛日子のように、調停者としての日留座《ひるのくら》ではなく、支配者たる『王』を目指す人間が地上に現れ、久慈も秋津も戦の渦に呑み込まれていくという動乱の未来図を。

はじめのうちは、そうするべきであると考え、旅の大義もそこにあると思っていたのだが、時間が経つにつれて、それが果たして正しいことなのか、隼人にはわからなくなっている。

その後も、鷹士は舟手たちと意思を通わそうという努力をしなかった。隼人を介して操船や荷の移動に手を貸すよう頼まれないかぎりは、自分の棚板に陣取って宮ノ津で入手した細長い木を黙々と削っている。

隼人は風読みの語る雲の読み方や、海流の見分け方に興味を覚え、風に合わせて帆を動かしたりたたんだりするなど操船の手伝いが面白く、釣り上げた魚のさばき方を学び、新鮮な刺身に舌鼓を打ち、残った腸《はらわた》で魚醬《いしお》の作り方を習うなど、忙しい日々に夢中になっていた。夜は夜で、松明《たいまつ》の灯《あか》りに引かれて寄ってくるイカの群れに網を投げ、舟手たちとともに引き上げる。魚介類の生臭さにもいつのまにか馴染《なじ》み、干すために身を開かれたイカを帆桁《ほげた》に吊《つ》るすのを手伝った。

ときおり見える陸影を伊予《いよ》の岬であるとか、航路の標《しるべ》となる島の名を教えられた。

海岸に沿って西へと向かう船を目にした隼人は、近くにいた舟手に、かれらはどのようにして海流に逆らって進むことができるのかと訊ねる。

「裏潮に乗るんじゃ」

と舟手は答えた。

陸の近くには沖とは異なる潮の流れがあるという。秋津から日向や隈を目指す船は、熟練の潮読みだけが見分けることのできる裏潮と、巧みな操帆術によって西へ西へと進むのだとも。

海の上の毎日は、新鮮な驚きが尽きない。

阿古《あこ》を戦で追われてから、同じ年頃の少年たちと賑《にぎ》やかに過ごすことのなかった隼人は、舟手たちと青い空の下で働くことがとても楽しかった。

夜空を指さし、覚えた星の名をひとつひとつ暗唱して星読みに褒められた隼人は、他のものを起こさないよう静かに棚板を踏み越え、筵《むしろ》の敷かれた自分の寝板に横になった。

隣の寝板では、鷹士がまだ眠らずに体を起こしているのを見て、話しかける。

「おれって、船乗りにも向いてるかも」

船べりに肘《ひじ》をかけて、満天を埋め尽くす星を見上げていた鷹士は、くつろいだようすで隼人を見下ろした。星明かりだけで相手の表情が見えるほど、夜は明るいものだということに、隼人は少し驚いた。

「海が気に入ったようだな」

これまで聞いたことのない、穏やかな響きがあった。

「鷹士は、海は好きか」

すぐには答えず、鷹士は腰をずらして棚板の下に仰向けになった。

「ずっと船の上にいるのでなければ、悪くない。おれは泳いだりもぐったりするほうがいい」

「じゃ、交易より漁師のほうが向いているんだ。鷹士は山でも海でも狩人《かりうど》だな」

小さく鼻を鳴らす音に、鷹士が笑ったのかと隼人は思った。

「おれは、殺しに向いているということか」

隼人は慌てて肘を起こした。

「そういう意味じゃなくてっ」

思わず上げた声に、眠りを妨げられた舟手がうめき声を上げた。

大きな手で胸郭の下からぎゅっと締め上げられたかのように、隼人は息を詰まらせた。

「そんなつもりで言ったんじゃない」

「わかっている。おれがそう思っただけだ」

「そんなふうに言うなよ。そんなふうに考えるなよ」

津櫛の戦奴が阿古の里を襲った翌日、少年たちに縄をかけ連行する鷹士を『人殺し』と罵《ののし》ったのは、隼人だった。

思えば不思議な縁だ。敵であり仇《かたき》であった人間と、同じ船に乗って夜の空を眺めている。

「おれにとっては、狩りで獲物を殺すことと、戦でひとを殺すことは同じだった」

淡々と話し始めた鷹士に、隼人は息をひそめてその先を待った。

「忍熊《おしくま》がなぜ、転倒したおれに即座に剣で止《とど》めを刺さなかったのか、隼人にはわかるか」

「溺《おぼ》れ死にさせようとしたんだろ。抵抗できない相手をいたぶって喜ぶやつって、いるじゃないか」

隼人は津櫛の戦奴邑で、若い戦奴たちに虐待を受けたことを思い出し、舌の上に苦い味を覚えた。

「水責めでは、息が止まっても背や胸を叩《たた》いて水を吐かせれば息を吹き返す。気を戻したところで消耗は激しく、抵抗どころか身動きもできなくなるものだ。忍熊はおれを無傷で津櫛に連れ帰るつもりだった——おれを殺す気はなかった」

鷹士は言葉を切り、片手を上げて顔を覆う。隼人は、鷹士が忍熊のために泣くのではないかと思った。

しかし、夜の波間にたゆたうのは、双方の低い息遣いと、帆柱や船の接合部が波や風に軋《きし》る音、船首が波を裂く音のみだ。隼人は棚板から顔を出した。

鷹士は腕を額に乗せ、星を見ていた。隼人は鷹士に悪夢が戻ったのかと恐れた。

「眠れないのか」

「いや。船の揺れにも慣れた。眠るのは問題ない」

鷹士の返答に、隼人はほっと胸を撫で下ろした。慣れるまでは船酔いで眠りが浅かったのは隼人も同じだ。暗くて見えないが、鷹士の左手首に巻かれている、七色の絹糸で織られた夢封じの護符はちゃんと効いているようだ。悪夢には言及せず、旅の守りだと鷹士には説明して、高照は同じものを作って隼人の手首にも巻いた。隼人が星を見上げながら、高照の呪力が込められた絹の護符を指先でいじっていると、鷹士の深い溜息が聞こえた。

「櫂《かい》を漕ぐほかは鍛練もできず、座っている時間が長いので寝つきはいまひとつだが。星を数えているうちに眠っていて、気がつくと朝になっている。海の上とは、静かでいいものだな」

四方を海に囲まれていれば、追っ手を恐れて神経を張り詰めさせ、物音のたびに浅い眠りから醒《さ》めるということもない。

「ただ――」

言葉を継ごうとして、鷹士は口を閉ざした。隼人はその先を待っていたが、鷹士は溜息をついてまぶたを閉じた。

鷹士は、考えていることや、感じていることをもっと話せばいいと、隼人は思う。高照が言うように、悪夢にうなされるまで溜め込まずに吐き出してしまえばいいのだ。だが、鷹士が自分から話さないことに踏み込むことは、癒《い》えない傷を爪でかきむしるようなことにも思えて、隼人はどうしたらいいのかわからない。

鷹士が忍熊に対して罪の意識を抱えているのなら、忍熊に致命傷を与えたのは隼人の投げた石だったかもしれないことを告げれば、いくらか気休めになるのだろうか。だが、隼人が口にしたのは別の言葉だった。

「忍熊は久慈の人間だから、たくさん涙を流す人間が多いほど、弔いになると思う」

鷹士はそれには応えず、まぶたを閉じた。

四日目に真水の補給に上陸した場所が秋津のどこであるのか、隼人には見当もつかない。小さな白い浜津《はまつ》に、大小の船が絶えず出入りして、活気にあふれていた。

隼人が、その日ふかしたての餅《もち》菓子や久しぶりの串《くし》焼肉を堪能《たんのう》している間に、鷹士は獣骨や鳥の羽根、木炭と矢竹を買い求める。

両手いっぱいに水と食料を抱え込んで船に戻った隼人は、棚板に小鉢の炉を置いて炭を熾す鷹士の横に腰を下ろした。

「新しい弓を作ってたのか。胡弓はもう、使えないのか？」

「おまえの弓だ。前から自分のを欲しがっていただろう」

おまえの飯だ、とでもいうような口調に、隼人の目も口も驚きに丸く開いた。矢に矧《は》ぐ羽根を整形する鷹士の手元をじっと見つめる。小刀で羽軸を慎重に裂いてゆく作業を妨げないように、隼人は舟底に横たえられた新しい弓へと視線を移した。隼人の身長に合わせた弓身は、戦奴のものより短い。

弓幹《ゆがら》は美しく反り、握りの部分には柔らかくなめした革が巻かれていた。弦をかける両端の弓弭《ゆはず》は、真っ白に磨かれた獣角が挿し込まれている。隼人は震える声を吐き出した。

「おれの、おれのか。鷹士が、作ってくれたのか」

「まだ未完成だ。美野に着いたら、市で漆を求めて弓身に塗る。このままでも使うのは問題ない。あとで素矢《すや》を引かせてやる。飛ぶ魚を狙って射てみるといい」

炭火で針を焼いていた鷹士は顔を上げてそう答え、また下を向き、羽軸を針で焼き固める作業に没頭した。消耗品と考えていた矢だが、作るのにずいぶんと手間ひまのかかるものなのだと隼人は驚いた。自分も覚えて手伝えるよう、隼人は真剣に鷹士の手元を見つめた。

隼人が自分で矢を作れるようになった四日後、左の舟で帆を操っていた舟手の少年が大声で叫んだ。

「樹《き》ノ潮《のうしお》岬だ。おれたちを見て烽火《のろし》を上げた。東海の波浪は良好」

翌朝に浪切《なみきり》の岬に至り、日向の船は北へと船首を回した。黒くも見える群青の暖流をおり、陸影に沿って北上し志那門《しなと》へ至る。

舟手らに岬や島の名を教えてもらいつつ、隼人ら舟客たちも櫂を取り、遠逢志島《とおしじま》と伊《い》良胡岬《らこ》が蟹《かに》のはさみのように伸びる海門《あまと》へと、船を進めたときだった。

「隼人、あれを見ろ」

鷹士の指さす方向へ目を向けた隼人は、息を呑んだ。

重なり合う山峰の彼方、秋津の蒼天を背に、白雪を冠した山の頂が空に浮かんでいた。青く霞《かす》んだ山裾《やますそ》がどこまで広がっているのかは、手前の山々に隠れて見えない。

隼人はその荘厳なる山頂から目を離せず、鷹士の袖《そで》をつかんだ。

「もしかして、あれが——」

舳先《へさき》に立つ風読みがふり返り、誇らしげに叫んだ。

「不二《ふじ》の山だ。ここから御影《みかげ》がはっきり見えるとは、幸先がいいぞ」

声を上ずらせて距離を訊ねる隼人に、風読みは海路で五日から八日と答えた。

「そんなに遠くにあるのに、こんなにはっきり見えるなんて——」

この世にふたつとないと言われている、不二の高峰。

鷹士の母方の祖先、カウマ族の伝承では、『この世界は宇宙という名の四角い形をしている。天の四隅と地の四隅を、それぞれ八紘《はっこう》と呼び、大地と海はその内側にある』と信じられているという。

それは、地上に生きる命は、地底の母神によって創り出されたという久慈の信仰と相反するように見える。しかし、隼人にとっては久慈や大八洲のありようも信仰も、そして未だ見ることのない北や西の大陸もまた、ともに『宇宙』のなかに包まれていると考えて矛盾するところがなかった。

どこまで歩き続ければ、地の涯《は》てにたどり着けるのか。数え切れない夜と昼を数え、無数の波濤《はとう》を越えてようやくたどり着くという、海原の落ち行く果てはどうなっているのか。

久慈にもない、天に届く霊峰の頂に登れば、八紘とその彼方を目にすることができるのではないかと鷹士と語り合った、見果てぬ夢よりも死が間近であった晩秋の日が、隼人の胸に蘇る。

胸の破裂しそうな熱い興奮に、隼人は頬を紅潮させて鷹士にふり向いた。鷹士はまぶしそうに目を細め、歯を食いしばって、怒ったように不二の霊峰を見つめていた。

隼人の視線に気づいた鷹士は、静かに息を吐いた。なにか言おうとして口を開いたが、すぐに閉じた。鷹士は歯がゆそうに顔をしかめ、蒼穹《そうきゅう》を背に佇《たたず》む孤高の雄影へと、落ち着きなく視線を戻した。

生きて目にすることはないと考えていた風景を前に、夢想したことすらない自由を手に入れたことを、ようやく実感したのだろう。

慣れない感動をもてあまし、どうしてよいのかわからないようであった。

「登れるかな」

隼人は溜息とともにささやいた。

鷹士は隼人の肩に置いた手に力を込め、「雪が融《と》けなければ無理だろう。あの冠雪部だけで、かなりの距離と勾配《こうばい》だ」と冷静に指摘した。感情を交えない事柄ならば滑らかに話せる鷹士に、隼人は苦笑した。

海門を抜け、美野の広大な内海へ入ると、潮汐《ちょうせき》や風の向きに合わせて、舟手も荷主も、渡航客もみな息を合わせて櫂を漕いだ。伊良胡・大磯《おおいそ》水道からは、座礁を恐れて夜の航行ができなくなり、碇《いかり》を下ろしたり陸に停泊した。石錘《せきすい》で水深を測りながら慎重に内海を北上すること三日目に、ようやく葦《あし》の繁る広い河口にたどり着いた。

第五章　美野の宮処、新苗の祭

満ち潮で川舟に乗り換え、無数の羽虫につきまとわれつつ、葦《あし》の間を縫うように湿地帯の水路を遡《さかのぼ》る。やがて中州の大きな島に、隼人《はやと》が初めて目にする大規模な集落が見えてきた。狭い間隔で無数の伏屋《ふせや》や高倉の屋根が並び、炊煙が幾筋も上がっている。

隼人は鷹士《たかし》に、美野宮処《みののみやこ》と津櫛《つくし》の大郷《おおさと》では、どちらが大きいか訊《たず》ねた。鷹士は津櫛のほうが大きいと答えたのち、炊煙の密集度を見て、どちらの住人の数が多いのかは、わからないと付け加えた。

美野宮処は北の斎島《いっきしま》と南の川島《かわしま》に分かれている。斎島は厳密には島ではなく川岸の小高い丘で、巫覡《ふげき》や国主《くにのぬし》の宮があると真坂《まさか》は説明した。斎島を囲む環濠《かんごう》や柵《さく》の内側に立つ物見櫓《ものみやぐら》からは、武装した男たちが四方を睥睨《へいげい》していた。防護壁の周囲にも、巡回の姿が見え隠れする。

谷の斜面に並ぶ黒灰色のデコボコしたものはなにかと、眼を凝らした隼人ののど元に、不快な塊がせり上がる。

——逆茂木《さかもぎ》だ。

尖《とが》らせた木の先端を上向きにして地面に植え、あるいは柵で支えて並べた防御壁。近寄るものを串刺《くしざ》しにしようと、その尖端《せんたん》は外側へと向けられている。

思い出したくない戦奴邑《せんどむら》の光景が蘇《よみがえ》りそうになり、隼人は斎島から眼を逸《そ》らした。

美野宮処に荷をおろす川舟が、ひっきりなしに上り下りする水路で、隼人たちは上陸の順番を待たねばならなかった。隣の舟主と言葉を交わしていた真坂が、隼人たちに渋滞のわけを話した。

「おとといから新苗《にいなえ》の祭が始まったらしい。だから舟が増えて水路が混雑している。間の悪いときに着いてしまったなぁ」

苗をすべて植え終わり、田に水を入れたあとの、豊穣を願う祭の最中だという。目前に迫った長い雨季を前にして、ひとびとは初夏の盛りを楽しむのだ。

「鷹士、剣をしまえ。槍《やり》や弓矢なんかは狩猟道具ですむが、剣なんか持ち歩いていると警戒される」

槍でなく矛だと言い返しそうになった隼人だが、鷹士が黙っているので口を閉じる。矛の刀身もカウマの鉄剣も、塩気で錆《さ》びることのないよう、出航前に布で包んで靫《ゆき》に滑り込ませてあったので、急に言われたところで慌てることはなかった。

昼には南川島の渡会場《わたらいば》に上がり、交易所の宿に荷物を預け、真坂は隼人たちを祭に連れ出した。

上流の山人《そま》らが荷揚げする東舟付《ふなつき》の市には、美野宮処の周辺からひとびとが集まる。祭となれば、毎朝の食料や日用品のほかにも、さまざまな品の売り買いが盛んだ。

左右前後どこを見ても人間だらけだ。隼人には、前を歩く誰かの背中しか見えないような人ごみは初めてだった。露店など背伸びしても見えない。真坂や鷹士とはぐれたら、自分がどこにいるのかもわからなくなりそうだ。

「津櫛の大郷もこんな感じなのか、鷹士」

隼人は横を歩く鷹士に訊ねた。

「大郷の祭や市を、ひとりで歩いたことはないから、わからん」

「でも、誰にもぶつからずに、すいすい歩いてるじゃないか。鷹士はひとごみに慣れてんのかと思った」

鷹士は肩越しに隼人を見下ろした。

「どっちを向いても槍や戈《か》をふり回す戦奴の群れを、ひと目で敵か味方か見分けて荒地を駆け回ることを思えば、祭ごときたいした人出ではない。それより」

鷹士は言葉を切った。反対方向へ流れるひとの波にさらわれてゆく隼人の衿《えり》をつかんで、ぐいっと引き戻す。微妙に苛立《いらだ》っているときの、唸《うな》るような声でささやいた。

「毎朝あれだけ鍛練しているのに、このくらいの人波の流れを見切って、ぶつからないように歩けないのか。おまえは」

「だって、いまはだれかと戦ってるわけじゃない……あれ？」

口の中でもごもごと反論するうちに、真坂の姿を見失った。

隼人は慌てて鷹士の袖《そで》をつかんだものの、引き寄せた袖は柿渋色ではなく淡い青であった。そして、その広い袖口と厚い衿は黒い布で縁取られている。見たことのない上等な衣装だ。隼人は猛獣の尻尾《しっぽ》でもつかんだように悲鳴を上げた。

「ひと違いっ。ごめん、じゃなくて、すみませんっ」

仰天して見上げると、小さな目にあごひげを胸まで伸ばした異国人だった。

真坂から聞いた話では、外来《けらい》の商人は通常その土地の首長と直接取引をしているはずだ。美野宮処《みやこ》であれば、北の斎島に滞在しているはずである。在郷のひとびとが集まる市をうろつくなど、ありえない。

口をぱくぱくさせてあとずさった隼人は、別の人間にぶつかった。周りを見回しても、鷹士と真坂の姿は見えず、隼人はひとの波に押されるままに進んで、吐き出されるように筵《むしろ》を広げた露店の前によろばい出た。転びかけた隼人の腕をぐっとつかんだのは、櫛《くし》売りの男だ。

「にいさん、いい櫛がそろっとぅが、目当ての娘っこにひとつどうだな。着飾った粒ぞろいの娘っこがひしめく祭の夜に、贈る物もなて指を咥《くわ》えて眺めとぅだけじゃ、もったいないて」

息も継がずに口上を並べる櫛売りの勢いと、筵に並べられた櫛の細工に気をとられ、隼人は思わず膝《ひざ》をついた。

「でも、おれなんか、だれも相手にしないよ」

童形を示す額の上で結ばれた前髪を左手で押さえて、隼人は櫛売りに苦笑いしてみせる。

「歳なんか関係ないて。にいさん、身なりも面《つら》も悪ぅない。歌はうまいが？　そのいけた面で、こん細工のきれいな櫛をちらつかせて、気ぃ利いた歌のひとつもひねれば、若い女が蜜《みつ》に群がる蟻のように寄ってくぅて」

「そ、そうかな」

褒められることに慣れていない隼人は、鼓動が早まり体が熱くなる。ところが実は、櫛売り男が視線を注いでいたのは、隼人の容姿ではなく身なりであった。朱染めの鉢巻きと帯、右手首に巻かれた七色の護符、左腕に嵌《は》められた白い三連の貝輪《かいわ》だ。旅の門出に津櫛の比女《ひめ》から贈られた、色華やかな上着や胴着は、いまは衣籠《いかご》にしまってある。春も過ぎつつあるいまは薄着となり、装飾というよりも、路用として肌身に着けた貝殻と玉を連ねた首飾りも衿の下から垣間《かいま》見えて、物売りの目を引いた。

隼人の手に、艶《つや》のある赤い柘植《つげ》の飾り櫛が押し込まれた。重ね塗りされた赤漆の下から浮き上がる木目の美しさが絶妙で、熟練の手が感じられる仕上がりだ。発色の鮮やかさから、真朱《まそほ》を使っていると思われる。丹土《につち》と違い、鮮明な深い色合いがいつまでも変わらない真朱を使った装飾品は、不変の想いを伝えるには最高の贈り物である。だが、それだけに値も張る。市で贈り物など求めたことのない隼人には、交換価値がわからない。

隼人は思い切って値を訊《き》いてみた。

「四番の石錘《せきすい》分はある銅滴《どうてき》で足りるかな」

重さの交換単位となる錘《おもり》の大きさと種類が、久慈《くじ》と秋津《あきつ》では違うかもしれないことは思い至らず、隼人は両手で持てるほどの銅の塊を荷籠から取り出して見せた。秋津では金属が貴重であることから、阿曽《あそ》の冶金《やきん》師が餞別《せんべつ》代わりにくれたものだ。純度は定かではないものの、鋳込み時に型から滴り落ちた溶湯《ようとう》が冷えてできた銅の塊には、かなりの価値が見込めるはずだ。

しかし、櫛売りは浮かない顔で首を横に振った。

「銅なんか、純でも屑《くず》でも鋳物師《いもじ》くらいしか引き取ってくれんが」

「真朱《まそほ》も、少しなら持っている」

櫛売りの男は、隼人が物入れから取り出した真朱の欠片《かけら》を手に取った。陽に透かしたり、手のひらに転がして難しい顔をする。

「鯨骨《げいこつ》の釣り針とか貝の匙《さじ》がよければ——」

「おいおい」

小物入れや荷籠の中身を取り出して筵の上に並べだす隼人に、櫛売りは唇を舐《な》めて頭をかきむしった。

「にいさん、気前の良さにもほどがある。この真朱でも足りんって、にいさんを身ぐるみ剝《は》がせば、わしは大儲《もう》けなんだがなぁ。わらわっ子からぼったくるのも気が引けるから、こっちの簪《かんざし》も持っていきや。それで釣り合うだろう」

真朱石を帯袋に納めた櫛売りは、木目を活《い》かした素漆《すうるし》塗りに、母貝片や粒玉で樹花をあしらった簪を隼人の手のひらに押しつけた。目尻《めじり》にしわを寄せてにっと笑い、隼人の衿を引いて耳に口を寄せる。

「だが、よそでこんな気前良くしちゃあかんで。ええとこの世間知らずの若さんと思われて、こすいのに足元を見られるて。こんまけた分は、こっちが真朱売りに仲介料を上乗せせんでもええ分だけつけといたで、これできっちり代価だな」

代価が正当なものかわかっていない隼人も、にっこりと笑い返した。

「ありがとう」

「若いのに、物の良し悪しはわかるようだけ。次の祭にゃ、まっと上等なん持ってくるが」

「ここにはそんなに長くいないけど、おじさんはどこの郷のひと？　旅の途中にあるなら寄っていくよ」

櫛売りと話が弾みかけたところに、真坂がひとごみをかき分けて、大慌てで走り寄ってきた。

「ああ、隼人、ここにいたのか。鷹士が大変だ」

額に汗を浮かべ、息を切らせた真坂は、隼人の袖を引っ張った。

「鷹士がどうかしたのか」

櫛と簪を懐に入れ、隼人は真坂のあとを追った。

「相撲の催しで、鷹士が決勝まで上がってしまったんだ」

「腕自慢くらい、鷹士の好きにさせたらいいじゃないか」

船旅で何日も運動ができなかったから、体を動かしたかったのだろうと、隼人は真坂の慌てぶりを笑い飛ばした。しかし広場まで来た隼人は、鷹士の対戦相手を目にして震え上がった。

筋肉で厚く盛り上がった胸と背中。丸太のような腕は隼人の太腿《ふともも》ほどあり、男の太腿にいたっては隼人の胴に匹敵する。そして、隼人と双子の弟がふたり、余裕でちょこんと乗れそうな広くて厚い両肩の間に、樫《かし》の幹のように太い首がめり込んでいた。その首の上には、丸く尖った頭頂とあごの広がった、三角の握り飯を思わせる頭が載っている。剃《そ》りあげた頭髪のために凶悪さが倍増しているのだが、顔を見上げた隼人はさらに息を呑《の》んだ。

吊《つ》りあがった小さな目と、そのすぐ下についた鼻の頭、ぽてっとした小さな口が、ぎゅっと顔の中央に寄っていた。滑稽《こっけい》ともいえる造作であるのに、額から鼻、そして頬に幾条も丹土で引かれた線が威圧感を増していた。

「なんだって、鷹士はあんなやつに挑戦することになったんだ」

隼人は真坂の腕を揺すぶって訊ねる。

「相撲に興味があるようだったから、あの大男が美野で一番の力自慢で、優勝したらその祭壇の横の山積み賞品がもらえるってこととか、今夜の宴の相手に、あそこの娘たちから気に入ったのを一番で選べると教えたら、その気になったんだよ」

隼人は眼を丸くして問い返した。

「娘たち？」

「賞品や娘っこらのほうはほとんど見てなかったから、なにが気に入ってやる気になったんだかわからないんだが」

「鷹士は、自分よりでかいやつをぶちのめすのが趣味なんだ」

隼人は頭を抱えながら言った。真坂が呆《あき》れ声を上げる。

「それにしても、でかすぎないか。武器もなしで、あの分厚い肉の塊をどうやってやっつけるんだ」

「勝算はあると思う。絶対に敵《かな》わないと思ったら、やらないはずだ」

隼人が口にした言葉の後半は、ひどくかすれてしまった。もしかしたら、忍熊《おしくま》に踏みつけられ川底に沈められた恐怖を克服するために、敢えて人並みでない巨漢に挑戦したのでは、という考えがよぎったのだ。

見物人たちは、体格差に巨漢の勝ちを期待していたようだが、鷹士が上着を脱ぐと、瘦《や》せてはいるが引き締まった体つきと、その体を覆う創傷や打撲による沈着痕《こん》に、見た目の若さに似合わぬ、歴戦の闘士であると判断したらしい。挑戦者に賭《か》けるものも出てきて、広場はいよいよ盛り上がった。

立会人がふたりの間に立って、鷹士の額と鼻柱にも丹土を塗った。常緑樹の枝を浄水に浸し、滴を散らして巨漢と鷹士の肩を祓《はら》い、浄《きよ》めの言葉を唱える。もはや止められる雰囲気ではない。

樹肉を刳《く》り貫《ぬ》かれた丸太に、獣皮を張った胴太鼓が打ち鳴らされた。開始の合図だ。巨漢がどすんどすんと地を揺らし、八つ手のような手を開いて鷹士の頭をめがけて薙《な》ぎ払った。鷹士は腰を低くして巨漢の横へとすり抜ける。

巨漢が忍熊ほど敏捷《びんしょう》ではないと見て、隼人はほっとした。

巨漢は当たれば肉を破り、骨を砕くであろう一撃を繰り出した。鷹士はその風圧に髪をかすらせつつ、舞でも舞うように巨漢の攻撃をかわす。

観戦者は、巨漢の拳《こぶし》が鷹士の頭や肩をかすめるたびに、どよめいたり悲鳴をあげたりする。だれの目にも巨漢が優勢に見えることに、隼人は驚いた。確かに、見切りを誤り巨漢の小指でも当たれば、鷹士は観戦者たちの群れへと弾《はじ》き飛ばされるだろう。拳が当たれば頭蓋骨《ずがいこつ》も砕かれそうだ。

渾身《こんしん》の力を込めて振り下ろされた巌《いわお》のような拳をするりと避けて、鷹士は滑り込むように前のめりになった巨漢の背後に回った。勢い余って無理な体勢で鷹士の動きを追おうとした巨漢の下半身に、鷹士は腰を沈めて体当たりをかけた。鷹士の右肩が巨漢の膝裏に入り、そのまま膝に両手を回し、ぐいっと前に押し上げる。均衡を崩した巨漢は天を仰いで手をばたつかせ、背中から地べたに落ちた。

砂埃《すなぼこり》が上がる。

観衆は唖然《あぜん》として、地面に大の字になった巨漢と、その横に立つ無表情な若者を見つめた。

「な、なにが起きたんだ」

真坂が呆然《ぼうぜん》としてつぶやいた。

鷹士が立会人から服と荷物を受け取り、隼人たちのところへきた。

「見てたか」

鷹士は細い目に鋭い光を湛《たた》えて、隼人に問いかけた。隼人はぶんぶんとうなずき、鷹士は満足そうにうなずいた。

「おまえもできるようになる。自分よりでかい相手を倒すのに、馬鹿力はいらない」

隼人はうれしくなって頬がゆるんだが、すぐに口元を引き締めた。

「でも、おれ、鷹士みたいに速く動けない」

「それも、鍛練次第だ。敵に襲われたとき、いつも手元に武器があるとは限らない。ましてあんな肉と脂肪の塊は、腹や背中を殴っても蹴《け》っても効きはしない」

上着に袖を通し、帯を締めた鷹士は広場を立ち去ろうとした。真坂が慌てて鷹士を呼び止め、同時に立会人が駆け寄ってきて、祭壇の前に来るようにと促した。

「賞品は、真坂が受け取って、適当にさばいてくれたらそれでいい」

鷹士は興味なさそうに言い捨てた。単に巨漢を倒したかったのだろうという隼人の推測が正しかったようだ。だが、真坂がもったいない、という顔で食い下がる。

「でもあの娘っこたちはどうする」

真坂は、高く結った髪に花蔓《はなかずら》を編みこみ、まぶしい白麻で織った丈長の貫頭衣《かんとうい》を、色鮮やかな紐《ひも》や帯で飾った乙女らの集団を指さした。

鷹士の視線を受けて、乙女たちの甲高い笑い声が上がる。恐ろしげに肩をすくめる少女もいれば、頬を赤らめて眼をそらしたり、期待に満ちた目で見つめ返してくる娘もいた。

「異郷のものが、土地の娘に声をかけていいのか」

鷹士は真顔で真坂に訊ねた。

「祭だから問題はない。声をかけた相手が贈り物を受け取れば合意だ。腕っぷしのいい丈夫《ますらお》目当てに集まってる娘ばかりだから、遠慮はいらないが、目を合わせようとしないのは初心《うぶ》だから避けたほうがいい。流し目をくれる年のいった女なら、ゆきずりでもあとくされがない。そもそもこの相撲が、歌の才はないが腕っぷしが取り柄の若い衆に言《こと》問《とい》の機会をやろうってことで、催されてるんだ。あの三角頭のデカいのには、気の毒だったが」

真坂のしたり顔の説明に、娘たちの群れを眺めていた鷹士は、胸にかけた瓔珞《ようらく》の珊瑚《さんご》と真珠を指で繰りながら考え込んだ。

「勝ったからといって、手ぶらではだめということだな」

瓔珞から手を放した鷹士は、あっさりときびすを返そうとした。隼人は懐から素漆の簪を取り出して、鷹士に差し出した。

「これっ。よかったら使ってくれ」

乙女の黒髪に映えそうな、桃色や淡い緑の母貝のかけらをちりばめた簪が、陽光にきらきらと輝いた。隼人には成人した義兄がいたので、祭で女性を誘うのに贈り物がいることは知識として知っていた。祭で親しい異性ができると、兄もその友人もずいぶんと楽しそうだったのを覚えていた隼人は、鷹士にも祭を楽しんで欲しいと切実に思った。

「ずいぶんと価値のありそうなものだが、いいのか」

「いや、弓を作ってくれた礼だから、気にせずに使えよ」

鷹士は簪を受け取り、硬い口調で応《こた》える隼人の肩を軽く叩《たた》き、倒れたときに頭も打ったらしい巨漢が手当てを受けている広場を横切った。笑いさざめく乙女の群れへと、花畑を踏み散らすがごとく堂々と分け入ってゆく。

鷹士はまっすぐにひとりの少女に簪を差し出した。少女ははにかみながら簪を受け取り、周囲から嬌声《きょうせい》を浴びながら鷹士とともに人混みへと消えた。

「なんだーっ。あれっ。うまくいきすぎぎっ」

隼人ははじめ唖然とし、次に両手の拳を握りしめ大声で叫んだ。そして簪を渡したことを激しく後悔した。

夕方には、組みあげられた庭篝《かがり》に火がつけられた。

篝火の炎が紫の空を焦がしだすと、甲高い篠笛や太鼓の音が響き渡る。厳かな神事は前日に終わっているので、あとは馬鹿騒ぎである。祭のごちそうが供され、酒壺《さかつぼ》が回されてくると、真坂も自前の杯に受け、隼人にも勧めた。

「鷹士は帰ってこないなぁ。素人っぽいのに手を出して、どうかとは思ったが。うまくいったんだな。乾杯してやれ」

隼人は未《いま》だに、この粥《かゆ》が腐ったようなどろどろとした半液体の甘酸っぱい匂いも、舌に張りつくしつこい甘味も苦手だった。それでも押しつけられた杯を口に運び、一気に飲み干して真坂に返した。

真坂は人見知りせずにだれとでも杯を交わして、隼人には理解できない冗談を言い合っては、声を上げて笑っている。

社交といったものにおよそ興味など示したことのない鷹士が、ためらいなく土地の娘に言問うたことは、隼人には驚きだった。しかし考えてみれば、鷹士は成人して一年も経つ。成人すらしていない隼人が高照《たかてる》に真名を訊ねたことを思えば、鷹士の行動に何の不思議もなかった。

知り合いもなくぽつねんと燃え上がる炎を眺めているうちに、隼人は退屈してきた。宿に戻ろうとした隼人に、顔を赤くした真坂が手をふり、数人の男たちとにやにやしながら大篝火の向こうへと消えていった。

「おとなの事情ってやつだよな」

口の中でひとりごちて立ち上がり、隼人は市場の南寄りにある交易宿に戻った。八本柱の壁屋は、祭の時期は利用者が多すぎて足の踏み場もないほどだが、この夜はまだだれも戻っていなかった。

「おとなは忙しいんだよなっ。それでこどもは寝る時間だよっ」

だれもいない壁屋に苛立った声を響かせた隼人は、寒くもないのに日向《ひむか》から持ってきた棕櫚《しゅろ》の柔らかな衾《ふすま》をひっかぶって横になった。赤漆の櫛を握りしめ、眼をぎゅっとつぶる。南国日向の初夏はとうに始まっているはずだ。高照は、今年の新苗の祭を、だれと、どのように過ごしたのだろうか。

いつのまにかうとうとしていた隼人は、すぐそばで人の気配を感じて、目をさました。あたりは真っ暗だ。

「鷹士？」

「起こしたか」

鷹士の声だった。

「朝帰りかよ」

「夜半にもなってない。まだ騒ぎは続いている」

「昼間ずっとなにしてたんだよ。真坂が、祭だからって明るいうちから女を連れ出すのは、非常識だって言ってたぞ。――おれには関係ないけどな」

隼人のとなりで、衾にもぐりこんだ鷹士がみじろぎする気配がした。

「美野の言葉を教わっていた。久慈の言葉と、もとはひとつの言葉だったように、似ている。慣れてくれば難しくはない」

「ずっと一日、言葉を習ってたのか」

「宮処《みやこ》をあちこち案内してもらった。けっこう大きな邑だ。明日も会う、おまえもくるか」

他人の逢瀬《おうせ》についていってどうするんだと、隼人は歯軋《はぎし》りした。

「ひとの恋路の邪魔をする趣味はない」

「美野宮処に知り合いを作るのに、手っ取り早いと思っただけだが。土地鑑のないところで、無防備にぶらついていいものでもない。美野宮処が久慈と交易をしているのか、もしそうならば津櫛の人間がどのくらい秋津にやってきているのか、把握しておいた方がいい」

鷹士は久慈から遠く離れても、追っ手に対する警戒を解いていない。隼人はそこまで考えていなかったので、少し恥ずかしくなった。

「鈴《すず》には、妹がいるそうだ。隼人よりひとつ下だ」

鈴っていうのか、と頰を赤く染めた少女の可愛らしい顔を思い出し、隼人は噛《か》み締めていたあごの力をぬいた。

「考えとく」

仰向《あおむ》けになって眼を閉じた隼人が、ふたたび目覚めたときはすでに陽は昇り、ひとびとは働き始めていた。隼人が衾をたたんで籠に戻していると、鷹士が外から駆け込んできた。壁屋の中央でふり返り、入り口に向かって「帰れ」と叫ぶ。それに応えるように外から獣の咆哮《ほうこう》が響き、隼人は飛び上がった。そしてそれが意味のある人語であるとわかり、さらに驚いた。

「お願いです！　おれを弟子にしてください」

その吼《ほ》え声は、そういった意味のことを叫んでいた。隼人はおそるおそる戸口から顔を出して、外をのぞいた。

昨日、鷹士にのされた巨漢が土下座していた。なんの騒ぎかと、仕事を放り出して集まってきたひとびとで、周囲にひとだかりができている。

正座して額を地にすりつけていても、その男は小山のように巨大だった。大海亀の甲羅か、いまにも潮を噴き上げそうな鯨を思わせる男の背によじ登ってみたい誘惑と戦いながら、隼人はおずおずと声をかけた。

「昨日の、おっきいにいさんだよね？　けがはなかった？」

巨漢はがばっと起き上がり、顔の中央に寄った小さな目を開いて隼人を見上げた。丹土の化粧を落とした顔は、白い肌に小さな目鼻口が寄り集まって、やたらと額が広い。さらに、左右に広がった頰のひげの剃りあとも薄いところを見ると意外と若そうだ。そして、懇願の訴えにあふれた黒い瞳《ひとみ》と、ぽてっとこぶりな唇が震えているのはむしろ滑稽であった。

「相手にするな」

鷹士は不愉快そうに隼人の衿をつかんで引き戻し、凶悪な獣からかばうように自分が前に出た。

「おれは弟子なんかいらん。命が惜しければ、帰れ」

「そこを、なんとか、お願いですっ。弟子にしてくださいっ」

巨漢は必死の形相で叫び、体を投げ出すようにひれ伏した。大判の手のひらが地面を叩き、土埃が舞い上がる。隼人はてかりと光る巨漢の頭を眺めているうちに、笑いがこみ上げてきた。この男、見た目も恐ろしく、力自慢ではあるが、害はなさそうだ。

「なんで鷹士の弟子になりたいんだ。じゅうぶん強いのに」

隼人は鷹士の前に出て巨漢に名を訊ねた。

「惣武《そうぶ》といいます。弟子にしてもらえるんですか」

顔を上げて、ずりずりっと膝頭でいざりよる惣武の勢いに押されて、隼人は上体を引いた。

「いや、名を訊いただけだから。おれは隼人で鷹士の一番弟子だ」

「隼人、いつからおまえがおれの弟子になった」

鷹士の脅すような低い声に、隼人はにこにことふり返る。

「だって、毎朝稽古をつけてくれるじゃないか。弟子だからじゃないのか」

「それはおまえがおれの——」

雑奴《ぞうど》だからだ、と言いかけたのか、鷹士は言葉に詰まって黙り込んだ。もはや、ふたりとも戦奴隷ではないのだ。鷹士は息を吸い込んだ。

「おまえは真坂の弟子だろう」

「真坂は山の師で、鷹士は武技の師だろ？　違うことを学ぶのに、師匠が何人いてもいいと思う」

隼人の屈託なさに、鷹士が薄い唇をぎゅっと結んだ。隼人は鷹士の動揺を見て取り、笑いを噛み殺して惣武へと向き直った。

「で、もういちど訊くけど、鷹士に弟子入りしてどうするんだ」

「いまよりずっと強くなりたいんです」

さっさと惣武を追い返したい鷹士が割り込んだ。

「強くなりたければ、この邑《えじ》の衛士になればいい」

津櫛と違い美野宮処《みやこ》には戦奴はおらず、邑の守りには戸民《こみん》の男子で壮健なものが、志願や徴用によって衛士に選ばれるという。

「その、衛士にもなれないから、強くなりたいんですよ！」

惣武は悲壮な面持ちで訴えた。隼人は驚く。

「こんなに強いのに、衛士になれないのか。美野の衛士って、どんだけ強いんだよ」

「こいつは、生まれつきのでかい体と、馬鹿力に恵まれているだけだ。宮処の兵頭《ひょうどう》が、こいつを衛士として採用しないのなら、おれの手におえるわけがない」

鷹士が重ねて「帰れ」と撥《は》ねつけると、惣武は「うおお」と吼えるように泣き出した。

白い顔が赤く染まり、涙と鼻水でてらてらと光る。隼人たちが途方に暮れていると、人垣をかき分けて真坂が帰ってきた。

「なんの騒ぎかと思ったら、案の定おまえらか。うぉ、なんだこれ」

陽気な笑顔で足元の巨大な肉塊につまずきそうになった真坂は、驚きの声をあげた。

隼人は手早く事情を説明した。

「そうかー。実は、ひとづてに聞いたんだが、おれの知り合いが、冬の間に亡くなった。山門《やまと》の一の谷といって、ここから西へ往復で六、七日ほどの邑だ。急いで弔問してくるから、おまえらここで待っててくれ。鷹士は、その間に惣武とやらに稽古をつけてやったらどうだ。昨日の賞品には食料もたっぷりあったから、七日や十日は困らんだろ」

「それじゃ、おれたちここで遊んでていいんですか」

美野宮処の珍しさに、物見遊山気分がぬけない隼人は、それくらいの留守番はむしろ歓迎であった。背後の鷹士は違う意見があるようで、唇を一文字に引いて眼を細め、殺気まで漂わせている。

「まあまあ、鷹士。惣武とやらは気のいい若者じゃないか。ああいう催しで勝ちを奪われたら、逆恨みして闇討ちをかける卑怯《ひきょう》なやつもいるんだ。それが頭を下げて教えを請いにくるなんざ、見上げた心構えじゃないか」

すれ違いざまに鷹士の肩を軽く叩き、自分の荷物をまとめる。膝下に脛巻《はぎまき》の布を巻きつけ、荷籠を背負い、真坂は弾むような足取りで立ち去った。

隼人は鷹士の不機嫌な顔に目をやり、期待に瞳を輝かせる惣武を見おろした。

「とりあえず、ともだちから始めないか。おれたち、昨日美野に着いたばかりで、惣武が宮処の案内をしてくれるとすごく助かる。それで気心が知れて鷹士の気が向いたら、体技のひとつでも教えてくれるかもしれない」

「隼人」

押し殺した鷹士の声にかぶせるように、惣武が叫んだ。

「あ、兄弟子のおっしゃるとおりです。よろしくお願いします」

年上の巨漢に兄弟子呼ばわりされても照れくさい。しかし、惣武が顔の中央に寄った目鼻口を、さらにぎゅっと寄せて嬉《うれ》しそうに笑うのは、妙に愛嬌があった。

隼人は屈託のない笑顔を惣武に返した。

第六章　美野の南川島、犬飼の惣武

惣武《そうぶ》と邑《むら》を歩くと、こどもたちが惣武のあとをついてきて肩車をねだり、腕にぶらさがろうとする。老人たちはしわ深い笑顔を向け、惣武は年寄りたちの体調を訊《たず》ねた。中年の女たちも声をかけてゆくなど、人気のある若者であることが見て取れる。

だが、邑の若い者は惣武の頭を狙って小石や腐った野菜、身を抉《えぐ》りとったばかりの生臭い貝殻を投げつけた。かれらは、たいてい三人以上で群れており「おい、惣ブタ」と非礼な野次も飛ばす。

隼人《はやと》は津櫛《つくし》の戦奴《せんど》邑で、若い戦奴たちに嘲弄《ちょうろう》と虐待の標的にされたことを思い出して腹が立ち、惣武をあざけり笑う少年たちの前に立ちはだかった。

「おまえら卑怯《ひきょう》じゃないか。文句があるなら前に出ろよ」

少年たちは隼人を上から下まで眺め回した。身なりは悪くないが、痩《や》せた童形のよそ者と見て、馬鹿にするように鼻で笑う。

惣武は隼人の両脇をわしっとつかんで幼児のように持ち上げ、厚い肩に座らせた。

「まあまあ、落ち着いて」

隼人をなだめながら、惣武は少年たちにはなんの注意も払わず歩き始める。

「どうして豚呼ばわりされて黙っている。あいつらをつけあがらせるだけだろうが」

鷹士《たかし》の指摘に、惣武はきれいに剃《そ》り上げた頭を揺らして笑った。

「うちが豚飼だから仕方ないです」

隼人は惣武の頭に手を回し、いつもより高い視界を楽しみながら問い返した。

「惣武は豚飼なのか」

「いや、おれは犬飼《いぬかい》です」

「どっちかはっきりしろよ」

「うちが豚を飼っていて、おれはおれで、犬を育ててるんですよ」

「犬がいっぱいいたら、うるさそうだな」

阿古《あこ》の里で番犬として飼われていた犬を思い出して、隼人は眉《まゆ》を寄せた。熊や猪が里に降りてくるのを察すると、里中に聞こえるように吠《ほ》えまくったものだ。そういえば、阿古が襲撃された夜は、犬は吠えなかった。

「二、三ヶ月くらいになるとうるさいですけど、生まれたばかりのは可愛いですよ。見に来ますか」

隼人は肩越しにふり返った。

「見てみたくないか、鷹士」

鷹士は空を見上げた。中天に陽がかかるのに、まだたっぷりと時間はあった。嘆息とともにひと言だけ吐き出す。

「好きにしろ」

道々、惣武は以前、その馬鹿力のために、ひとを傷つけたことを告白した。頭を剃っているのはその罰であるという。次に同じ過ちを犯したら、腕を切り落とされることになっている。

宮処《みやこ》の少年たちは、惣武がやり返せないのを知っていて挑発してくるのだ。唯一腕を揮《ふる》うのを許されるのが、祭の相撲大会だという。

「ものをぶつけられても、痛くもかゆくもないんで」

惣武は腹を叩《たた》いて笑い飛ばした。隼人は納得できない。

「こんだけ肉が厚かったら、なにが当たってもちょっとやそっとじゃ痛くないだろうけど、悪意のある言葉や意地悪は、肉も骨も貫いて胸の真ん中に刺さるじゃないか。しかも、ずっと抜けなくていつまでも痛い。平気じゃないだろ」

小さな眼を見開いて、惣武は隼人の顔を見つめた。黒い瞳《ひとみ》が少し潤んだようだが、すぐに和やかな笑みを湛《たた》えた。

「犬や豚の世話をしていたら、そういうのどうでもよくなるんで」

惣武の家と豚園は川島の西端にあった。家々の間隔は広くなり、賑《にぎ》やかな豚や犬、鶏の鳴き声が聞こえる。近づくに連れて、家畜の臭いも強くなる。

惣武は、仔犬《こいぬ》の柵《さく》にふたりを案内した。

茶色や狐色の柔らかな毛並みの仔犬たちは、わらわらと惣武の周りに集まってきた。甲高い声で吠えては、餌や遊びをねだる。

「かわいいなぁ」

隼人はしまらない顔になって、ふわふわした柔らかい毛玉を眺めた。鼻面はまだ丸くて、つぶらな黒目が愛らしい。

「たしかに、邑で嫌なことがあっても、こいつらに囲まれてたら癒《いや》されるかもなぁ」

一匹の仔犬を渡され、腕に抱いた隼人はつぶやいた。

惣武は成犬の柵に入ると、一頭一頭に声をかけ、両手で耳のうしろをかいてやった。

「みんな惣武に馴《な》れているんだ。すごいな」

隼人が賞賛を込めて言うと、惣武は「そんなことないです」と嬉《うれ》しそうに謙遜《けんそん》した。

家のほうから、二頭の犬が尻尾《しっぽ》をふりながら駆け寄って来た。隼人たちを見て耳を伏せ、ようすをうかがう。黄金色の稲穂に似た毛並みの雌犬が、隼人に近づき臭いを嗅《か》いだ。

「そいつは山吹《やまぶき》。すごく賢くて穏やかなんですよ。すぐれた仔犬をたくさん産んでくれる、うちで一番の母犬です」

山吹は隼人が差し出した手をぺろりと舐《な》めると、主人の大切な客と判断したらしく、おとなしくそばについて歩き始めた。

惣武の家は大きな円形の伏屋《ふせや》で、美野《みの》の川島ではかなり裕福な家族であることが察せられた。伏屋を囲む柵に、並べてかけられた豚のあご骨が、風に揺れてカラカラと音を立てている。獣の牙《きば》や角を護符にすることは珍しくない。まして、聖なる楔《くさび》形を備えたあご骨は、家や家族を災厄から守る強い呪力《じゅりょく》を秘めていた。

遠くの山並みが青く霞《かす》み、谷の奥から平地にかけて作り込まれた水田に、植えられたばかりの若苗が風にそよいでいる。海へと広がる湿原の向こうには、左右から延びる半島に抱え込まれるように、無数の船と大小の島を浮かべた内海が見える。

「鷹士、交易宿じゃ人が多いから、鍛練ができないって言ってたじゃないか。真坂《まさか》が帰ってくるまで、ここに置かせてもらいたいな。おれ、犬とか豚の世話、手伝ってみたい」

急な思いつきを口にする隼人に、惣武の顔がぱっと輝いた。

「そりゃいい考えです。さっそくうちの親に頼んできます」

絶えず見知らぬ人間が出入りする賑やかな交易宿では、鷹士もくつろげなかったのだろう。歯の間から絞り出すように「好きにしろ」と言い捨てて、ふたりに背を向けた。

陽が中天を過ぎたころ、鷹士は宮処《みやこ》の北辺の川岸に隼人を連れてきた。対岸は墓丘で、斜面を覆う青い草が波のように風にそよぐ。

鷹士は乾いた粗い砂の上に仰向《あおむ》けに寝転び、隼人は落ち着かず、もぞもぞと何度も座りなおした。

「なぜ、おまえがそわそわしているんだ」

片方のまぶたを薄く開けた鷹士が問いかけた。

「むしろ、鷹士がそわそわしてないのが不思議だ。というか、意外と女たらしだったんだな。津櫛の比女《ひめ》ひと筋だと思ってたよ」

思いがけなく非難と揶揄《やゆ》を混ぜ合わせた口調になってしまった隼人に、鷹士は気分を害したように眉を寄せた。

「比女と？　ありえん」

「母親が違うんだから、問題ないだろ」

「片親違いでも姉と弟だ。天に背《そむ》く」

鷹士は隼人から目を逸《そ》らして吐き捨てる。久慈《くじ》とは異なる倫理を口にする鷹士に、隼人は思わず言い返した。

「久慈じゃだれも気にしない。いとこだって母違いだって、親が許して本人が納得してりゃ構わないじゃないか」

鷹士は川面へ視線を向け、黙り込んだ。

母親が違えば育つ家も異なり、他人と同じだ。ゆえに、久慈では母の異なる兄妹や姉弟の婚姻は禁忌ではない。

鷹士は川原の丸石を拾い上げて手の中で回しながら、低い声で話し始めた。

「カウマも鬼童隊《きどうたい》も全滅したのち、おれの衣料や道具の用立てを、比女の宮が見ることになった。薬房から引き取られるときに、比女の真名も明かされた」

鷹士は成人しているのにもかかわらず、未婚の比女の私室にまで上がっていた。貴人女性の真名を知り、私室まで上がることができる異性は、父親と母親を同じくする兄弟、そして配偶者のみだ。

隼人は藪《やぶ》の微妙なところを突ついてしまったようだ。

「比女には、おれと同じ年の、同母の弟がおられたそうだ。だからおれに情けをかけてくださったのだろう」

鷹士は手の中の丸石を回しながら言い終えた。姉という後見を得た代償に、鷹士は剣奴と貴人という身分の壁以上の、絶対に超えられない禁忌によって比女とは隔てられたのだ。

さらに、戦奴制に反対する比女に津櫛の日留座《ひるのくら》を継がせるのは、昨冬からの鷹士の悲願となった。姉弟もしくは主従以上の情は、存在してはならない。

言葉を失くした隼人が、自分の手元を見ていることに気づいた鷹士は眉を寄せた。腕を肩の上にふりかぶり、丸石を川に投げ捨てる。

「そんな癖、前はなかったよな」

鷹士は小さく首を横に振り、溜息《ためいき》をつく。

「昔の癖だ。ここ数年はなくなっていたが――いつの間にか戻っていたようだ」

口の端にかすかな苦笑をのぼらせた鷹士に、どういう意味かと問いかけたとき、華やかな笑い声と、甘い匂いをまとった少女たちが現れた。

咲き零《こぼ》れる花びらのような笑顔をふりまく鈴は、数えで十五の可憐《かれん》な少女だ。成人しているので少女というのはおかしいかもしれないが、鷹士を見てはにかんだ風情が、うつむきがちに開く姫百合のように初々しい。色白であまり大きくはない二重の眼と、細い鼻、笑みをふくんだ柔らかそうな唇も、春雪にときめく紅梅のようだ。前と横の髪を頭頂でふくらませた髷《まげ》に、貝殻をちりばめた素漆《すうるし》塗りの簪《かんざし》を挿している。

姉よりふたつ年下の毬《まり》は鈴と似たような顔立ちだが、こちらはあごを上げて、相手を値踏みするような気の強さが印象的だ。姉より背が高く、隼人とあまり変わらない。脂肪の薄い骨ばった体つきで、貫頭衣《かんとうい》の裾《すそ》は膝《ひざ》が出るほど短かった。

無染の白麻の腰帯に、細長い革ひもをはさんで下げているが、飾りでもなさそうなその使い古した革ひもの用途は、隼人には思いつかなかった。垂れ髪が腰まで背中を覆っているのでなければ、年の近い少年と勘違いしてしまったかもしれない。

自己紹介のあと、鈴は隼人と少し言葉を交わした。その後は鷹士と楽しげに話し込み――といっても、鈴の華やかな笑い声に鷹士が相槌《あいづち》を打つという調子だったが――祭の催しを見に行こうと提案した。毬が素っ気ない口調で断ると、鈴は鷹士を誘って市場へと歩み去った。

鷹士たちの後姿を見送ったあとも、鈴の残り香がまだ川原に漂っている。隼人は甘い酒に酔ったように頭をふった。

「わたし、なんで連れてこられたのか、よくわからないんだけど」

急に話しかけられ、隼人はとなりに毬がいたことを思い出した。

「おれもだよ」

「隼人は刺青《いれずみ》してないのね。久慈の男って、みんな刺青しているのかと思ってた」

「久慈っていっても、土地によって違うから。ってことは、このあたりで刺青をしているのは、久慈の出身なのか」

毬は首をちょこんと傾け、指先をあごに当てた。そうすると女の子らしくなる。

「久慈の海人《あま》とか、北の毛人《えみし》とか。不思議ね。南の果てと北の果てから来るのに、顔も、眼や鼻がおっきくて似ている。刺青の模様も似たようなの。でも毛人のほうが体が大きくて、ひげも濃いけど」

「へえ」

「あんたたち、ずっと美野にいるの？」

「七日か十日くらいしたら、案内の連れが帰ってきて北へ旅に出る。どうして」

立ったまま会話していることに居心地の悪さを感じながら、隼人は訊《き》かれたことに答えた。

「鈴が、朝からずっとうるさいの。鷹士はずっとここにいるんだろうかとか、久慈にきてくれと言われたらどうしようとか。そしたら、かあさんはきっと反対するわよね、とか」

昨夜の鷹士の話と鈴の考えでは、ずいぶんと温度差があるようだ。

「鷹士は、おれたちが旅の途中だって鈴に言ってないのかな」

「美野宮処《みやこ》の女には、あんまり関係ない。女たちの背子《せこ》の半分は、交易に出ていて年にちょっとの間しか邑にいないから、くっついたり、離れたりってのは珍しくない」

へえ、と自分の育った里や、久慈における知る限りの男女や家族のあり方との違いに、隼人は少し驚いた。そういえば、高照《たかてる》の両親は違う郷《さと》に離れてそれぞれの宮に住んでいた。夫婦や家族のかたちは、ひとつではないのかもしれない。

隼人が急に生真面目な顔になったので、毬は心配そうに訊ねた。

「あんたたち、交易人でもなさそうだけど、どうして美野に来たの？」

「おれは冶金《やきん》師の卵なんだ。秋津《あきつ》には銅鉄の鉱脈があるって聞いて、探しに来た」

隼人は、大陸からもたらされる銅鉄や絹布などの代価に、久慈の民が奴隷として引き換えられている事情を話す。そのために久慈では争いが起きていること、そして隼人は銅鉄の鉱脈が見つかれば、戦が収まるのでは、と考えていることも。

毬は「ふうん」と沈んだ面持ちで相槌を打った。

「聞いたことあるわ。久慈には戦奴っていうおそろしく残忍な悪鬼の集団が郷や邑を襲って、こどもも年寄りも関係なく殺しちゃうんでしょ。女はさらわれてひどい目に遭うっていうわ。ほんとなの」

隼人は、秋津では久慈がそのように思われていることに、愕然《がくぜん》とした。

「戦奴にもいろいろあるけどな。このへんは、戦はないのか」

隼人は斎島《いっきしま》を囲む環濠《かんごう》と、丘にめぐらされた逆茂木《さかもぎ》や乱杭《らんぐい》を思い浮かべた。

「邑と邑の小競り合いはあるけどね。宮処ができてからは、大きな争いはなくなったそうよ」

そうか、と隼人はつぶやいた。

「ところで、ここでずっと立ったまま、日暮れまでいるつもりなの？」

隼人は毬の率直さに苦笑した。話しやすくていい。

「おれもそう思っていたところだ。まだ祭は続いているんだろ。なにか見に行くか」

「ひとの多いところなんかうんざり。ウサギでも獲《と》りに行かない？」

この少女が狩りをするのかと、隼人は少し驚いた。

「おれ、弓矢は宿に置いてきた」

「弓矢なんかいらないわ。狙って石を投げるだけ。わたしはこれを使うけど」

毬は帯にはさんだ革ひもを隼人に見せた。片端に指を通す輪があり、ひもの中ほどが丸くふくらみ、その中央がへこんでいる。拾った小石をそのへこみに挟み、くるくる回して飛ばし、対岸の小岩に命中させた。くたびれた革ひもは、狩猟具の投石帯であった。

隼人は感心して毬の腕を褒めた。毬は顔にかかる髪を耳にかけて、苦笑いする。

「うち、女所帯だから。わたしが鳥やウサギを獲るの。肉も毛皮も市で買うと、けっこう高くつくのよね」

「そりゃすごい。おれにも教えてくれよ。これなら山にこもったときに、弓が折れたり矢が尽きる心配をしなくてよさそうだ」

毬は嬉《うれ》しそうに笑った。

「女のくせに狩りをして、とはよく言われるけど、褒められたのは初めてだわ。かあさんは外を歩き回って日焼けするより、家の中で布を織って、市で米に換えてこいってうるさい」

「男でも、女でも、役に立つ技を持っているのはすごいことだよ」

それから、隼人は毬に投石帯の使い方を教わり、日暮れ近くまで新しい技を覚えるのに夢中になった。翌日はウサギ狩りへ行くことを約束し、やがて鈴を送ってきた鷹士と、預けていた荷を取りに宿に戻る。

「この土地って、よそ者にあまりこだわりがないんだな」

「交易の邑だからだろう。鈴の父親は交易商人だそうだ。南川島の南郭《くるわ》にはそういう家が多いという。夫の留守を預かる女が集まって、機織りや器作りを盛んにしているらしい」

その日の午後、鷹士は鈴の望みを聞いて祭の市を巡ったあと、南川島の内外と、斎島の周囲を歩き、宮処《みやこ》の地理を教えてもらっていたという。

「湿地帯の危険な場所や、斎島の周りの警備が厳しくて、近づいてはいけないところなどだ」

隼人は呆気《あっけ》にとられた。隼人が投石の練習やウサギ狩りの計画に夢中になっていたときに、鷹士は宮処の地勢を踏査していたのだ。

「美野に詳しくなって、鷹士はここに住むつもりか」

鷹士は美野に居つくだろうかという、鈴の期待を思い出して、隼人は軽い気持ちで口にした。鷹士は周囲を見回し、声を低くしてささやいた。

「長居するつもりはない。川と水路に挟まれた島の邑は、攻めるのは難しいが、閉じ込められた方は袋の鼠だ。万が一に備えて、逃げ道は確保しておかなくては」

「万が一って、津櫛の追っ手がここまでくると、鷹士は思っているのか」

「美野宮処の市場で交換されている品には、北久慈の産物も少なくない。津櫛訛《なま》りの商人や、おれの顔を見て避けるようにやり過ごすものもいた。南久慈の海人や北の毛人に慣れている美野人は、刺青を見てもあまり気にしない。おれの刺青を見て忌避するのは、この三弧の意味するところを知っている北久慈の人間だ」

毬が口にした戦奴の評判を思い出し、隼人の脇に汗がにじんだ。

「津櫛の人間が、美野にもいるのか」

「秋津が広いといっても、東海の海流に乗れば久慈から十日かそこらで来てしまえる距離だ。津櫛の銅製品を扱っていた男に、美野から津櫛まで陸路でどれくらいかかるか訊いてみた」

隼人は追われる緊張を思い出し、のどが渇いてきた。

「秋津の北岸沿いか、伊予《いよ》の内海沿いの、どちらの行路をとるかで違ってくるが、天候に恵まれれば二十日もかからず来た例もあるという」

隼人はほっと息を吐いた。

「なら、大丈夫だな。もし今朝がた津櫛の商人が大郷に帰ったとしても、剣奴の刺青をした人間が美野にいたって噂が長脛日子《ながはぎひこ》の耳に入るのは、ひと月は先だろ。それに長脛日子が、たかが脱走奴隷に、こんな遠くまで追っ手をかけるかな」

「そのことだが……隼人、長脛日子が追っているのは脱走奴隷ではない。火山の噴火を鎮める呪力を持った神宝の使い手、隈《くま》の忌まれ御子《みこ》、建速《たけはや》だ。隼人が逆らわなければ、客分の御子として扱われるだろう。津櫛にいるおまえの養父母にも会える。無理に逃げ回る必要はない」

隼人は唇を嚙《か》んだ。五ヶ瀬川《ごかせ》で忍熊《おしくま》に捕まった隼人は、気道を塞《ふさ》がれて気絶したふりをして、鷹士と忍熊の問答を聞いていた。

「それで、親を人質に取られて、長脛日子に命じられるままに龍玉を使って戦を手伝えって言うのか。断るよ。神宝は戦の道具じゃない。第一、潮満玉《しおみつたま》は割れてなくなったから、おれには神子《みこ》としての使い道もない。逃げ切れなかったら死ぬしかないのは、鷹士と同じだよ。だからどんなに厳しい鍛練だって、文句言わずにやってきているんじゃないか」

鷹士は立ち止まり、左手で自分の刺青に触れた。

「隼人はそう言うだろうとは思った。ただ、おれはこいつのせいで、どこにいても目立つ。追っ手を呼び寄せることになって、隼人を巻き込んでしまう。しかも、おまえは考えなしで行動する。異郷にひとりで置いておくのも危なっかしい。どうしたものか思案がまとまらない」

隼人の胸中に、整理しきれない感情が渦巻いた。

——ひとりで危なっかしいのは、鷹士のほうじゃないか。

鷹士の抱えている悪夢については、高照は父の日留座《ひるのくら》にも相談したが、忍熊との対決から時が経っておらず、夢を封じる以外に、打つ手はないということだった。

『皮膚の下や骨、あるいは臓腑《ぞうふ》の隙間に悪しき霊が憑《つ》いて、膿《うみ》と血の塊ができる汚血《おち》という病がある。少しずつ絞り出すことで治ることもあるのだが、抜かずに放っておくと、汚血の周りの肉や骨を腐らせてしまい、やがて死を招く。鷹士の悪夢も、心に深く根を張った汚血のようなものだ。患部が見えず、針を刺すことも触れることもできないだけに、厄介だ』

時間をかけて、悪夢を形作った記憶と、胸の底に封じ込められてきた感情を少しずつ絞り出し、吐き出させるしかない、と日留座は言った。

——おまえの悪夢が戻ってこないように、ずっと見張ってるんだぞ。おれは。

隼人は内心でつぶやきながら、高照が七色の絹糸で織った夢封じの護符を、無意識にいじった。

鷹士は、ふっと苦味を帯びた笑みを口の端にのぼらせる。

「相撲で惣武と競うなど、うかつに目立つようなことをして、考えがないのはおれのほうだったな」

「そういえば、なんで惣武に挑戦したんだよ」

「祭の喧騒《けんそう》に浮かれていたのだろう。美野一の力士とやらがどれほどのものかと思った。久慈から遠く離れたと思い、気がゆるんでいたな」

「鷹士でも浮かれることがあるんだ」

口にしてから、しまったと隼人は唇を嚙んだ。津櫛の大郷に生まれ育ったといっても、鷹士には祭やひとごみを気ままに歩きまわり、催しや買い物を楽しんだ思い出などないのだろう。

命じられるままに戦い、ひとを殺すことに飽いて津櫛を出奔したとはいえ、鷹士が戦闘そのものを厭《いと》っているわけではないことは、毎朝の鍛練や惣武との試合からもわかる。隼人自身もまた、技が日々磨かれ体力がついていくのを実感するたびに、心身を満たす興奮や充足感を否定できない。

機会があれば自分の力を試したいという欲求は、ときとしてどうにも抑えがたいものなのだろう。

「過ぎたことはどうしようもない。隼人は小柄だから、おれが母から教えられた武技は役に立つはずだ。いまのうちに、できるだけ教え込んでやる。だが、ひとつ、約束しろ」

「約束の内容によるけど」

まっすぐに鷹士の眼を見返す隼人に、鷹士は淡々と告げた。

「この先、おれの力が及ばなければ、おまえはひとりで逃げろ。前髪もおろして服を変え名も変えれば、長脛日子はおまえを捜し出せない」

鷹士は微笑を浮かべ、片手を上げて頬の刺青を二本の指で撫《な》でた。

「長脛日子は、おれの首を見れば満足して、おまえのことはあきらめてくれるかもしれん」

いつの間にか、父親を呼び捨てにするようになった鷹士の口調の静けさに、隼人は息苦しさを感じる。

「鈴はどうすんだよ」

鷹士はいぶかしげに隼人の顔を見返す。

「どうするもこうするも、夏が始まる前に出て行くことは話してある」

鈴がそれで納得しているかどうかは、隼人には予想もつかないことだった。

惣武の家で賑やかな家族と夕餉《ゆうげ》を囲んだあと、鷹士はふらりと出て行った。

「あれ、鷹士師匠、どこへ行ったんですか」

両親と同居している伏屋に、ふたりの寝床を用意した惣武が、きょろきょろと外をのぞいた。

「女のとこ。夜明けまで帰ってこないだろうから、寝床はいらなかったな」

惣武は、真ん中に寄った目鼻をくしゃりとほころばせた。

「あ、鈴さんとこですか」

「そういえば、惣武が勝ってれば、好きな女を口説けたんだろ。だれか目当てがいたのか」

「いや、おれは、おれが本気出したらどんだけ強いんだ、ってのを見せたかっただけです。祭でたくさん投げ飛ばしたあとは、しばらく嫌がらせされないんです。今回はぶざまに負けたんで、笑いものになってしまいましたけど」

惣武は苦笑まじりに、剃り上げた頭をぽりぽりとかいた。

「悪いことしたな」

「そんなことないです。ほんとの技を持った人間には、敵《かな》わないって骨身に沁《し》みました。宮処《みやこ》の衛士《えじ》に選ばれないのもしかたないです。鷹士師匠に教えてもらったら、次の募集では衛士になれるかもしれないし。そうしたら、もうだれにも馬鹿にされなくなる」

強いのに、その力を封じられているために卑怯な連中のカモにされるのは、理不尽なものだと隼人は思った。

「惣武が衛士になったら、あいつらゴミを投げなくなるのか」

「宮処の甲冑《かっちゅう》をつけた人間にゴミを投げるのは、斎島《いっきしま》の楼門にゴミを投げるのといっしょです」

相撲のときは凶悪な怪人にしか見えなかった惣武だが、こうしていると体が大きいだけで、ひとのいい若者だ。

「そういえば、美野の衛士の甲冑は派手だな。色塗ってあるし、背中から肩の上に翼みたいなの出てるし、額帯には羽根もついてる」

「斎島の衛士は儀仗《ぎじょう》も兼ねてます。西のほうで聞くような血みどろの戦とか、このへんじゃないですから、遠方からの商人が見て感心するような見栄えのほうが大事なんじゃないかと」

『ギジョー』ってなんだろう、と隼人は思ったが、訊き返すのも悔しかったので話を先に進めた。

「でも、逆茂木とか丘にめぐらしてるじゃないか。だれが攻めてくるんだろうと思ってたんだけど」

「斎島の逆茂木や乱杭が南川島を向いているから、谷を挟んで南北で仲が悪いのかって、よそから来たひとにはよく訊かれます」

惣武は笑いかけたものの、急に思い出したように身震いした。

「北久慈では、凶悪な戦奴というのが首を狩り集めるような戦をするんですよね」

秋津における北久慈の戦奴の評判は、極悪非道の極致であるらしい。故郷を奪われた隼人にとってはあながち間違いではないが、噂についた尾鰭《おひれ》の長さに閉口する。隼人はそれとなく話題を変えた。

「惣武や美野の国主《くにのぬし》のご先祖って、もとからここにいたのか。それとも、どこか別のところから移り住んできたのか」

「この川島には、昔から集落はあったそうですが、ここを美野と名付けたおれたちのご先祖は、西の淡海《あふみ》の方から来たそうです。でも、言葉は久慈と似ているみたいだから、もしかしたら、もっと西から来たのかも知れないです」

確かに、美野の言葉は聞き取りやすい。交易が盛んなので、津櫛や豊《とよ》のように、あらゆる地方からひとびとが集まるからだろうと隼人は思っていた。

美野では、普段は近辺の集落でそれぞれの家業に従事している若者や壮者たちが武器の使い方を学び、衛士として交代で宮処《みやこ》を警備し、近隣の邑や里へ戻る。美野では南川島だけではなく、周辺の山郷から海辺の里に至るまで、戸民の男たちが戦うことと守ることを知っていた。

「どっちにしても戦わないといけないのなら、戦奴にされるよりは、そういうやり方の方がいいな」

そう言って隼人は嘆息した。阿古の里が襲撃された夜、妹ひとり守れなかったことが悔しくて、鷹士に武技を習っている。しかし、熊が相手ならためらいなく突き出せた槍《やり》で、人間を殺せる自信はない。忍熊の死因が、隼人が額に命中させた石であった可能性は、考えないようにしていた。

隼人は筵《むしろ》の上に横になり、棕櫚《しゅろ》の衾《ふすま》を腹にのせた。

炉の底に、熾《お》き火が灰に透けてぼうっと光るほかは、屋内は真っ暗だ。隼人はその闇に吸い込まれるように、たちまち眠りに落ちた。

第七章　美野の国主、斎島の若飛虎

夜明けを告げる鶏の声に、隼人《はやと》は目を覚ました。

家畜の多い西の郭《くるわ》は、宮処《みやこ》の廃棄物の集積溝や人畜の排泄《はいせつ》物の下水溝が近く、早朝でも空気は清々《すがすが》しくはない。ただ家々の間隔が広く、葦《あし》の湿原が海へと続く見晴らしはすばらしく良かった。

外では、鷹士《たかし》がすでに型稽古《げいこ》を始めていた。隼人は自分の槍《やり》を取って、いまではすっかり体が覚えた型をさらってゆく。

周囲がはっきり見えない未明に、刃の尖端《せんたん》や石突まで神経を沿わせて型を繰り返すことで、視覚に頼らない勘が研ぎ澄まされるのだという。

惣武《そうぶ》に武技を教えることをしぶる鷹士は、弓の手ほどきならと譲歩した。特大の弓を注文するために、邑《むら》の弓工房へ行く鷹士と惣武と別れ、隼人は銅滴を換品するために冶《や》金《きん》工房へと足を向けた。

南川島は交易と手工業の邑でもあった。鈴《すず》と毬《まり》の伏屋《ふせや》に近い養蚕《ようさん》小屋と機織《はたおり》工房、土《は》師《じ》や染物の工房、食器や家具木工の工房などが、職種別の区郭に分かれている。北の斎《い》島《つき》に面した舟付の近くには、刳舟《くりぶね》造りの工所が並んでいた。

石を打つ高く鋭い音に、鷹士が金属の武器を生活の用途に使うことを嫌うのを思い出した隼人は、鉱脈探しの山ごもりに必要な石斧《せきふ》や石鏃《せきぞく》を見てまわった。このあたりの川で採れるらしい、濃灰の石面に流れる白い紋様は、その石が川底にあったときの水の流れをそのまま写したようだ。

目当ての冶金工房に近づき、なじみ深い金属臭に気がはやった隼人は、豆の蔓《つる》をからませた柵《さく》の端から飛び出し、通りかかった体格の良い長身の男にぶつかって転んでしまった。

男は膝《ひざ》の隠れる長さの貫頭衣《かんとうい》に、茜《あかね》に染めた絹胴着を羽織り、青い帯をしていた。ひげはあごの形に沿って整えられ、髪は頭のうしろで団子にして、飾りけのない紐《ひも》で留めていた。容貌《ようぼう》は、北久慈《きたくじ》でも珍しくない、鼻根の低い面長だが、眼ははっきりとした二重で、少し目尻《めじり》が垂れていた。年は三十代の前半と思われる。

従者らしき壮年の男が一歩前に出て、怖い顔で隼人をにらみつける。

身分のありそうな相手だと判断した隼人は片膝をつき、軽く頭を下げ、ぶつかったことを謝罪した。下を向いたときに貴人が木沓《きぐつ》を履いているのが見えた。この気候の良いときに沓を履いているなど、よほど位の高い人物と思われる。

「転ばせたのはこちらだから、ぼうが謝ることはない。ぼうは、まじない師か」

隼人の左手首にはめられた三連の貝輪を見て、貴人が訊《たず》ねた。

饒速《にぎはや》にもらったときはただの護符だと思っていたのだが、日向《ひむか》を出てからやたらとそう訊《き》かれるので、呪具《じゅぐ》でもあるのだな、と隼人はひとごとのように認識していた。

「弟がそうですが、おれは幼いときに冶金師の家の里子に出されたので、呪術は知りません」

「ぼうは冶金師か。美野で仕事を探しているのか」

貴人は興味を覚えたらしく、身を乗り出して訊ねる。

「いえ、旅の途中です。冶金師っていってもまだ見習いですから」

品のある言葉遣いを維持するのは難しい。それでも、相手の身分に臆《おく》することなく、はきはきと応答する隼人の態度は、貴人の心に適《かな》ったらしい。

「ほう、久慈からの旅人か」

「久慈豊邦《とよのくに》の隼人です」

隼人の名乗りに貴人は少し驚き、口元だけであった笑みを目元まで広げた。

「わしは若飛虎《わかひこ》だ」

なにやら非常に身分の高そうな名に、隼人の顔から血の気が引いた。美野宮処《みののみやこ》の貴人とは、たったひとりの供だけを連れて戸民の生活区をうろつき、旅の少年と立ち話をするほど気安い存在なのだろうか。

「ぶつかってすみませんでした」

もういちど謝罪し、そそくさと工房へと足を向けた隼人の前に、若飛虎の目配せを受けた従者が素早い動作で立ちふさがった。その硬い表情も、動きに隙も無駄もないところも、この従者は鷹士を思い出させる。だが、この従者がどれだけ眉間《みけん》にしわを寄せて隼人をにらみつけたところで、鷹士という人間に慣れてしまった隼人は怯《ひる》むことはない。衛士《えじ》の強《こわ》い顔つきと対照的に、若飛虎《わかひこ》は優しげな声で隼人を呼び止める。

「美野の冶金工房に興味があるのなら、斎島《いっきしま》に来なさい。こちらの工房は鋳直しと砥《と》ぎしかしない」

隼人は若飛虎の顔を見上げた。その土地の貴人が、通りすがりの旅の少年を熱心に誘う理由が分からない。大きな眼を細めた隼人の警戒を読み取ったのか、若飛虎はさらに笑みを満面に広げた。

「べつにとって食うつもりはない。美野は冶金では西方に比べて後れをとっている。見習いといえども、久慈から来た冶金師を素通りさせる手はない。ぜひうちの工房を見て、宮処の工人たちに隼人の所見を聞かせて欲しいのだ」

隼人は北の谷の、逆茂木《さかもぎ》と柵、塀をめぐらした斎島を見やった。

家族から引き離され、逆茂木をめぐらした戦奴邑に閉じ込められていた日々の記憶も蘇《よみがえ》り、隼人は斎島に上がったら最後、二度と出られなくなるのではという不安に息苦しさを覚えた。

「どんなに偉いひとでも、親切そうに見えても、知らないひとについて行っちゃいけないって、親に言われてますので」

一歩下がって身をひるがえした隼人は、冶金工房を訪れるのはあきらめて、毬の家に直行した。

毬は家で麻糸を紡ぎながら、幼い従妹《いとこ》たちの子守りをしていた。幼子たちは籠《かご》から紡《ぼう》錘《すい》車を出しておもちゃにしていた。初対面にもかかわらず、幼子は隼人の姿を見て大喜びをし、歯形とよだれのついた紡錘車を贈り物のように差し出した。隼人が礼を言って受け取ると、ふたたび手を突き出してくる。紡錘車を幼子の手に返すと、きゃっきゃとはしゃいで、隼人のあとをついて回った。

「隼人って、あかさん好きなの」

毬の問いに、隼人は苦笑いで答えた。

「妹がいたから、子守りはしてた」

朝の仕事を終えて機屋から帰ってきた鈴たちに、中食《ちゅうじき》を勧められる。毬と鈴の家は、母親の姉妹とその娘、孫を加えた八人の女所帯だ。全員が炉を囲むと、女たちはいっせいに隼人に質問を浴びせた。あまりの姦《かしま》しさに、隼人はめまいがしてきた。

女所帯だけあって、念入りに搗《つ》かれ砥がれた米は、白っぽくふっくらとした炊きあがりだ。いつも自分たちで適当に炊いているぼろぼろした茶色い飯よりも、もっちりとした食感が美味で、阿古《あこ》の家や日向の宮で食べた炊飯を思い出させる。

隼人は大急ぎで椀《わん》を空にして匙《さじ》を置き、毬と外に出た。

「そういえば、祭が終わったのに昼間から男と歩き回って、毬はかあさんに叱られないのか」

「男と女だったら叱られるでしょうけど、隼人もわたしもそうじゃないでしょ」

毬は隼人の前髪の束を指先で弾《はじ》いた。毬の背は高く、隼人と同じように前髪を上げてしまえば、とても十三になる少女には見えない。祭の日でさえ色帯や花飾りを身に着けていなかった毬は、まだ初潮を迎えていないのだ。

「でかいお子さまだよな。おれたち」

墓丘でウサギ狩りの午後を過ごし、惣武の家に帰った隼人は、誇らしそうに二羽のウサギを鷹士に見せびらかした。

「このウサギの皮で、自分の投石帯を作れるかな」

「猪や鹿を狩るようになれば、やはり弓矢だ。指を傷めないようにその皮で弓懸《ゆが》けを作り、余りで投石帯を作ればいい」

「わかった。惣武のうち、明礬《みょうばん》があるかな」

鷹士の助言はいつも的確で適切だ。隼人はさっそく皮をなめす材料と道具を借りに、惣武を捜しに行く。道具も時間もなかった高千穂《たかちほ》山中での熊の処理を思えば、家畜をさばくのに慣れた惣武の手を借りられたのは幸運だった。

惣武の仕事を手伝ったり、毬とウサギ狩りをしてあっという間に三日が過ぎ、隼人はふたたび冶金工房へ行った。銅滴で換えられたのは二綛《かせ》の生糸だ。価値がわからないが、これを毬のところへ持って行けば、米か布に換えてくれるだろう。

工房を出るとすでに正午に近く、鷹士と川原で落ち合う頃合を過ぎていた。大急ぎで邑を走り抜けようとしたが、広場近くで若飛虎と衛士らの姿が見えたので、脇道に逸《そ》れた。そのまま川島の外縁に沿って柵門のひとつを目指そうとしたが、ガラの悪いふたりの無頼に阻まれた。

「今日はお供を連れてないようだな」

惣武を嘲弄《ちょうろう》していた連中でも特に粗野なやからだ。息を切らしているところを見ると、はじめから隼人をつけていて、先回りしたらしい。かれらの姿をいくどか見かけていたことを思い出して、以前から狙われていたことを悟った。

「おとなしくお宝を置いていけば、痛い思いをしなくてすむぞ」

定型の文句に、隼人は失笑しそうになった。無頼からはかつて隼人を虐待した戦奴らと同じ臭いがした。他者の苦痛を見て喜ぶやからだ。手持ちの路用を渡したところで、言葉通りに解放してくれるとは思えない。津櫛《つくし》の戦奴らと違い、戦闘訓練を受けたわけでもない地元の無頼くらい、どうにでもきりぬけられると隼人は思った。

とはいえ隼人は丸腰だ。いちどに複数を相手どるのは難しく、素早く逃げ回るのが精一杯だった。宮処《みやこ》の居住区を熟知した無頼は軽々と隼人の先回りをして、仲通りや近くの柵門への抜け道をふさいでしまう。

立ちはだかる無頼の腕の下をすり抜け、柵門をめざした隼人は、突然足を取られた。顔から着地し、肩をひどく打って転がる。足と肩の痛みに呻《うめ》き声を上げ、いったい何に足をぶつけたかとふり向く。埃《ほこり》で霞《かす》む目に、両足に絡みついた縄が見えた。縄の両端に石錘《せきすい》のついた、投げ猟具の一種だ。

無頼は隼人を押さえつけて殴りつけ、たちまち首飾りも腰の物入れも、帯ごと剝《は》ぎ取った。

「お宝さえ取ってしまえば用はない」

「だけど、この貝輪、珍しいやつだ。いい値になるぞ」

物入れを取って去ろうとする相棒を呼びとめ、左腕の貝輪も奪い取ろうとする。半年前はゆるかった貝輪は、いまでは簡単には外れなくなっていた。隼人は手を広げて取らせまいとする。

「ひとが来るっ。急げ」

戦利品を抱えて逃げようとしていた無頼は、みなまで言い終えなかった。

短い悲鳴と、ぐしゃりと身の毛もよだつ音がした。無頼は口から歯と血を吐き、強奪品をばらまきながら、倒れた無頼を冷たく見おろしていた。その横で、弓と矢を両手に持った鷹士が、倒れた無頼を冷たく見おろしていた。両手がふさがっているのに、どうやって無頼を斃《たお》したのだろう。左の足が心持ち浮いているところを見ると、あのつま先に鉄片を仕込んだ沓で、あごを蹴《け》り上げたのだろうか。

「鷹士」

隼人はほっとして友人の名を呼んだ。しかし窮地にかけつけたはずの鷹士の言葉は冷淡だ。

「もう少しやるんじゃないかと思ったが。まだまだ使えないやつだ。武器を使わない体術の鍛練を増やさねばならん」

「いつから見てたんだよ」

体中の痛みをこらえて隼人は文句を言った。

いきなり相棒が斃され、恐慌に陥った無頼の片割れは飛び起きた。石錘縄を解けず動けないでいる隼人を抱えてあとずさる。樫《かし》の幹を背に石刀を隼人の首に押し付け、鷹士を脅迫した。

「ここ、こいつの命が惜しかったら、武器を捨てろ」

「そいつに人質の価値があると思っているのか」

そっけなく言い捨て、鷹士は弓を引き絞った。無頼は隼人を盾にして体をすくめる。隼人の顔のすぐ右横で風が裂けた。ダンッと耳を聾《ろう》する音に続いて、隼人の視界いっぱいに矢羽根がぶるぶると空気を震わせる。

うしろで身の毛のよだつ絶叫。

急に放り出された隼人は、頭の右側を押さえて転がり回る無頼から、樫の幹にひとの耳を縫いつけて突き立つ矢へと視線を移した。

「ひどいよ鷹士。寿命が一気に縮まったじゃないか。ほかにやりようがあったろうに」

泣きそうな声で足の縄を解き、隼人は這《は》うようにして奪われた持ち物を拾い集める。

遅い隼人を冶金工房へ迎えに邑に戻った鷹士は、隼人が脇道に逸れたところからようすを見ていたという。どうしてはじめから助けてくれなかったんだ、とか、ちょっとでも動いていたらおれに当たってただろ、などと隼人は文句を言い続けた。鷹士は涼しい顔をして、実戦訓練だ、次は捕まるようなへまはするなとうそぶいた。

川島の会所に引き剝ぎの無頼を突き出して、邑の西外れまで戻ると、ふたりの姿を見つけた惣武が、息を切らして駆け寄ってきた。

「春頃から交易商たちが噂していた、久慈で火を噴く山を鎮めた奇跡の神子《みこ》ってのは、隼人たちのことだそうですね」

完全に舞い上がっている惣武を前に、隼人と鷹士は顔を見合わせた。

隠していた素性が知れたことは驚きだが、考えてみれば久慈大島と秋津島《あきつしま》は船の行き来がある。さらにこの春、日向や隈《くま》を出て秋津へ向かった船の数を思えば、久慈の出来事や噂がたちまち秋津の交易地に広まるのは、むしろ予想すべきであった。

「そりゃあ、びっくりしましたよ。斎島に豚と犬を納めに行ったら、美野の国主《くにのぬし》に呼び出されて、こういう少年たちを見なかったかとお尋ねになって――」

「おれたちのこと、話したのか」

隼人はかすれた声で吐き出すように言った。惣武は罪のない顔で答える。

「いけませんでしたか」

隼人は、笑顔に困惑の混ざった惣武の大きな顔から、腕を組み、糸のように眼を細めて一点を凝視する鷹士へと視線を移した。

隼人たちは、母神の宣託を受けた直後は、やがて訪れる戦乱の時代を、久慈や秋津のひとびとに警告すべきではないかと話し合った。しかし、神宝にまことに奇跡を起こす力があること、隼人が龍玉の使い手であることを長脛日子《ながはぎひこ》に知られてからは、同じように野心を起こして龍玉と隼人を追う人間もいるかもしれないと考え直した。信頼できると見極めた相手でなければ、宣託を明らかにしないことで合意したのだ。

「とにかく、国主が御自ら、隼人たちを迎えにうちにお越しになっているんですよ。さ、急ぎましょう」

逃げ隠れの算段もつかないうちに、惣武の家が見えてきた。柵に沿って、宮処《みやこ》の衛士が無表情に並んでいる。

炉辺の奥に座台を据えて、一段高いところにあぐらを組んだ若飛虎《わかひこ》と、横に立つ怖い顔の従者を目にして、隼人は慌てて鷹士の背中に隠れた。惣武の両親は、隅に縮こまって土下座し、これ以上低くなれないほど頭を下げて控えている。

美野の国主は強欲で油断のならない人物だと、真坂《まさか》が言っていたことを思い出し、隼人は緊張と警戒心で固くなった。

「おお、やはりぼうであったか。先日は驚かせたようで悪かった。よりによって、豚飼の家に居候しておったとはな」

垂れ目がちの若飛虎は、愛想良く話しかけてきた。鷹士の刺青《いれずみ》にも表情を変えることはない。

鷹士は首をねじるようにして、背後で小さくなっている隼人を見下ろした。

「知り合いか」

隼人は冷や汗をかきながら、引きつった笑顔でこくっとうなずく。

「工房を見てまわってたときに、ちょっとぶつかって、少し話しただけ」

鷹士は若飛虎に向き直り、昂然《こうぜん》と話しかけた。

「御身がこの美野宮処のあるじか」

「おおこれはすまない。わしは若飛虎という。美野宮処の国主を務めて三年目だ」

若飛虎は座台からおりて、隼人たちに歩み寄った。

鷹士は滑らかな動作で片膝を地面について、軽く頭を下げた。隼人は慌てて膝を折り、鷹士の礼に倣った。

「その膝礼は、やはり久慈の兵《つわもの》であったか。では、斎島の巫《かんなぎ》が捜しているのは、間違いなくそなたらのことであろう」

若飛虎は鷹士らに炉辺の円座《わろうだ》を勧め、みずからは台座に腰かけた。

「数日前から、うちの巫に突っつかれて御身らを捜し回っていたせいで、わしが裁可しなくてはならん司所《つかさどころ》の仕事が滞って困っていた。惣武が宮に豚を納めにきてくれたおかげで、御身らの居場所がわかったわけだ。久慈の母神の愛《めぐ》し児《ご》とは、隼人のほうか、それとも両方か。どちらにしても、斎島に来て久慈の話を聞かせて欲しい」

だれにも口を挟ませない勢いで一気に用件を話し終えると、若飛虎は背後の従者に目配せをして立ち上がった。

「えっと、お招きに応じられません、って言ってもいいですか」

鷹士の横から、隼人がそっと口を出した。若飛虎の眼から笑みが消え、表情が硬くなり、従者は露骨に怖い顔になった。

「わしは忙しい身なのだ。昼前からここに来て御身らを待っていたのだぞ。惣武なり衛士なりに申し付けて、御身らを斎島に連れてこさせればよいところを、わざわざ足を運んだのだ」

別に頼んでないのにという言葉を呑《の》みこみ、隼人は鷹士の上着の裾《すそ》をにぎった。鷹士は隼人の顔を横目で見たのち、若飛虎に向き直った。

「国主はひと違いをしておられます。おれたちは、地母神の愛し児ではありません」

「美野の巫の占《うら》に誤りがあるというのかっ」

若飛虎は声を荒らげた。鷹揚《おうよう》と見えた人柄は、必ずしも温厚とはいい難いらしい。惣武一家は震え上がったが、鷹士は若飛虎の勘気に動ずることなく、淡々と応じた。

「巫覡《ふげき》の占いのことは、よく知りません。しかし地母神の愛し児が、巫覡や祝《はふり》の伴もなく異郷をうろついているものでしょうか。阿曾《あそ》は未《いま》だ絶えず煙を上げ、灰を飛ばしています。久慈大神の神子であれば、いまも火邦《ひのくに》の日留座《ひるのくら》のもとで、火の神を鎮める務めを果たしているのではありませんか」

眉《まゆ》ひとつ動かさず、しらしらと嘘を並べる鷹士の横顔を、隼人は眼を丸くして見上げた。若飛虎の癇《かん》の立った視線を感じた隼人は思わず口走った。

「おれっ、ただの冶金師ですし。痛っ」

思わず口走る隼人の膝頭を、若飛虎から見えないように鷹士の指先が引っかいた。手当てをしていない、まだ砂利が入り込んだままの、血の滲《にじ》む傷口だ。なにもしゃべるなという手荒な合図に、隼人は涙目になって下を向いた。

鷹士の言い分に理を見た若飛虎は、威圧では動じない少年たちであると悟り、態度を和らげた。

「神子でなくても、冶金師ならば是非とも斎島に来てもらいたい。美野では、どこから来た者でも、職人は歓迎する」

鷹士は落ち着いて応答する。

「すぐには、無理です。おれたちは、さきほど邑はずれで引き剝ぎに遭い、隼人が暴行を受けて怪我を負ったために、急いで帰ってきたところなので」

鷹士は体を一歩横にずらし、隼人の擦り傷とアザだらけの手足と頰を若飛虎に見せた。

若飛虎は顔色を変え、宮処《みやこ》で引き剝ぎが横行していたことを謝罪した。ならず者たちには厳罰を下すよう、従者に命じる。

「今日のところは引き上げるが、あとで薬師《くすし》を寄こす――御身らがなにものであろうと、ただものではなさそうだ」

若飛虎は、隼人と鷹士の荷物へと視線を移した。隅に立てかけてあった青銅の矛と鞘《さや》に入った剣を指して、意味ありげにうなずく。

「それは剣《つるぎ》であろう。銅か、それとも鉄か？　ぜひ、本場仕込みの剣技というものを、美野の衛士らに見せてやってはくれないか。隼人は冶金師の見習いであったな。御身らが巫の求める神子でなくてもかまわん。商人や旅人のもたらす異郷の情勢を聞き集めるのも、国主の仕事である。話の内容にはそれぞれ相応の対価も払う。隼人の具合が落ち着いたら、迎えを寄こす」

断言したのち、若飛虎は慌しく惣武の家を出た。鷹士と惣武は戸口まで若飛虎と従者を見送った。

「衛士をふたり、残していった」

炉辺に戻ってきた鷹士が小声でつぶやいた。

それ以上のことは言わず、胡桃《くるみ》材の鉢に水を汲《く》み、荷籠から薬袋と銅鍋《なべ》を取り出して、隼人の傷の手当てを始めた。

隼人は擦り傷を負った頰が熱を持っているようで、惣武の母親が作ってくれた粟粥《あわがゆ》も少ししか食べられなかった。空腹なのに、痛みでなにものどを通らない。隼人の訴えに、鷹士はサネカズラの実をすり潰《つぶ》して黄精《あまな》と合わせて煎《せん》じ、飲ませた。

惣武は大きな三角の顔の中央にぎゅっと眉を寄せて口をすぼめ、自分の思い違いでとんでもない騒ぎを持ち込んだことを詫《わ》びた。

「べつに、いいよ」

騙《だま》している罪悪感を隠して、隼人は受け流した。腫《は》れていない左の頰に無理に笑みを浮かべる。

「それより、その久慈の神子って、そんなにおれたちと似てるのか」

自分たちのことが噂になって秋津島に広がっていることなど、隼人は想像もしていなかった。母神の預言と警告を正しく解釈し、王の時代に備えることのできる人々に届けたいと願っていたが、神去った地上に大乱が訪れる未来を託せる人間が、この秋津島にいったいどれだけいるのだろう。

惣武は毛のない頭をかきながら、情けない笑いを浮かべた。

「だいたい隼人と師匠と同じくらいの年頃の、童形の少年と若い貴人だって話で――」

噴き上げる火炎の中に降り立ったという地母神の荘厳な美しさと、その宣託を受ける二人の少年。高齢の日留座《ひるのくら》は若き日の美貌をとりもどし女神とひとつになり、噴き上がる溶岩を鎮め、久慈の島と神事を見守った少年たちを救ったという。

事実とかけ離れた歪曲《わいきょく》のはなはだしさに、隼人は嘆息した。

実際は、母神はこの現《うつ》し世に姿を顕《あらわ》しはしなかった。隼人たちが噴煙と水蒸気にやられて生と死のはざまの世界、幽明境まで魂が迷い込んだときも、あの白い霧の中から『ただ、潮の流れの導くままに生きよ』と隼人に告げた声が、ほんとうに女神の声だったのかと聞かれれば、正直なところわからない。

「それで、神子は『王の時代がくる』と預言したんだそうですよ」

隼人は素早く鷹士と視線を交わした。火と日向の日留座、その両邦のごく一部の巫覡しか知らない宣託が、なぜ秋津の美野まで聞こえているのか。

頰の筋ひとつ動かさない無表情ぶりだが、その厚いまぶたの下の、黒い瞳《ひとみ》にゆれたかすかなさざなみを隼人は見逃さなかった。

「阿曾の神子が久慈を出て、東海へ旅をしていると斎島の巫《かんなぎ》の占が出てから、見目麗しい童形の旅人が通るたびに、斎島に連れて行かれて身元を確認されたりしてました。隼人は宮処《みやこ》に着いた日に、斎島に上がるように言われませんでした？」

屈託のない笑みを湛《たた》えた惣武の問いに、隼人は頰の痛みと関係なく顔をしかめる。

「だれにもなんにも言われなかったよ」

祭の混雑にまぎれて上陸したせいもあるのだろうが、隼人は釈然としない。巫の占と若飛虎の神子捜しを知っていた惣武が、隼人らと出会ったときもその後も、まったく思い当たらなかったというのも、もやもやとした理不尽感が募る。

しばらくして、若飛虎に遣わされた宮処の薬師が診立てに訪れた。中年の薬師は、鷹士の手当てが適切であることを褒めた。

「腫れて化膿するかもしれない傷もある。黄芩《ひらぎ》か藍漆《やまあい》があれば分けてもらいたい」

「若いのに、お詳しいですね」

薬師と鷹士のやりとりを聞きながら、隼人は顔の右半分と手足に広がる痛みを味わっていた。どの傷も命に別状があるわけでも、動きを妨げるわけでもないのに、隼人は動くのもしゃべるのも億劫《おっくう》になってきた。

横になってうつらうつらしていると、いつの間にか日が暮れたらしい。惣武の家族が寝支度する気配に、隼人は身を起こそうとしてずきっと走った首の痛みにうめき声を上げた。

惣武が薬を煎じた椀を持ってきた。

「鷹士は、どうした」

姿が見えないので不思議に思って訊くと、惣武は「出かけました」と答える。

「衛士に止められなかったのか」

若飛虎の残していった宮処《みやこ》の衛士は、惣武の家に泊まり込み、隼人たちの行動を監視している。

「罪人じゃないですし。女のところに通うくらい、別にかまわないでしょう」

湿地に囲まれた宮処から、夜に抜け出すのは不可能であると、若飛虎は考えているのだろう。

まどろみながら、隼人は森の多い内陸の高台でなく、この湿原に近い丘を宮処に定めた、美野人の先祖の意図を漠然と理解した。しかし、湿地と無数の川筋という天然の防御をもってしても、濠《ほり》と塀、逆茂木をめぐらさなければ安心できないひとびとの心理は、隼人にはわからない。

寝ついたのが早かったせいか、隼人は夜中に眼を覚ました。寝汗がひどい。

雨季が近づき、蒸し暑さを増すこの時季に、虫除《むしよ》けの草を焚《た》きしめた屋内はひどく息苦しい。犬の山吹が、起きだした隼人の気配に気づき、あごを上げてもの問いたげに小さくのどを鳴らした。

隼人は替えの上着を素肌に羽織り、戸外へ出た。涼しい風が熱を持った頬にあたり、痛みが少しひく。気持ちがいい。尻尾《しっぽ》を振りつつあとをついてくる山吹の頭を撫《な》でながら、隼人は星明かりを頼りにそぞろ歩いた。柵に沿って歩く人影に、隼人は背格好と歩き方から鷹士と見分けた。

隼人は星の位置を見上げて、嫌味っぽい口調で言った。

「ずいぶんと早い帰りだな。鈴とけんかでもしたのか」

「痛み止めが足りなかったのか」

隼人の問いには答えず、鷹士は眠そうな声で夜歩きの理由を訊ねる。

「いや、中は蒸し暑くてさ。汗もかいたし」

そうか、と低く応《こた》えた鷹士は惣武の伏屋に向かわず、柵に立てかけてあった藁《わら》束を、近くの木の下に広げて敷いた。両側の土を掘って虫除けの草を燻《いぶ》してから、藁床にごろりと横になる。

「そこで寝るのか」

「中は暑いのだろう」

「なあ、若飛虎には、預言を話しても大丈夫かな」

隼人は不安な声で相談する。少しの沈黙のあと、鷹士が応えた。

「若飛虎が信用できるかどうかは、まだわからん。鈴から聞いた話では、秋津島の西には美野宮処のような大きな邑がいくつもあり、若飛虎のように国主を名乗る者が水や土地を奪い合っているという。美野の民がより人間の少ないこの地に移り住み邑を拓《ひら》いたのは、つまりそういうことだ。王の時代は、ここでもすでに始まっている」

来たるべき未来の戦乱を、大八洲《おおやしま》のひとびとに警告できればと意気込んで久慈を出てきたが、預言よりも現実の方が早かったらしい。間に合わなかったのだ。

「隼人、銅や鉄の鉱脈を見つけてからどうする。久慈に持ち帰ろうにも、掘り出すのも、運ぶのにも人手や舟がいる。おまえひとりにできることではない。誰かの助けがいる。そういう意味では、国主の若飛虎に近づいて、その器を測る必要はあるだろうな」

体が火照って眠気が襲ってきた隼人には、この先どうしたらいいのか、自分が何をするためにここに来たのか、深く考えることができなかった。

熱を出したあとに、初夏とはいえ戸外で眠り、気温の下がる明け方に露に濡《ぬ》れたためか、隼人は翌朝にはふたたび発熱した。夕刻には頭痛だけでなく腹の具合もおかしくなり、吐き気も訴える。

「外で寝たのは鷹士も同じなのに、なんでおれだけ風邪をひくんだ」

薬師の置いていった薬を煎じる鷹士の横で、隼人は洟《はな》をかみながら錆《さ》びた声で文句を言った。

「夏風邪をひく人間は、限られている」

「ばかで悪かったな」

くしゃみとともに吐き捨て、隼人は鯨革の物入れから南方椰子《やし》の樹液を固めた、濃黄色の糖蜜飴《とうみつあめ》を出し、鯨骨《げいこつ》の小刀で削り落として破片を口に含んだ。

「風邪など寝ていれば治る。その二十倍の赤米と交換できる椰子蜜を、自分で食べてどうする」

「高照《たかてる》がどんな病にも効くからって持たせてくれたんだ。いま食べなくていつ食べるんだよ」

「真坂が帰ってくるまで寝込んでいれば、病を口実に斎島へ上がらずにすむだろう」

鷹士は薬入れから黒い塊を取り出し、鹿骨の小刀で薄く切り、細かく刻んで、蛤《はまぐり》の貝皿に乗せた。

「顔や頭を打つと、首の筋もひどく痛めるものだ。さらに、軽い傷でもあちこち化膿《かのう》して熱を持てば、気は弱る。そんなときに外で露よけもかぶらず夜明けまで寝ていれば、風邪くらいひくだろう」

鷹士は椰子蜜糖を隼人の手から取り上げ、削り屑《くず》を石鉢に移した。乾生姜《ほししょうが》とあわせて擂《す》り、葛根《かっこん》の粉末も混ぜ合わせ、湯に溶かしてから、蛤の殻に盛った黒い顆粒《かりゅう》状の薬と一緒に隼人に手渡した。

「おれは幼いころから、季節を問わず屋根も筵《むしろ》もないところで寝起きしてきた。阿古の親に大切に育てられたおまえがおれに合わせていると、体がもたないぞ」

箱入り育ちを指摘された隼人は黙って薬を口に入れた。黒い顆粒があまりに苦く、慌てて葛湯《くずゆ》を舌の上で転がし、とろりと甘味を含んだ液体をゆっくりと飲み下した。

「まずい、なんだよこれ」

椰子糖の甘味でさえ消せない苦さに、隼人は舌を突き出した。

「熊の胆《い》だ。腹下しにはこれが効く。薬師のおかげで旅に必要な薬草の蓄えも増えた。分けて隼人用の薬袋を作っておくか」

鷹士は荷籠を漁《あさ》って、水を通さない魚皮袋か、漆で目詰めをした籠の小物入れを探した。

「鷹士がどうしてそう、呑気《のんき》に構えていられるのか、わからないよ。若飛虎が自分が『王』になるつもりで、おれたちを捕まえて利用しようって魂胆だったらどうする気だ」

「下手に逃げれば、やましい事情を勘ぐられ、追っ手に先回りされて捕まるのがおちだ。利害が一致し、味方にできるようなら、そうするべきだ」

津櫛に対抗できる『力』として、鉱脈を見つけ出すことがこの旅の最終的な目的であった。頭の片隅に、物入れの底におさまっている潮干玉《しおひるたま》の蒼《あお》がよぎったが、使えない神宝、それも隼人ひとりがかろうじて操れる龍玉で津櫛に立ち向かえるはずもない。そして銅や鉄の鉱石を、長脛日子に奪われることなく、久慈へ持ち帰る方法も考え出さねばならなかった。

翌日、怪我と病を口実にひきこもる隼人のもとへ、若飛虎がふたたび足を運んだ。隼人の体調を尋ね、久慈について詳しく聞きたがる。

「若いうちに旅に出て見聞を広めるのはよいことだ。鷹士くらいの年頃に、わしも久慈へ渡ったことがある。それにしても、御身らは腕が立つのだな。その若さでならず者をたちまち取り押さえたいきさつは、市の頭から聞いた。この、耳だけを射るというのは、狙ったわけなのか」

座台から身を乗り出した若飛虎は、耳を押さえつつ自分が痛そうな顔をして鷹士に訊ねた。

「あの者は隼人を盾にして半分だけ顔を出していたので、致命傷を与えず確実に打撃を与えられる部位が、耳しかありませんでした」

鷹士は涼しい顔でそう答えた。若飛虎はかぶりを振る。

「北久慈はひとの数も多く豊かではあるが、争いもそれに応じて激しくなるものらしい。わしが北久慈を旅したときも、ところによってはかなり物騒であった。弓の腕も優れていないと生き延び難いものなのであろうな」

隼人は自分が生まれるよりも前に、若飛虎が北久慈を旅していたということに不思議な感慨を覚える。

「でも、ここも争いがあるから、逆茂木とか、濠とかで邑を守ってるんじゃないですか」

隼人は黙っていられなくなって口をはさんだ。

「戦があるから、邑を柵や濠で囲むのではない。遠方の、特に外来の交易商人を招くのに、こうした防備が必要なのだ」

異国や西海から訪れる富裕な交易人は、濠や柵で囲まれていない集落とは直接取引をしないのだと若飛虎は説明した。かれらはひどく用心深く、組織や施設をそなえた『城郭』の内側でなければ、滞在して腰を据えた商談などできないものらしい。

隼人は、いつか鷹士に聞いた『大陸』の話を思い出した。

――海の向こうの国々には、久慈全部を合わせたよりも広くて大きな国がいくつもある。それぞれの国には、石で築かれた壁の中にものすごい数の人間が暮らしていて、久慈に母神が顕れるよりもはるか昔から、大地を闊歩《かっぽ》していた神々がいる――

「石で築かれた城壁、か」

隼人のつぶやきに、若飛虎がうなずいて両手を広げた。

「御身らも聞いたことがあるか。二間《けん》の幅に、大樹よりも高く石を積み上げて『城』なる外壁を築き、その内側に無数の宮楼《きゅうろう》を建て、社稷《しゃしょく》を祀《まつ》り、あらゆる工房が営まれ、田畑を耕し家畜も囲い、数千数万という人間が暮らすのが異国風と聞く。想像がつくか」

隼人は首を横にふった。宮処《みやこ》でさえ、川原近くの廃物溝に集積された汚物や生芥《なまごみ》の臭いなど、風向きによっては耐え難いものがある。まして石の壁で囲まれたところに、数千数万という人間や獣が暮らしているところなど、想像したくもない。そもそも百を超える数の概念を隼人はつい最近まで知らなかったし、未だに把握できていない。

「秋津には大岩を切り出す道具も、運べる獣もいない。また、ひとの力では持ち上げられない石を積み上げる機材もないので、濠や柵で体裁をつけるしかないのだ。外来《けらい》の民は、隣国や異郷の民とは、かれらを襲い奪う存在であると思い込んでいるようでな」

「なのに、交易に来るなんて、矛盾してますよね」

「ほう、隼人は難しい言葉を知っているのだな。その歳で修業に出るだけあって、賢い子だ。体調も回復したようであるし、明日にでも斎島の工房を見に来てはどうか」

要らぬ口を利いて墓穴を掘り、言葉を失った隼人を、鷹士が『つける薬のないやつだ』と言いたげに横目で流し見た。隼人は肩をすくめてできるだけ小さくなろうと試みる。

「秋津には、美野より東には防砦《ぼうさい》を備えた邑はない。北久慈や出雲《いずも》、浪速津《なにはつ》に比べると僻地《へきち》ではあるが、滄海《そうかい》航路、内海航路より運ばれた西方の交易荷はここに集まり、東岸や北岸の毛人《えみし》の地へ送られる。そして北の産物はこの美野に持ち込まれ、西方の商人が買い取る。東辺の地でありながら、陸路海路ともに、交易には最適の地の利を備えておる。ゆえに、この地に不案内な外来の楼船がいつ訪れても安心して滞在できるよう、体裁だけは整えてあるのだ」

若飛虎は目尻を下げて得意そうに語った。そして、目を丸くして聞いている隼人から、特に感銘を受けたようすのない鷹士の無表情な顔へと、視線を移した。

「鷹士は津櫛の大郷《おおさと》や大津を、よく知っているのだろう。ぜひ斎島に来て、この邑の防備をどう思うか、率直に聞かせてくれぬか。わしは、ゆくゆくはこの美野に漢の楼船も接舷《せつげん》できる大津を築いて、加羅津《からつ》や津櫛の大郷にもひけをとらぬ、東海交易の都城として栄えさせたいのだ」

若飛虎の口調は穏やかであったが、目は輝いていた。楼船という言葉に心を惹《ひ》かれた隼人は、慎重に言葉を選びながら、口を開いた。

「あの、阿曽の地母神の預言ですけど。国主も秋津の『王』になりたいんですか」

若飛虎は愉快そうに笑った。

「王という言葉の定義がわからんのぅ。漢語に詳しい者に訊けば『天命によって国を治めるもの』が『王』だそうだが、わしが美野の国主となったのも、巫覡の占、神命によるものだ。どうちがうのだろうな。隼人は秋津がどれだけ広いのか、知っているか。わしは美野の『王』で手いっぱいだ」

「ではなぜ、美野の巫《かんなぎ》は地母神の神子を捜させているのですか」

隼人の声は、この話題に触れる緊張でかすれている。若飛虎は口元の笑みを絶やさず、隼人の目から視線を逸らすこともなく、のぞきこむように言った。

「巫覡の考えはよくわからんが、わしも地母神の神子とやらには会ってみたい。隼人は、どう考えるか。神とは、まことに在るものなのか」

隼人は目をみはり、肩を引いた。冷や汗が背中から噴き出し、言葉をつかえさせながら返答する。

「さ、さぁ。わ、かりません。ああ、会ったことないし」

若飛虎はうろたえる隼人から鷹士に視線を流したが、鷹士は無表情のまま眼を細くして、若飛虎と瞳を合わせるのを避けた。

「神々が在るか否か、などとうちの巫に問うたら、ひどく罵倒《ばとう》されることであろうが」

若飛虎は姿勢を正すと、真面目な顔で話し始めた。

「神の言葉によって国が栄えるならばそれも善い。しかし、邑と邑の諍《いさか》いはそれだけでは解決しないものでのう。このところ、鈴鹿《すずか》山の向こう、西の山門《やまと》邑や浪速津の邑、淡路《あわじ》の豪族らの間では緊張が続いておってな。それぞれの邑が、美野宮《みやこ》処を味方につけようとあれこれ圧力をかけてくる。どこについても美野には利益はないゆえに中立を保っているが、地母神の預言どおり、山門以西の国主をまとめる『王』が立った日には、美野は日和見と非難されて災いを蒙《こうむ》るだろう。どの籤《くじ》を引いても、いつかは戦わねばなるまい。やがて秋津も北久慈のように戦が増えるとしても、どの邑から『王』が立つのか予《あらかじ》めわかれば、わしの気苦労も減るというものだ。もし久慈の神子とやらが、神々と語り、先を見通す力を持っているのなら、美野が生き残る方策など授けて欲しいものではある」

若飛虎が長脛日子ほど好戦的でも威圧的でもないことに、隼人は好感を覚えないではない。だが、美野宮処を発展させたい情熱には、長脛日子に劣らぬ野心が見える。

隼人は迷い、若飛虎から鷹士へと視線を移した。石像のように完璧《かんぺき》に無表情な鷹士と目が合う。

隼人は若飛虎に、斎島を訪問することを承諾した。

第八章　美野の斎島、天の誓約《うけい》

数日後、体の回復した隼人《はやと》は、鷹士《たかし》と惣武《そうぶ》を伴って斎島《いつきしま》に上がった。楼門を入ると、平《なら》らに均し白い砂をまいた大庭がある。その清浄な大庭を囲むように、大小の建物が広がっていた。

北面に二層の楼閣と、その両脇に高殿の巫覡宮《ふげきのみや》、祝部《はふりべ》の伏屋《ふせや》が並び、大庭の左側に国主《くにぬし》の司所《つかさどころ》を始め、宮処《みやこ》の施政をあずかる壁屋と倉が並んでいた。その奥には低い柵《さく》が巡らされ、柱に赤丹《あかに》を塗った楼閣が見えた。外来《けらい》や遠方の商人の居室群だという。

祭器や上質の交易品を製造する工房と住居区もあり、斎島だけでひとつの邑《むら》といえる規模であった。

活気があり、設備の整った工房をまわった隼人たちは若飛虎《わかひこ》の伏屋に案内され、佳肴《かこう》が出された。

国主の住まいは円形で屋根も高く規模は立派だが、巫覡宮や外来商人たちの家屋よりも質素で、どこか日向《ひむか》の日留座《ひるのくら》の宮を思い出させた。しかし供される器にちりばめられた外来のガラス玉や、土器の鮮やかな色遣い、繊細な細工のこだわりなどが美野《みの》の豊かさを誇っている。

若飛虎は、冶金《やきん》工房を訪れた隼人が高温を維持する深炉や、純銅の溶解温度まで炉の熱を上げるための鞴《ふいご》など、北久慈《きたくじ》の進んだ冶金術について話したことを聞き及び、ますます熱心にふたりを引き止めた。

「御身らがこの美野宮処に留《とど》まるのなら、それぞれに家を用意するが、どうかな。鷹士にはすでに通う女もいると聞いたが、斎島に家を持ち一戸の家刀自《いえとじ》となるのは、南川島の女たちの憧《あこが》れであろう。違うか？　惣武」

「そのとおりです。鈴《すず》さんもきっと大喜びですよ」

手放しで若飛虎の勧誘を応援する惣武に、柿茶の椀《わん》を口に運んだ鷹士の動作が止まる。鷹士が鈴を話題にすることはないので、どういう深さのつき合いなのか、隼人にもよくわからない。

隼人には、成人後も長く独身であった年の離れた義兄がいるので、本人が自分から触れない場合は、こうした微妙な話題は避けたほうがいいことを体験的に知っている。

鷹士の表情を読み取れない惣武が、いっそう笑みを広げて「ね、隼人。宮処に家があれば、いつでも帰ってこられるじゃないですか。そうしましょう」とたたみこんでくるので、隼人は若飛虎に別の話題を向けた。

「美野で冶金もいいですけど、原料はどうするんですか。今まで浪速津《なにはつ》や北久慈から手に入れてた古銅ならともかく、さっき話した深炉や鞴を使えば、原鉱石だって溶かすことができるんです。でもそんな高価なもの、なにを代価に払うんですか」

若飛虎が奴隷を代価に金属資源を得ることを考えているのなら、隼人は美野宮処に長居をする気はなかった。

若飛虎は難しい顔をした。

「奥美野では楼閣に向く木を育てて、秋津《あきつ》のあらゆる邑に売っているのだがな、銅鉄を扱う大陸の商人は、ひとを代価に欲しがる。ただ、美野には代価にするほどひとがおらぬ。とりあえず、樹《き》の鳥羽《とば》に近い山で、漢人も尊ぶ真朱《まそほ》が出たという報《しら》せがあったので、どれほどの鉱床があるのか、調べさせているところだ」

そこへ、小さな眼にあごひげを胸まで伸ばし、黒い衿《えり》をかけた異国風の長袍《ちょうほう》を着た中年の男が、座に加わった。祭の日に、隼人が間違えて袖《そで》を引っ張った異国人だ。

「うちの主計司《かずえのつかさ》だ。父親が漢の商人で、漢語もいくらか解する」

漢といえば、高照《たかてる》に贈った鏡の裏に彫った文字の生まれた国である。主計司が身に着けた裾《すそ》の長い袷《あわせ》のゆるやかな長袍は、久慈の巫覡らがまとう長衣と似ていなくもない。やはり、絹や青銅の神宝をもたらした稀人《まれびと》たちは、大陸から来たのだろうか。隼人は本物の異国人を前に、興奮して訊《たず》ねた。

「じゃあ、漢の書き言葉が読めるんですか」

「商いに必要なくらいですが」

主計司は隼人たちとは親子以上の年齢の開きがあるが、若飛虎の客ということで、腰の低い言葉を返した。

「久慈でためしに文字を入れた鏡を作ったことがあるんです。また作りたいんですけど、どんな詩句だったか忘れて。こういうの知ってたら、教えて欲しいんです」

　隼人は炉の炭をかき寄せ、うろおぼえの文字をいくつか木板にすりつけて見せた。主計司は眉間《みけん》にしわを寄せ、線がのたくり交差する文字を検分したのち、嘆息した。

「久不相見　長毋相忘——久しく相見えずとも、長く相忘ることなからむ——ですね。有名な詩句です。しかし、ぼうの若さでこれは、ちょっと早いのではないですか。それとも、大切な方が亡くなってしまわれたのですか」

「え？」と口を開けた隼人の顔から血の気が引いた。高照に贈った鏡に、なにかとんでもない意味が含まれていたのだろうか。

「二度とは会えない私たちですが、お互いとこしえに忘れないでいましょう、という意味です」

「えええっ」

　卒倒しそうな衝撃にうろたえる隼人の肩を、鷹士が支えた。隼人の代わりに主計司に意味を確認する。

「二度と会えない、というのはどの部分だ。しばらくは会えない、という意味ではないのか」

　目も当てられない隼人の狼狽《ろうばい》ぶりと鷹士の剣幕に、主計司は尻込《しりご》みしつつ説明した。

「この『久』のところです。でも二度と会えないというより、ものすごく長い長い時間を意味する文字です。あの、大陸から久慈や秋津へ航海に出ると、何年も帰れませんし、遭難、沈没などして海で死ぬかもしれません。とくに、秋津に来ることはできても、南より北東へ進む暖流に逆らって、漢土に帰還できる船はとても少ないのです。この詩句は、今生ではもう逢《あ》えないかもしれませんが、というくらいの意味です。もちろん白髪になる前に帰国して、めでたく家族や恋人と再会する商人もいます。ちょっと待ってください」

主計司《かずえのつかさ》は座を立ち、大急ぎで伏屋を出て行った。

「こ、今生では――どうしよう、鷹士」

世界の終わりのように狼狽する隼人を、鷹士が叱りつけた。

「話を聞け、隼人。二度と高照に会えないという意味ではないそうだ。それに、帰れないなどと、望ましくないことは決して口にするな」

主計司は両腕に布包みを抱えてすぐに戻った。

「父が残していった詩句入りの鏡は、このふたつしかないのですが、よかったら写しを差し上げましょう。秋津の工人は、書き言葉を怖がって彫りたがりませんが、文字の彫れる冶金師がいれば、美野の交易も久慈に負けないくらい箔《はく》がつきます」

主計司は呆然《ぼうぜん》とする隼人の手に、両手持ちの鏡を置いた。白金色に輝く銅鏡に触れて、隼人の気持ちは少し落ち着いた。物心ついたころから馴染《なじ》んでいるというだけでなく、本場の合金の色合いや、象嵌《ぞうがん》の細やかさ美しさに心を奪われたのだ。

「書き言葉は若いうちに始めないと、なかなか覚えられません。わしにしても、父が残した詩文と、扱う交易品の名称、漢人の姓名が読めるくらいで、書くのは外来《けらい》の通詞《つうじ》まかせです」

意味を勘違いして、異国の詩句に不穏な言霊《ことだま》を込めてしまったという大失敗に、二度と『文字』など見たくも触れたくもないと隼人は思ったが、両手に持った銅鏡からは目が離せなかった。眺めているうちに、線で象《かたど》られた『文字』が浮き上がり躍りだした。それらが呪力《じゅりょく》を得てぐねぐねと渦巻き、三本の足で跳びはねる。

惣武の家に帰っても、隼人は呆然としていた。夕食もうわの空、日が暮れて鷹士が出かけたことも気づかず、眠りも浅かった。

次の日も、隼人は何をする気にもなれず、犬の囲い場で山吹《やまぶき》の首を撫《な》でつつぼんやりしていた。山吹が尻尾《しっぽ》を振って吠《ほ》えたので、そちらへと顔を向ける。惣武が駆け足で隼人を捜していた。

「こんなところにいたんですね。あれ、鷹士師匠は？」

「別にいつもいっしょにいるわけじゃないよ。鷹士は昼前にどっかでかけた。鈴に会いに行ってんじゃないの」

隼人はうんざりしたように言い返す。

「その鈴さんが、来てるんですよ。師匠はどこかって」

「狩猟用の石鏃《せきぞく》でもそろえにいったのかな。そろそろ真坂《まさか》も戻る頃だし」

そう言って、隼人が尻の埃《ほこり》を払いつつ立ち上がりふり返ると、そこに鈴が立っていた。

隼人はびっくりして一歩さがる。可愛らしい控えめな顔立ちに、頬も唇もふっくらとして、開いたばかりの花びらのような印象しか覚えていなかった隼人は、怒ったようににらみつけてくる鈴に戸惑う。

「鷹士、どこにいるの」

鈴のうしろに毬《まり》もいることに、隼人はほっと息をついた。

「知らない。遠出するとは言ってなかったから、待ってればそのうち帰ってくるんじゃないか」

犬柵の横で、四人は微妙に緊張した空気のなか、無言で立ち尽くす。真っ先に抜け出したのは惣武で、「あ、豚に餌やってきます」と地響きを立てて走り去った。

ここで立ったままにらみあっていても、どうにもならない。用があるのが隼人でないのなら、「じゃあ」と立ち去ってもいいのではと考えたところに、鈴がぎゅっと眉間にしわを寄せて一歩前に出た。

「鷹士はどうして会いに来ないの？」

泣きそうな表情で訴えられて、隼人は辟易《へきえき》しながらも美野に滞在した日を指折って数える。

「おれに聞かれても——ここんとこ忙しかったから。斎島に呼び出されたり、その前はおれは風邪をひいて寝込んでた。でも鷹士は出歩いてはいたな。鈴と会ってると思ってたよ」

聞けばここ何日も会っていないので、鈴は鷹士の気持ちを確かめに来たらしい。勇気をふりしぼって惣武の家まで来たのに、すれ違ってしまったのは気の毒である。

「いっしょにいてもあまり笑わないし、私のことは好きでも本気でもないのかな、ってのは感じていたけど、私のどこが気に入らないのか知りたい。あなた、なにか聞いてない の？」

「何も聞いてない」と、隼人は正直に答え、「そういうことは、本人に訊《き》いてくれよ」とあたふたとその場を立ち去った。パタパタとした跫音《あしおと》にふり返ると、毬があとを追ってきていた。

鈴は同じ場所に立ち尽くしている。鷹士が帰ってくるまで、ああして待っているつもりだろうか。

「おれ、ほんとに何も知らないから」

「わたし、まだ何も言ってないけど？」

追いついてきた毬が、彼女らしいそっけない口調で突き放し、隼人と並んで歩きだす。

「隼人もウサギ狩りにこなくなったから、このごろつまらない。隼人もわたしのこと気に入らない？」

隼人はびっくりして、毬の顔を見た。毬はまっすぐに隼人を見つめ返している。

「気に入らないことはないけど、おれたちすぐに旅に出るし、ここに戻ってくるかどうかわからない。遊びに行かなくなったのは、さっきも言ったけど風邪ひいたり、斎島に呼び出されたりして、忙しかったから。毬に投石帯の使い方を教えてもらったのは楽しかったよ。ともだちじゃいけないのか」

なんとなく後ろめたい気持ちになって、隼人は気弱な口調になる。

ふうん、と毬は足元の小石を蹴《け》る。

「わたしもね。楽しかった。隼人がおとなになったら、また美野に来る？」

「わからない。これからどこへ行くのかも案内人任せだし。旅の目的が果たせなくても、久慈に帰ることだけは決めてるけど」

毬はまた、ふうん、と応じる。

「鈴はね。鷹士のこと何も知らないんですって。久慈のどこから来たのか、どんな邑から来たのか、旅に出る前は何をしていたのか、家族はいるのか。わたしたちの家のことや家族のこと、美野のこと全部話したのに、鷹士は自分のことは何も教えてくれないって。それって、脈がないってことだと思うんだよね。だからあきらめたら、って言ったんだけど。どうしても本人の口から本心が聞きたいって」

隼人は途方に暮れて頭をかいた。鷹士としては、ここでは悪鬼のように怖れられている津櫛《つくし》の戦奴《せんど》で、脱走してきたお尋ね者なのだとは、とても言えないだろう。まして家族の話など論外だ。おそらく鈴から聞き出せる話題が尽きてからは、話すことがなくなって通うのをやめたのだ。あれこれ質問されることが、煩わしくなったのかもしれない。

自分勝手な話ではあるが、もともと他者の感情に無頓着《むとんちゃく》である上に、久慈を出て初めて手にした自由の使い道が、まだよくわかっていないのかもしれない。

「鷹士は天涯孤独みたいなものだから、思い出したくないことが多いんだ。確かに自分のことは話さないし、何を考えているかわからないけど、必要なことはちゃんと言う。悪いやつじゃないよ」

隼人は潮満玉《しおみつたま》の再生を饒速《にぎはや》に託され、潮干玉《しおひるたま》を隠し持っているという、秘密を抱えていた。いっぽう、鷹士は鉱脈探しについてきたものの、彼自身の先行きや明確な目的については何も語っていない。絶えず追っ手を警戒して背後を振り向いているような、そんな緊張が解けないでいるのだ。剣奴《けんど》でない生き方を探せと鷹士に言ったのは隼人だが、どこまで行けば長脛日子《ながはぎひこ》から逃れることができるのかという現実は、隼人が思っていたほど簡単ではないのかも知れない。

そういったもろもろのことを思えば、土地のことを知るためとはいえ、祭の賑《にぎ》わいに誘われて鈴や毬と深く関わってしまったのは、思慮のない行動であったと、隼人は申し訳ない気持ちになる。

それにしても、鈴に会いに行っていたのでなければ、この数日はどこを歩き回っていたのだろう。

「隼人たちの旅の目的ってなあに」

「銅か鉄の鉱脈を見つけることだ」

「雪が降ってきて旅が続けられなくなったら、冬を美野で過ごしたらどう？」

「考えておくよ」

鉱脈が見つかるまで久慈に帰らないつもりなら、それも悪くはないのだろう。とりあえず、鉱脈探しとやらがどんな仕事なのか、それを学ぶことがまずは大事であった。

「じゃあ、いまここにいる間は、楽しくしようよ。ウサギ狩りに行かない？」

さばさばした口調で毬は話題を変える。隼人が鷹士と鈴の関係に干渉したくないように、姉に付き添ってはきたものの、毬も現場にはいたくなかったらしい。遠目に鷹士が帰ってきたのを見て、あとは知らないとばかりに隼人の肘《ひじ》を取って川岸へと走り出した。

真坂が山門《やまと》から戻ってきた日は雲が多く、朝から湿度が高く空気がじっとりと重かった。

「なんか、降ってきそうだな。これから旅に出るってのに、雨季が始まるなんてついてない」

帰って来るなり出発をせき立てる真坂に、隼人たちが不平を言いつつ旅の支度をしていると、若飛虎の使いが来た。驚く真坂に、美野の国主に気に入られてしまったことを話す。

真坂は眉間にしわを寄せた。

「隼人がクラ母神の愛し児《めぐご》だと知られたのか」

「いや、おれが冶金師の卵だってのが、国主の興味を引いたみたいだ」

真坂は爪をかみ、落ち着きを失くした。

「美野の国主は、あの若さで山門や浪速津の狸どもと渡り合える、筋金入りの商人だからな。腹でなにを企んでいるか、わかったものじゃないぞ」

「行かないと、痛い腹を探られるから、おれたちだけで行ってくるよ」

隼人は引き止める真坂を交易宿で待つようになだめた。

ふたりで連れ立って斎島へ向かう途中、隼人は鷹士に話しかけようとして、口を閉ざした。鈴とどういう話し合いをしたのか気になるが、余計な口を出す立場でもない。隼人は別のことを訊ねる。

「鷹士は鉱脈が見つかったらどうする？」

「そう簡単に見つかるとは思えないが、見つかれば運び手や用心棒が必要だろうから、隼人を手伝うつもりだが？」

隼人はなんとなく安心して、そっか、とほほ笑んだ。

「おれはさ、見つかるまで探し続けたいと思うけど、ついでに秋津を探検するのも悪くないと思うんだ。不二《ふじ》の山はもちろんだけど、鷹士はほかにも行ってみたいところがあるか」

鷹士は考え込みながら、真面目な顔で応《こた》える。

「北へ、行ってみたいとは思う。北秋津の東岸には、顔に刺青《いれずみ》を入れる毛人《えみし》がいる。北の西岸へゆけば、男女とも伸ばした髪を編んで、後ろや横に垂らす足馳《あしはせ》という民が少数だがいるとも聞いた」

髪を編むのは鷹士の母方、北の海を渡って来た森と草原の民、カウマ族の風俗と似ている。

「足の速そうな一族だな。鷹士はそのひとたちに会ってみたいのか」

鷹士と似たひとびとがいるかもしれない北の土地。

「興味はあるが、必ず行きたい、というほどではない」

「津櫛の比女《ひめ》の命令だからって、なんでもかんでもおれに合わせなくていいんだぞ。鉱脈はどこにあるかわからないんだし。どうせ行くなら、自分の行きたいところは、自分で決めていいんだ」

鷹士は正面を見つめて、少し考えこむ。

「いままでは、命令されたことだけをやっていれば、自分ではなにも考えなくてよかった。おまえのように自分の夢があって、求める生き方がわかっていれば、難しくはないのだろうが」

「でも、鷹士は前からいろいろ考えてるじゃないか」

「命じられたことを効率よく成し遂げるためとか、最悪の状況でいかに生き延びるか、ということには頭を使う。だがそれ以外は自分で考えることはせず、次の命令を待つだけだった。隼人は初めて会ったときから、自分の望みを知り、自分で考えて決め、行動できる。見習いたいものだ」

隼人の耳が熱くなる。いつも見上げるだけで追いつけないと思っていた友人が、自分を見習いたいと考えていたなど、想像したこともなかった。

「なんだよ、考えなしだって、ばかにしたくせに」

照れ隠しにふてくされた口をきく隼人に、鷹士が口の端を持ち上げて応えた。

「行動する前に、もう少し充分に考える癖がつけば、さらによいだろうな」

そう応じた鷹士の表情はとても穏やかで、ほのかに笑っているように見えた。

斎島《いっきしま》に上がると、主計司《かずえのつかさ》が迎えに出た。

「巫《かんなぎ》が、どうしてもおふたりにお会いしたいと、若飛虎さまをせっつかれましてね。ご自分の目で確かめてからでないと、宮処《みやこ》から出してはならないと仰せです。まもなく朝の神事が終わりますから、それまでうちにいらしてください。大陸の文物など、お見せしましょう」

主計司の伏屋には何段もの棚があり、銅製品のほかにも外来《けらい》の珍しい品々、秤《はかり》や紐玉《ひもだま》、札冊《ふだきつ》などの商いの道具が並んでいた。中でも土で作った船の模型に目がいく。船の上に二層の大きな家が建ち、櫂《かい》が両脇の舷側《げんそく》から十対は突き出している。かなりの大人数を乗せることのできる船だ。

「主計司は、漢の楼船を見たことがあるんですか」

「もちろんです。二十年近く前に、父の楼船で浪速津や穴門《あなと》へ航海したこともあります。

大八洲《おおやしま》には、楼船が停泊できる港がないので、陸から沖の楼船へは艀《はしけ》で行き来しなくてはなりませんが」

穴門は、秋津の西端と豊《とよ》の東岸の間を走る海峡だ。大八洲のひとびとや物流は、隼人の知識と想像を遥《はる》かに超えて繁く行き来している。隼人は改めて驚き感動した。そして西海の向こうには、その果ても覚束《おぼつか》ない無辺の大陸があり、国々がひしめき合い、そこからも巨大な船を操ってひとびとがやってくる。

久慈を世界の中心だと信じていたころの自分を、笑ってやりたい気分だ。

「そのまま漢土へ来るかと父に尋ねられましたが、母が気にかかったので、美野へ戻ってきました。そうそう、これがお約束していた銅鏡の写しです。これも、遠く離れた故郷を想う詩文です」

主計司《かずえのつかさ》は巻いた布を広げて差し出す。布には銅鏡の背面の模様を木炭で刷りつけてあった。文字も紋様も細かいところまで丁寧に写し取られている。一文字一文字の読み方と、その意味、そしてその文字の連なりがどのような言葉になるのか、主計司はわかりやすく説明してくれた。

やがて若飛虎と巫の使いが来て、隼人たちを呼び出す。大庭に案内されると、そこには斎島の住人だけでなく、南川島の大人《うし》衆と思われる大勢のひとびとが、伝説の神子《みこ》をひと目見ようと集まっていた。

祀宮《まつりのみや》に到る白砂の大庭をゆく隼人と鷹士を、珍しい獣でも見るかのように、おとなたちが背伸びしてはささやき合う光景に、隼人は怖《お》じ気づいてしまう。

「おれら完全に神子だと思われているのかな」

物見高いひとびとの注視に緊張し、視線のやり場に困ってついきょろきょろとしてしまう隼人の肩を、鷹士が軽く叩《たた》く。

「さっさと用を済ませて、この邑を出発するぞ」

肩に置かれた手と、鷹士の動じない声に安心感を覚えた隼人の目に、祀宮の階《きざはし》に立ってふたりを待つ若飛虎の姿が映った。隼人と目が合うと、若飛虎は邪気のない笑みを浮かべてうなずいた。

たかが若輩の旅人を自ら迎えに出る若飛虎に、鉱脈探しのできなくなる冬は美野で過ごしてもいいかな、と隼人が思い始めたときだった。

居並ぶ大人衆《うし》からひとりの男が飛び出し、鷹士を指さして叫んだ。

「そいつは津櫛の戦奴隷だ！　人殺しの悪鬼が、どの面下げて久慈の神子を騙《かた》っている！」

男は、北久慈風に両耳の前でみずらを結っていた。隼人は反射的に駆け出し、鷹士と男の間に立ちふさがった。

「鷹士は奴隷じゃないっ」

隼人は大声で言い返した。隼人と同じ北久慈訛《なま》りから、豊邦《くに》の商人と思われるその男は、癇《かん》に障る声で叫び返した。

「その頬の、鎌形の刺青は戦奴のしるしだ。長脛日子の犬め。何百という豊びとの首を斬り落とせば、その若さで三弧も得られるんだっ」

隼人は動揺して鷹士へふり向いた。鷹士は無表情を保ってはいたが、顔色はその刺青に劣らぬほど青ざめていた。男は、隼人へと矛先を変えた。

「おまえは豊邦の人間だな。なぜ津櫛の戦奴など庇《かば》う。それとも豊を捨てて津櫛に寝返ったのか」

隼人は唇が震えてなにも言い返せないまま、周囲の人垣を見回した。男は叫ぶのを止めない。

「そいつらは津櫛の廻《まわ》し者《もの》だ。欺《だま》されるな！」

大人衆の顔が、みるみる緊張と恐怖に塗り替えられていく。『津櫛の戦奴』の、実態以上の暴虐残忍ぶりを、秋津びとは事実であると信じているのだ。

隼人と若飛虎の目が合った。若飛虎の瞳《ひとみ》には、当惑と苛立《いらだ》ちが見えた。異郷者同士の諍《いさか》いを、自宅の庭先で繰り広げられれば不快にもなるだろう。

朝は親切に漢の書き言葉を教えてくれた主計司《かずえのつかさ》は眉《まゆ》を寄せうつむき、北久慈の冶金について隼人の話を聞きたがった工人たちも顔を背けた。

——物盗《もの》《と》りの耳を引きちぎったそうだ。

人垣の奥から、恐怖に震えるさざめきが流れる。

——ひと突きで美野一番の力自慢をたおしたっていうじゃないか。

隼人は周りに向かって、声が裏返るほどに叫んだ。

「違うっ。噂はみんな嘘ばっかりだ。ほんとのことなんか、隣の家のことも、昨日のことだって、なにひとつ正しく伝えはしない。鷹士はおれの命の恩人だ。なんどもなんども、自分の危険を顧みずに、おれや仲間を助けてくれた。律儀で真面目で、親切なやつだ。津櫛の戦奴なんかと違うっ」

隼人はゆがむ視界に、手の甲でまぶたをこすった。その肩に温かな手が置かれた。ふり返ると、鷹士があごを楼門へと向けて、隼人の肩を押した。出て行こう、という合図だ。

隼人がどれだけ否定しても、鷹士の頬から刺青が消えることはない。たとえ過去のことでも、起きてしまった事実は、否定することも、なかったことにもできはしないのだ。

ふたりが踵《きびす》を返し、楼門へと足を踏み出すと人垣が分かれた。隼人は鷹士を弾劾した豊びとへとふり返った。男の目は、復讐《ふくしゅう》の興奮に酔って充血していた。

かつて、隼人も阿古《あこ》を焼き払った津櫛の戦奴をどれだけ恨み、憎んだことだろう。だが、その憎しみをぶつける相手は、たえず使い捨てにされ、補充される戦奴ではないのだ。

隼人の腹の奥で、熱くどろりとした情動がうねりだし、出口を求めた。隼人は立ち止まり、鷹士の手を振り切って豊の商人に向き直った。

「ではひとつ訊く。おまえの郷《さと》が襲われたとき、おまえはどこにいた」

豊の商人に向けられた問いであったが、隼人の声は大庭にいた者すべての耳に届いた。前髪を額の上で結んだ童子とは思えないほど、苛烈《かれつ》な怒気を含んだ声であった。

名指しされた男は、助けを求めるように周囲を見回したが、だれもが一歩ずつ離れるのを見て隼人をにらみ返した。

「あ、秋津にいた。交易で貯めた財を持って郷へ帰ったら、だれもかれも、なにもかもなくなっていたんだ」

男の瞳に浮かんだ動揺から目を離さず、隼人は三連の貝輪を嵌《は》めた左腕を高く上げ、手のひらを空に向けた。厳かな声で天に向かって言挙《ことあ》げする。

「南海龍王サカラよ。汝《なれ》が裔《すえ》、阿多《あた》の建速《たけはや》の呪《の》りあげる。この男の言葉が偽りならば雨よ降れ、真実《まこと》であれば虹を示し、わが誓約《うけい》をきこしめせ」

ひとびとは思わず空を見上げた。朝のうちはまだ少し青さを残していた空が、いつのまにか低い雲に覆われている。

隼人は顔を天に向けて目を閉じた。衆人は息を詰めて空と童形の少年を見守った。

ぽつり、ぽつりと雨が降り始めた。大庭の白砂を打つ滴はみるみる増え、ひとびとの髪を濡《ぬ》らしてゆく。隼人は顔に水滴が当たる感触にまぶたを上げ、豊の商人を指さした。

「おまえは、津櫛の軍勢に襲われたとき、戦奴らに追われる家族や隣人たちを見捨てて、自分だけが逃がれたのだろう」

だれもが誓約の結果を目にし、隼人の告発を聞いた。即座に否定せず、逃げ道を探すように辺りを見回す豊の商人のうろたえぶりが、告発の内容を肯定していた。

隼人は鷹士の袖をつかみ、あとをふり返ることもせずに早足で歩き出した。誰も追いかけては来なかった。楼門を出て強くなる雨に濡れながら、まっすぐに惣武の家へ戻る途中、鷹士が低い声で話しかけた。

「あの男に、罪はなかったろうに。商人が嘘をつくと、罰も重い。信用を失い、美野で交易ができなくなる」

隼人は黙ったまま、歩き続ける。怒りにまかせた行動をとってしまったことを後悔していた。その背中に、鷹士が話題を変えて問いかけた。

「声に言霊《ことだま》をのせる技など、いつ覚えた」

「阿曽《あそ》や日向で巫覡たちがやっていることを近くで見ていれば、いやでも覚える」

隼人はぶっきらぼうに答える。

「それにしても、無茶をする。雨が降らなかったらどうするつもりだった」

隼人のことを考えなしと評しつつ、いつもは隼人のやることに口出しをしない鷹士が、このときに限って諫《いさ》め口調なのが隼人は気に入らない。

「雨が降るころなのは、空気の匂いでわかっていた。あいつが嘘をついていたのも、顔色でわかった。自分が潔白でもないくせに、他人を貶《おとし》めて喜んでいるやつだ。自業自得だよ」

阿曽の火口で霧散し、隼人の肌に浸み込んだ潮満玉の御魂《みたま》が、雨を呼び寄せたのだろうか。ひとつだけわかっているのは、大庭で空を見上げたとき、隼人の言挙げに応じてただちに雨が降るという確信が、はっきりとあったことだ。

「そういえば、あの男はなぜ、隼人を豊邦の人間だと決めつけたのだろう」

鷹士がいぶかしげにつぶやく。言われてみれば、初対面で隼人の出身を判断できる人間はめったにいない。

「訛りのせいだろ。言葉の〝くせ〟が同じなら、同郷にはすぐにわかる」

隼人はあまり深く考えず、そっけなく答えると先を急いだ。

惣武の家に駆け込み急いで荷物をまとめる。まだなにも知らない惣武と、その家族に慌しい別れを告げた。

隼人らが宮処《みやこ》の門へ続く広場を通るときは、熊が二本足で立ち上がって乗り込んできたかのように、ひとびとがさっと分かれてかれらを通した。隼人が背負った荷籠《にかご》に、石が投げつけられる。

真坂は大きな荷籠を背負い、長杖を持って宿の前で待っていた。

「よう、すごい騒ぎを起こしたらしいな。大ごとになるまえに、さっさと宮処を出ようか」

真坂のさばさばした物言いに、隼人は少し戸惑った。

「真坂は、気にしないのか。その……」

「おれは久慈の人間だぞ。その刺青の意味を知らないわけがないだろう。はじめは信用できなかったが、鷹士とはもうふた月近くいっしょに旅をしているんだ。自分の見立てと噂とどっちが正しいかくらい、他人に言われなくてもわかる」

阿曾から美野までの道中、真坂が鷹士に批判的だったのはそういうことだったのかと、隼人のまぶたがかっと熱くなる。

「ありがとう、真坂」

舟付では真坂が川舟を待たせていた。真坂と隼人が舟に乗り込んだところへ、噂を聞いた惣武が鈴と毬を連れて追いついてきた。

隼人に矛を渡して舟に飛び移ろうとした刹那《せつな》に名を呼ばれ、鷹士はふり返った。誰もが怯《おび》え怖れて遠巻きにする鷹士に、すたすたと歩み寄った鈴は右手をふり上げる。

鷹士の頬を、音が周囲に響き渡るほど強く叩く。

隼人は息を呑《の》み、成り行きを注視していた川島の野次馬が不穏な予感にざわついた。

「なんで話してくれなかったの！　私は自分の目と耳で知ったことより、他人の噂を信じるような女じゃないわ」

こちらに背中を向けた鷹士の表情は、隼人からは見えない。

鷹士は身をかがめ、低い声で鈴に話しかけたが、川の流れが船底に当たる音で、何を言ったかは隼人には聞き取れなかった。

鷹士がこちらへ向き直って舟に飛び乗った。その向こうでは両手を握りしめた鈴が、目に涙を溜《た》めて鷹士の背中を見つめている。隼人は姉の背後で口を覆っている毬へと視線を移したが、別れの目礼を交わす前に、舟は流れに乗って進み出した。

惣武が足音を立てて舟を追いかけ、すがるように叫ぶのが聞こえた。

「隼人も鷹士も、美野に戻ることがあったら、いつでも、おれのうちに来てください」

惣武に小さく手を振った隼人は、遠ざかる美野宮処の風景がぼやけてしまうのを、どうしようもなく眺め続けた。

第九章　息吹の里、津櫛の御子

隼人《はやと》たちは、真坂《まさか》に導かれるままに、黙々と雨に濡《ぬ》れながら異郷の山野を歩き続けた。秋津《あきつ》は川や湿地が多く、吸血蛭《ひる》を避けて渡ったり迂回《うかい》したりするために、陸路では谷をひとつ越えるのに何日もかかる。

やがて黒々とした山を背に、数戸の伏屋《ふせや》が散らばる里にたどり着き、真坂は宿を借りた。

「風破谷《ふわのたに》の里だ。この谷を西に抜けると息吹《いぶき》の里《こざと》がある。その先には海のように大きな湖があってな、その北に銅の鉱床があるって噂だ。秋津の北側は秋が早く雪が深い。夏の間にどれだけの谷を見て回れるかが勝負だ」

行き先が霊峰不二《ふじ》の方角でないことに、隼人は失望した。

早朝に里を発ち、入り組んだ谷を抜けると、そこは狭い盆地だった。行く手にはまだ越えなくてはならない峠が雨に霞《かす》む。

雨続きの旅に、隼人は美野でひいた風邪がぶり返したようであった。体がだるく、登り坂では息が切れやすい。絶えず頭が重く感じられ、真坂たちの歩調についてゆくのに難渋した。

雨が小降りになり雲が切れ、谷に陽光が射し込んだ。真坂が川原で小休止をとらせた。体調の悪さを相談しようと、鷹士《たかし》の顔を見た隼人は言葉を呑《の》み込む。干した貝の紐《ひも》を裂いて黙々と口に運ぶ鷹士の顔色は麻のように白く、半眼に閉じられた目は生気に欠けていた。

「鷹士」と隼人が声をかけ、鷹士が顔を上げるのに一拍の間があった。

「あまり、眠れないのか」

隼人の問いに、鷹士が眉《まゆ》をひそめた。

「いや。どうしてそう思う」

苛立《いらだ》った口調で訊《き》き返され、隼人は口をつぐんだ。

鷹士も人間なのだ、若飛虎《わかひこ》の前で戦奴《せんど》の素性をばらされたことや、鈴《すず》との別れに傷心を抱えていたとしてもおかしくはない。鷹士の不調や憂鬱《ゆううつ》をすべて悪夢に結びつけるのは、確かに神経質に過ぎた。

一日をかけて爛漫《らんまん》と咲き誇る、山躑躅《やまつつじ》の鮮やかな赤や濃い桃色に彩られた山を越えた。

森が開け、点在する林と小さな耕地の間に、五戸の伏屋が広い間隔で散らばる里が目に入る。水田は大きくはないが、畦《あぜ》は丁寧に作りこまれており、天に伸びる若稲の青く細い葉が風にゆれている。穏やかな風景なのに、隼人の胸に緊張が高まってくる。

なぜだろうとあたりを見回す。決して閑《ひま》ではないこの季節、野外に働く者の姿をひとりも見かけないのだ。真坂はなんの疑問も持たずに早足で進み、二軒の高倉の並ぶ里の入り口へ進んだ。

「隼人、戻れっ」

最後尾の鷹士が叫んだ。ふりむくと、鷹士はすでに弓に矢をつがえていた。隼人は
「真坂っ」と呼びかけながら、鷹士のほうへと駆け戻った。

鷹士が急に体を反転させて、もと来た道へとふり返った。通り過ぎたばかりの茂みから、壮年の男が一歩踏み出す。

北久慈《きたくじ》風の糸巻き形に結ったみずら髪と筒褌《つつばかま》に、隼人の手足が冷たくなった。顔に刺青《いれずみ》はなく、胴には黒い革の短甲、腰には剣を佩《は》き、青銅の矛を手にしている。

戦奴ではなく、津櫛《つくし》の兵《つわもの》であった。

鷹士は躊躇《ちゅうちょ》なく矢を放った。兵の動きは速く、横に飛んでその矢を避ける。鷹士は間髪いれず次の矢を放ったが、背後から上がった真坂の悲鳴に、狙いが逸《そ》れた。

隼人たちがそちらにふり返ると、真坂はもうひとりの兵に打たれて地面に転がっていた。殺されたのか、あるいは気絶しただけなのか、起き上がる気配はない。

前後を挟まれた隼人と鷹士は、背中合わせに津櫛の兵たちと相対した。兵は無言で一歩ずつ近づいてくる。そのとき、横手から声がした。

「鷹士」

鷹士の肩がびくりと震えた。聞き覚えのある声音に、隼人は声の主を見たくないという心の抵抗を無視して、そちらへと目を向け、体が凍りついてしまった。

「な、なんでここに、長脛《ながはぎ》――」

鷹士の成人の儀で垣間見《かいまみ》た津櫛の一の御子《みこ》、鷹士の血縁上の父親、長脛日子《ひこ》の姿は隼

人の記憶に焼きついている。

倉庫の陰から出てきた男は、みずらを紅白の組紐で結い、汚れのない袷《あわせ》の上着に革の短甲を重ね、赤い絹紐で筒褌の膝《ひざ》下を括《くく》っていた。柄頭《つかがしら》に緑暗石のはめ込まれた剣から顔へと視線を戻した隼人は、啞然《あぜん》とする。

顔立ちは似ているが、その男は長脛日子より細身でひげも薄い。しかも艶《つや》のある若々しい肌をしていた。

「御子さま――」

鷹士は浅い呼吸を繰り返し、震え声でつぶやいた。二十代半ばの津櫛の貴人は、武器を持たぬ右手で鷹士を指さし、威圧感を含ませてにらみつけた。

「おれを覚えていたか。ではなぜ立ったまま人の顔を眺めている」

見えない剣で刺されたかのように、鷹士は胸を押さえ苦痛に顔をゆがめた。速い呼吸に肩を上下させ、前のめりになる。

「なにやってるんだよっ。こいつは長脛日子じゃないだろっ」

「威勢のいいこどもだな。これが父君の求めておられる、隈《くま》の忌まれ御子とやらか。おれは志賀坂《しがさか》だ。おとなしくついてくれば、痛い目に遭わずにすむぞ」

長脛日子を十数年若返らせたかのように、声も姿もそっくりな志賀坂御子は、横柄な口調もその父親によく似ていた。隼人は両手で鷹士の右腕を引っ張り、津櫛の追っ手から距離をとろうとした。

「鷹士っ、逃げようっ」

しかし、いつもは鋭く研ぎ澄まされた鷹士の瞳《ひとみ》が、いまは焦点が定まらず、唇も色を失くしている。

「鷹士、主筋《しゅすじ》に対する礼の仕方を忘れたかっ」

志賀坂御子の激しい叱責《しっせき》に、鷹士の激しい動悸《どうき》が隼人の手のひらに伝わった。食いしばった歯の間からせわしなく息を吸い込みながら、鷹士は地面に膝と両手をつき、押しつぶされるようにゆっくりと額を地面に押し当てた。

志賀坂御子はふたりの兵《つわもの》に無言で目配せをした。ひとりが隼人を背籠《せかご》ごと羽交い締めにして鷹士から引きはがし、もうひとりが額《ぬか》ずく鷹士の背から荷を取り上げ、剣を奪い取った。

「放せっ、放せよ。鷹士、どうしたんだっ、鷹士っ」

隼人は叫び、暴れて津櫛の兵から逃れようとした。

志賀坂御子は兵から鷹士の剣を受け取り、鞘《さや》ごとふり上げ鷹士の背中へと打ち下ろした。打たれた鷹士は声も上げず、不動を保った。志賀坂はふたたび剣鞘をふり上げる。

「鷹士になにするんだ。やめろよっ」

「奴隷腹ごときにここまで手を焼かせられ、足を運ばされたのだ。生半《なまなか》な仕置ですむとはこいつも思ってないだろう。津櫛に弓を引いたいまとなっては、障りが残るほど打ち据えたところで、父君のご不興を買う心配もないのだしな」

志賀坂御子は鷹士の右半身を打った。衝撃を受け止めきれずに転がった鷹士は、打たれた右腕をだらりとさせたまま、目を半眼に閉じ両膝を胸元へ引き寄せた。あごを引き左腕で頭を抱え込み、胎児のように体を丸くする。さらなる暴行を予期したかのような鷹士の体勢に、隼人はひどく嫌な予感がした。

志賀坂御子は硬い革沓《かわぐつ》を履いた足で鷹士の肩を蹴《け》りつけ、ふたたび剣をふり上げた。

「しがさかっ。やめてくれよぉ、鷹士が死んじまう」

隼人は兵《つわもの》の腕にぶらさがるようにして、叫び、暴れ続けたが、忍熊《おしくま》にも劣らぬ強靭《きょうじん》な羽交い締めに、まったく身動きがならなかった。

泣きながら頼み込む隼人に、志賀坂御子は嘲弄《ちょうろう》まじりに応《こた》えた。

「どうせ、生かして連れ帰る必要はないのでな」

鷹士を仰向《あおむ》けに蹴り転がし、右の手首を踏みつけ、剣を鞘から抜いた。

「首は重過ぎる。保存も運ぶのも手間だ。父君にお見せするのは片手で充分だな。塩も少量ですむ」

殺してから手を切り落とすのでなく、これから命を奪う相手に、その手を切り落とすところを見せようという志賀坂御子の感性が、隼人には理解できない。鷹士が最後まで抵抗しないというこの自信はどこからくるのか。そして、水底《みなそこ》に沈められても忍熊を返り討ちにした鷹士が、なぜおとなしく志賀坂御子に嬲《なぶ》り殺されようとしているのかも、隼人にはわからない。

鷹士の表情は茫洋《ぼうよう》として、痛みすら感じていないように見える。口内を切ったのか、唇の端から紫色に腫《は》れた頬へと血が流れているのにも、気づいていない。あたかも、鷹士の心はそこになく、あるいは胸か腹のずっと奥のほうに閉じこもって蓋《ふた》を閉ざし、肉体の表面と周辺で起きていることにまったく無関心であるように思われた。

隼人はあらん限りの声をふりしぼって、鷹士の名を呼び続けた。

志賀坂御子は苛立ち、隼人を黙らせるように命じたが、兵はいつまでも暴れ続ける隼人を持て余す。隼人はわずかに弛《ゆる》んだ兵の手首に嚙《か》みついた。頭突きを恐れ、思わず反り返った兵の脛《すね》を思いっきりかかとで蹴りつけ、隼人と兵はもつれ合うように横ざまに倒れた。

「なにをやっているっ」

駆け寄った志賀坂御子が、隼人の前髪をつかんで引っ張り上げた。

「神子《みこ》を無傷で連れ帰れという命令は受けてない。指を切り落としたり、爪をはがす程度のことはかまわんのだぞ。それとも片方の目を潰《つぶ》してやろうか」

目玉に触れそうなほど近くに剣の切っ先を突きつけられて、さすがに隼人は口をつぐんだ。

「御子さま――」

鷹士のかすれた声に、志賀坂御子は動きを止め、隼人は息を吞んだ。これまで穢《けが》れ祓《はら》いの形代のように転がっていた鷹士が、肘《ひじ》を起こし上体を引きずるようにして、こちらへ這《は》ってくる。

「――助け――ごめ――御子さまの――んでも聞く――もう、逃げませっ」

激しく咳《せ》き込み、鷹士は血の混じったつばを左手の甲でぬぐう。めくれあがった袖《そで》の下に高照《たかてる》の護符がないことに、隼人は目をむいた。いつ護符を失くし、いつから悪夢が戻っていたのかは不明だが、志賀坂御子の出現で、鷹士は過去の服従と自身の恐怖に呑み込まれようとしている。

志賀坂御子も鷹士の惑乱を悟った。隼人の腕をねじり上げて鷹士に向けて突き出し、その首に剣の刃《やいば》を当てる。

「だが、また逃げたな。しかもおまえを追ってきた忍熊まで殺して逃げた。弁解の余地はない。鷹士、おまえの仲間が処罰されるのは、おまえの責任だ」

忍熊の名を聞いたためか、鷹士は恐怖に目を見開いた。わななく手つきで地面に爪を立てて土を掻《か》き、唸《うな》り声を上げる。

「殺せ。こいつはもう役に立たん」

志賀坂御子は、平然と両脇の兵《つわもの》に命じた。ふたりの兵が同時に矛をふり上げた。隼人は無我夢中で叫んだ。

「だめだっ。神宝はおれひとりじゃ使えない。鷹士が死んだら、龍玉は手に入らないぞっ」

兵たちは肩の上で矛を構えたまま、志賀坂御子の判断を仰ぐ。

志賀坂御子は隼人の腕を締め上げていた力をゆるめ、少年の大きな目をのぞきこんだ。

「どういうことだ」

「えっと、つまり――」

叫んだことはでたらめだが、有効な口実ならつじつまを合わせて、この場を切り抜けなくてはならない。

「阿曾《あそ》の神事で、おれたち、ふたりともクラ母神に選ばれたんだ。だから、どっちが欠けても、龍玉は使えない」

志賀坂御子は疑わしげに隼人を見つめたが、隼人は必死の思いでその目をまっすぐに見返した。志賀坂御子はふんと鼻を鳴らし、剣を鞘に納めた。兵たちに鷹士の両手首を首のうしろで縛らせ、無人の伏屋に放り込ませてから、隼人を尋問する。

「さて、潮を操る神子とやら。龍玉の秘密と地母神の預言について、詳しい話を聞こうか」

横柄な志賀坂御子に隼人は必死で怒りを抑えた。歯を食いしばり、若き津櫛の御子をにらみつける。

「先に鷹士の手当てをさせてくれ。でなきゃひと言もしゃべるもんか」

隼人の頑固さに手を焼いた志賀坂御子は、隼人も縛り上げて伏屋に閉じ込めるように兵に命じた。それでも、鷹士ほどには警戒されていないのか、最低限の用は自分でできるように体の前で両手首を縛られ、走って逃げられないように足首は半歩の幅で繋《つな》がれた。足が出せない隼人は、そのまま床に転げ落ち、固い床についた肘と膝に痛みが走った。

「本当に潮が操れるかどうかは、帰りの航海でわかるだろう。持衰《じさい》として舳先《へさき》に縛り付けてやれば、潮流の複雑な北久慈航路では嫌でも異能を発揮せねばなるまいよ」

志賀坂御子は、北久慈から急速に広まりつつある、生きた人間を船魂《ふなだま》のように祀《まつ》る風習を口にした。陸に残された航海者の身内から神子や神人《じにん》が選ばれ、航海の安全を祈って忌み屋に籠《こ》もり、船が帰るまで潔斎を続ける風習は古くから各地にあり珍しくはない。だがこの持衰の苦行はさらに過酷で、船が帰らぬと責を負わされ、殴り殺されるとも聞く。さらに、航海に同行する持衰は、海が荒れると船の穢れをすべて引き受け、人柱として海に放り込まれるともいう。

隼人は先の不安を心から追い払い、奥に転がる鷹士へと、両肘と両膝を使って尺取虫のように這って大急ぎで近づいた。鷹士は薄く目を開けたまま放心していた。隼人が小声で呼びかけると、腫れあがったまぶたがかすかに痙攣《けいれん》し、まつげが震えた。

体の前で手を拘束された隼人と違い、両足と首のうしろで両手首を縛られた鷹士は身動きもできない。縄の結び目は固く、解こうとしてもびくともしなかった。武器は奪われ、屋内には刃物もなく、炉の火も落ちて縄を焼き切ることもできない。嚙み切ろうとしても、まったく歯が立たなかった。

隼人は炉端にあった木の椀《わん》を拾い、隅に置かれた水瓶《みずがめ》まで這って行った。椀にすくった水をこぼさぬよう、非常な苦労をして鷹士のもとへと運ぶ。

鷹士の顔や手足の血と泥を拭《ふ》き取り、水を飲ませる。ごくりとのどが動いて、鷹士はまぶたを上げた。唇が小さく「はやと」と動く。

「おれがわかるか」

鷹士はうなずくかわりに目を閉じた。かすれた声で話し始める。

「すまない。まさか、志賀坂御子がここまで――」

「あいつ、なんなんだよ。まるで呪術《じゅじゅつ》でも使ったみたいに、鷹士を腑《ふ》抜《ぬ》けにしてしまって」

鷹士の唇が乾いているのを見て、隼人は木椀を寄せてもうひと口水を飲ませた。深く嘆息した鷹士は、ゆっくりと言葉を紡いだ。

「志賀坂御子は長脛日子の一の宮御子《みやみこ》だ。母親が加羅津《からつ》の豪族の出で、志賀坂御子に逆らえる御子はいなかった。おれは物心ついたころから志賀坂御子に憎まれ、意に沿わないと折檻《せっかん》された。二度目に逃げ損ねたときには鬼童隊《きどうたい》のみなも処罰を受け――逃げ場など、どこにもないのだと思い知らされた」

「長脛日子や津櫛の比女《ひめ》が止めなかったのか」

「鬼童隊の裁量は志賀坂御子に任されていた。毎日の鍛錬で打ち身や骨折は珍しくもないから、多少の怪我では怪しまれない。長脛日子に告げ口をすれば、仲間が罰を受ける。比女御子がおれに目をかけてくださるようになったのは、流行《はや》り病でおれが母方の身寄りを亡くしてからのことだ」

鷹士が居心地悪そうにみじろぎしたので、隼人は藁《わら》束を鷹士の腰に沿って積み上げ、楽な姿勢を探してやった。

「比女の手配で戦奴邑《むら》に預けられてからは、御子と顔を合わせることもなくなったが。

骨髄に刻み込まれた恐怖と隷属は抜けないものらしい。もう守りたいものなどないのに、声を聞いただけで、体が動かなくなってしまった」

「逃げても逃げても連れ戻して、いやなことを命令する恐ろしい御子って、志賀坂のことだったのか。長脛日子じゃなくて」

隼人は、高照が封じた鷹士の悪夢を思い出して言った。鷹士は目を閉じて、少し体をずらす。

「長脛日子は冷酷な主人だが、理不尽な罰を受けたことはない。志賀坂御子のようにいつ不機嫌のはけ口にされるのか、びくびくしている必要はなかった」

「びくびくしている鷹士とか、想像つかないよ。いつも毅然《きぜん》としてかっこつけててさ」

「母の一族から見れば、おれも御子筋だ。血を吐いても弱音は吐くなとしつけられてきた」

「おまえさぁ、長生きしないぞ。いまだって平気そうにしてるけど、こんな風に縛られたら打たれたところが痛いだろ」

特に右肩や右腕に集中して打たれた痕《あと》があった。腫れもひどく、早く手当てをしなければ、弓を扱うこともできなくなる。手首を固定された鷹士の右腕が変色していくのが気になり、隼人が触れてみると、鷹士は唇を噛んで眉を寄せた。

「痛むか」

少なくとも、まったく痛みを感じないよりはましだろうと隼人は思った。鷹士の上着の衿《えり》を開いて、津櫛の比女の瓔珞《ようらく》を手繰り寄せた。隼人は瓔珞の中央を飾る赤い勾玉《まがたま》を右手ににぎり込み、勾玉が秘めた霊力に同調しようと意識を集中させた。

言霊《ことだま》は、自然と隼人の舌の上を転がり始める。

「ふるべ、ゆらゆら、ゆらゆらと、ふるべ」

血液が体内を環流するさまは、潮流が海原を巡るのにも似ている。その環流に勾玉の霊力と己の言霊をのせて治癒の念を送り込んだ。右の手首には高照の護符、左手首には双子の弟、饒速《にぎはや》が刻んだ貝輪、それぞれに込められた祈りが、隼人の拙い呪力を補ってくれるはずだ。隼人は左手を鷹士の腫れた右肩に置いた。

弟の饒速は、かつては影すだまとなって、怪我や病気で苦しむ隼人を訪れ、その痛みを吸い取り癒《いや》してくれた。双子の自分にも同じことができるはずだと、隼人は信じ込もうとした。

日が暮れ、屋内が刻々と暗くなったころ、治癒のまじないが効いたのか、鷹士が穏やかな寝息を立て始めた。隼人は全身から気力が流れ去り、へたへたと横になった。猛烈な睡魔に襲われて目を閉じたとたんに、真坂もまた隼人と同じように拘束されて伏屋に放り込まれ、眠気を吹き飛ばされる。

真坂は唸りながら顔をしかめた。殴られた頭が痛むのだろう。

「真坂、大丈夫か。あいつらにひどいことされなかったか」

隼人の問いに、真坂はなんどもまばたきをして頭を軽くふった。

「いきなり頭を殴られて、気がついたら縛り上げられていた。うわ、鷹士はどうしたんだ。ぼこぼこにやられてるじゃないか」

真坂が心配そうに声をかけてきたので、かれらが追われている事情をかいつまんで説明した。

「確かに、火山の噴火を止めるような神通力を持った神子がいたら、引っ張りだこにもなるわな。よくもおれに黙っていてくれたな」

追われている危険を話しておかなかったことに腹を立てたのか、真坂は苛立たしげに吐き捨てた。首をゆっくりと回しながら、藁くずを集めてそこに横になる。

「とりあえず、あいつら飯も持って来ないようだし。明日に備えて休んだ方がいいだろうな」

真坂は長年あちこちを放浪してきただけあって、案外と場慣れしているようだ。隼人も、すぐにいびきをかき始めた真坂に倣って横になったが、まどろむたびに、解けない緊張に脚や腕がびくっとして目が覚める。

どこからか、澄んだ二弦琴の音が聞こえた。その音色に合わせて細い笛の音も流れてくる。巫覡《ふげき》たちの演ずる神楽《かぐら》よりも、どこか哀切で異国風の楽調に隼人は耳を澄ませ、ひとりごちた。

「この里の楽人かな」

「志賀坂御子だ。御子は二弦琴の名手でもある」

鷹士の低いつぶやきに、隼人はびっくりして肘をつき体を起こした。

「起きてたのか。眠れないのか」

「楽の音に目が覚めた。津櫛の大郷《おおさと》の、長脛日子の宮にいるのかと勘違いしそうになった」

あのように残忍で非情な人間に、こんな清浄で豊かな楽が奏でられるなど信じがたいと隼人が言うと、鷹士は吐息だけで笑った。

「そういえば、おれが欠けたら龍玉が使えないと言っていたようだが、あれはなんの話だ」

正気を失いながらも、周囲の会話は耳に残っていたらしい。

「あ、あれは、その場の思いつきだ。志賀坂がそう信じれば、すぐは殺されないかと思って」

呆《あき》れたのか、鼻で笑うような音を立てて、鷹士が忠告した。

「言葉には気をつけろ。本当にそうなるかもしれないぞ。おまえはすでにいちど、龍神の御魂をその身に降ろしたんだからな」

鷹士の確信に満ちた言葉に、隼人は身震いした。

「身に覚えがないけど」

「降臨神事で、龍玉を海水に変えただろう。おれが見たあの潮の渦は、碧《あお》い鱗《うろこ》と白い波に包まれ顕現した、龍神そのものだった」

唄《うた》うような鷹士のつぶやきに、隼人の鼓動が高まった。双子の片割れが龍蛇《りゅうだ》の託し子であるという、隈の迷信を思い出さずにはいられなかったからだ。隼人は話題を変えた。

「そういえば、高照の護符、どうしたんだ。失くしたのか」

「宮処《みやこ》を出るとき、鈴にやった」

「どうして？　高照がわざわざ織ってくれたんだぞっ」

「高照の作った護符なら、おれがいなくなっても病や災いから鈴を守ってくれるだろう」

「で、自分に災いを招いていたら世話がないよな」

隼人は落胆の溜息《ためいき》をついた。

「そのことだが――」

鷹士は声を低めた。

「志賀坂御子は、おれたちがこの日に息吹の里を通ることを、予《あらかじ》め知っていたかのようだ」

そういえば、津櫛の神宝は、遠見と近見の神鏡だ。かれらの行動を、津櫛の日留座《ひるのくら》や長脛日子が万里の果てから監視しているのだろうか。隼人の皮膚が粟立《あわだ》つ。

「津櫛の澳津鏡《おきつかがみ》だっけ。こんな遠くまで見通せるものなのか」

「いや、神鏡ではないと思う」

言葉を切った鷹士は、体を動かそうとした。

「おれの髪の竪櫛《たてぐし》に手が届くか。櫛の外側は角刃《つのば》になっている。縄くらいなら切れる」

た。

　鷹士に明晰《めいせき》な思考が戻ったことを知った隼人は、この窮地を脱出できる光が見えてき
た。

　鷹士の束ねられた髪の結根《ゆいね》から、五本歯の細い竪櫛を抜き取る。鹿の角刃が、薄闇の中でほのかに白く浮かんだ。薄く細い歯で、時間をかけて鷹士の手首を拘束する縄を根気よく削り切った。鷹士の両手が自由になったときは、隼人は全身にびっしょりと汗をかいていた。

　自身の縄も解き、すぐに真坂の縄も切ろうとする隼人を、鷹士が止めた。

「真坂はゆきずりの連れとしておいたほうが、これ以上おれたちの災いに巻き込まれずにすむ」

「でも、真坂がいなかったら、どこに行ってどうしたらいいのかわからないよ」

「このあたりで一番高いのは息吹山《いぶきやま》だ。そこに登れば淡海《あふみ》も美野も見渡せると惣武《そうぶ》が言っていた。いまは土地鑑を得て、逃げるのが先決だ」

　鉱脈探しという、旅の目的を見失った急な提案に釈然としないまま、隼人は力の入らない鷹士の右腕を、折りたたんだ布で胸の前に固定するのに手を貸した。

「指は動くんだろ。灯《あか》りのあるところで早く手当てをしなくちゃ」

「火を点けたら見つかってしまう。それより、武器を取り返して闇にまぎれて逃げるのが先だ。外に見張りの気配がするか」

　隼人は戸に耳を当てて、そっと開いた。ひげのない若い男が、戸の前で居眠りをして

いる。武装は持たず、簡素な貫頭衣《かんとうい》をまとっているところから、志賀坂御子の宮奴《きゅうど》と思われた。わずかに開いた戸をすり抜けて、眠っている男の帯を探る。

手に触れたのは小瓶で、蓋をとって鼻を近づけたところ米酒の匂いがした。鷹士が左の拳《こぶし》を続いて鷹士が戸の隙間から出てくると、見張りはようやく目を覚ました。鷹士が左の拳をみぞおちにめり込ませると、あっさりと悶絶《もんぜつ》する。

隼人は男の帯を解いてその手足を縛り、衣の裾《すそ》を裂いて猿轡《さるぐつわ》をかませた。そして、男から奪った酒を鷹士と分け合って飲んだ。わずかな量の酒だが、どろどろに甘く醸された飯粒が胃に落ち着くと、体が温まり気持ちに余裕ができた。

夜の中を草むらへと移動する。隼人は小声でこれからどうするのか鷹士に訊《たず》ねた。

「剣は、取り返さねば――」

鷹士は苦しげにつぶやく。

「鷹士は志賀坂御子が怖いんだろ。戦えるのか」

「自信はない」と、鷹士はあっさりと認めた。

「忍熊よりは弱そうだし、本気で戦えばやっつけられそうだけど」

「志賀坂御子に逆らえないのは、あの声を聞くと胸が苦しくなるせいだ。七つのころだったか、蹴られて肋骨《あばらぼね》を折られた痛みが蘇って、息もできない。考えることもやめて、とにかく言われたとおりに動くことしかできなくなる」

鷹士の口調があまりにも淡々としているので、まるでひとごとのようだ。鷹士の手首を切り落とそうとしたときの志賀坂御子の嘲笑が蘇って、隼人まで呼吸が浅くなってきた。

「このまま逃げた方がいいとは思うが、志賀坂御子がカウマの剣と弓を持ち帰ったら、比女はおれが死んだか殺されたと思うだろう。それは避けたい。おまえの造ってくれた矛もな、志賀坂御子にくれてやるのは惜しい」

「だけど、武器を捜している間にあいつらが目を覚ましたら、争いになるだろ。鷹士は右腕が使えないし、武人が三人じゃ分が悪い。朝まで倉か草むらに隠れてようすを見よう」

雲の切れ間から射し込む星の光が隼人の瞳に映るのを見て、鷹士はほほ笑んだ。

「おまえはだんだん賢くなるな。問題は、雨で濡れた地面に足跡が残ることだ。どこに隠れても、朝になればすぐに見つかってしまう」

「じゃ、里をうろついてから森へ逃げたような足跡をつけて、草地づたいに戻ってくればいい」

「ほかに名案もない。そうするか」

ふたりは森へ入ってから、草地を通って里へ戻った。足の泥を拭き取り、高倉に上がり込む。交代で見張りをするつもりが、どちらも口を閉じたとたんに疲労から眠り込んでしまった。

激しくなる雨の屋根を叩《たた》く音が、闇を包み込んだ。

第十章　風破の郷、美野斎島の巫

　未明から騒がしくなり、雨の中を松明《たいまつ》の火がせわしなく揺れるのが、倉庫の粗い壁の隙間から見えた。人の声や武器の触れ合う音が聞こえなくなると、隼人《はやと》は落とし戸をずらして外をのぞいた。

「みんな出払ったみたいだ。ふたりだと目立つから、おれが武器を取り返してくるよ。鷹士《たかし》はここで休んでろ」

「はや――」

「鷹士はもう誰の奴隷でもない。忍熊《おしくま》をたおした鷹士は志賀坂《しがさか》よりも強い。もう志賀坂を恐れる理由なんか、鷹士にはないんだ。それを忘れないように、これをつけておけ」

　鷹士の返答を待たず、隼人は右手から高照《たかてる》の護符を解いて、鷹士の手首に巻いた。

「志賀坂が鷹士をあんなふうに扱っていい理由なんかどこにもない。鷹士は、もっと怒ってもいいんだ。おれは神子《みこ》らしくしていれば殺されないんだろう？　もしおれが捕まっても助けに来るな。ひとりで逃げ切ってくれ」

　強く断言した隼人は、倉庫の周囲に誰もいないことを確認して、するりと地面に飛びおりた。

　里人たちも捜索に駆りだされたのか、里《こざと》はひどく静かだった。津櫛《つくし》の御子《みこ》となれば、このような小さな里の人手を借り上げる路用には、困らないのだろう。

志賀坂御子は里長《さとおさ》の家に滞在していると考え、隼人は一番大きな、手入れの行き届いた伏屋《ふせや》に近づいた。伏屋の出入り口はひとつだけだ。こっそり忍び込むことなどできないのだから、入るなら堂々と踏み込まねばならない。

志賀坂は武器や荷籠《にかご》は取り上げても、身に着けた物入れや装飾品には手をつけなかった。護符や貴重品の入れ物には、うかつに他人が触れると災いをもたらす封印がされていることがある。隼人が地母神の神子であると思われていることが、ここで幸いした。

伏屋の裏で、隼人は前髪を下ろして手櫛《てぐし》で整え、真ん中から分けて両耳のうしろへと流した。南方産の貝殻や玉、熊の牙《きば》を通した首飾りを服の上に出し、三連の貝輪も汚れを落とす。いつもは帯で短く上げている上着の裾《すそ》を膝《ひざ》下までおろし、しわを伸ばす。

鯨革の物入れから、正装用の朱絹《あけぎぬ》の鉢巻きと幅広帯を出して締めた。染料入れの合わせ貝を開き、つばで濡《ぬ》らした赤丹《あかに》を唇と目尻《めじり》にひと筋ずつ載せた。

銅鏡に映った自分の顔を検分してから、深呼吸をして胸を張り、背筋を伸ばして肩をうしろに引く。祖神の名を唱えて加護を祈り、威厳をかきあつめて伏屋の戸枠をくぐった。

屋内には、若い宮奴《きゅうど》がひとりで留守番をしていた。昨夜、気絶させて縛り上げた宮奴だろうか。顔を殴った覚えはないが、頬に青あざがあった。隼人たちを逃がした咎《とが》で志賀坂御子に打たれたのかもしれない。

膝の間に大鉢をはさみ、蒸飯を搗《つ》いていた津櫛の宮奴は、突然の訪問者に慌てて杵《きね》と鉢を横に置いて畏《かしこ》まった。隼人の狙いどおり、里長を訪ねてきた近隣の巫覡《ふげき》と勘違いしてくれたようだ。隼人は日向《ひむか》の日留座《ひるのくら》の動作や声音を真似て、さらに美野《みの》訛《なま》りで宮奴に話しかけた。

「里の長《おさ》を、見なかったか」

「と、となりの伏屋に、あ、あなたさまは」

久慈では、客屋のない郷《さと》や邑《むら》の長は、大事な客に母屋を譲る。秋津も似たような習慣なのだろう。

「いつもの薬を長に届けに来たのだが。おまえは、この土地のものではないな。長の客人か」

「わ、わたしのあるじ、がっ」

みなまで言わせず、ひざまずく宮奴に近づいた隼人は、素早くその首に手刀を打ちこみ昏倒《こんとう》させた。

「悪いな。おまえに恨みはないんだけど」

まことに申し訳ないと思いつつ、昨夜と同じように、宮奴を縛り上げて猿轡《さるぐつわ》をかませ、隅へと引きずり筵《むしろ》をかぶせた。

隼人は屋内を見回した。鷹士の矛と胡弓は正面の寝台に二弦琴と並べてあったが、剣は見当たらない。伏屋の敷物や寝具をひっくり返したり、物陰を探したが見つからなかった。隼人らの荷籠もなかった。籠の荷は着替えや道具類、食料、真坂《まさか》から預かった交易品だったが、志賀坂御子が里人たちに報酬として下げ渡してしまったのだろう。

代わりに、志賀坂御子一行に饗《きょう》されたとおぼしき、豚腿肉《もも》の焙《あぶ》り焼き、旬の青豆の塩茹《ゆ》で、春花菜《な》の黄色い漬物と早生りの李《すもも》が炉辺に並んでいたので、手近にあった飯籠《めしかご》にどんどん詰め込んだ。宮奴が搗いていた鉢の中身は、塩鱒《ます》と蒸し米の団子種だ。刻んで混ぜ込まれた新鮮な野蒜《のびる》と山椒《はじかみ》のつんとした香りに、隼人の胃がぐるぐると音を立てた。

「これ、串《くし》団子にして、醬《ひしお》を塗って焙ったらうまいんだよな。いただいていきます」

湧き上がるつばを飲み込み、両手を合わせて礼をつぶやいた隼人は、そばにあった麻布を濡らして広げた。その上に鉢をひっくり返し、団子種を包んで飯籠にぎゅうぎゅうと詰め込んだ。

矛と弓矢を担ぎ、飯籠を抱えて外へ出たところ、ひとりの老人が隣の伏屋から出てきた。隼人は緊張でのどから飛び出そうな心臓を呑《の》み込み、落ち着いたあいさつをした。

「御子さまに、武具と昼の御食《みけ》を持ってくるように言われました」

鷹士との付き合いは一年にもなるので、津櫛の訛りもお手のものだ。隼人は老人が騙《だま》されてくれることを必死で祈る。

「久慈《くじ》のお客さんは罪人を追ぅて息吹山《いぶきやま》へ登らっさたが、ちんと持って気ぃつけて行きや」

里の老人はなにも疑わず、会釈を返して通り過ぎた。

自分たちは罪人扱いかと憤りを覚えながらも、だれもが騙される覡《げき》の演技は癖になりそうだと隼人は思った。食べ物と回収できた武器を抱えて大急ぎで倉へと戻る途中で、草むらから鳥の鳴き声に似た口笛が聞こえたので、隼人はそちらへ向きを変えた。

「中で休んでろって言ったのに。雨に濡れると体を冷やすぞ」

深い草の中に寝転び、濡らした布で肩と顔を冷やしていた鷹士に弓矢と矛を渡しながら、隼人は小言を言った。

「倉の中では身動きがとれん。火でも点《つ》けられたら終わりだ」

明るいところで見ると、鷹士は右目の下が切れ、頬や口元も赤黒く腫《は》れている。隼人の胸に、改めて志賀坂御子への怒りが湧き上がってきた。

「鷹士の剣と、おれの弓矢はなかった。あいつらが持ってるとしたら、戻ったところに不意打ちをかけるしかないと思う」

隼人はどのようにして武器を取り返したのか、話して聞かせた。

「美野で雨を降らしたときも様になっていたが、隈《くま》の日留座《ひるのくら》の血を引くだけあって、おまえにも覡の素質があるのだろうな」

化粧を落とし、動きやすい服装に戻る隼人を見上げて、鷹士は言った。

「鷹士だって、警蹕《みさきはらい》をあげて神を降ろせるじゃないか」

「あれは命を削る。二度とやりたくない。ところで志賀坂御子たちは、息吹山へ向かったのだな。やはりそうか」

鷹士は弦の張り具合を確かめながらつぶやき、うなずいた。

「なんで息吹山なんだろ。逃げるなら道のわかっている美野とか、舟が探せる淡海《あふみ》だろ」

「おれが息吹山へ登ろうと、おまえに話したからだ」

「でも、あのときは誰も——そうか、真坂から聞き出したのか。おれたちが逃げたから、志賀坂に拷問されたんだ。置き去りにして悪いことしたな」

後悔と罪悪感で下唇を嚙む隼人に、鷹士は目をすっと細める。

ふたりは人目を避けて息吹山への山径《やまみち》がよく見える林へと移動し、伏屋から失敬してきた食事を分け合って食べた。

「今朝の騒ぎから見て、武装しているのは御子と兵《つわもの》だけだ。あとは宮奴が三人」

「それだけでおれたちを捕まえる気だったのか。なめられてるな」

鷹士の所見に、隼人は正直な感想を述べた。

「海路は早いが人数が限られ、武人が三人いれば付き人が三人要る。おれたちごときに、それほど人数は割けないということだ。あるいは志賀坂御子には、おれが絶対に逆らわないという自信があったのだろうな」

その目論見《もくろみ》はほぼ成功しかけていた。ただ、志賀坂御子が隼人の性格や能力を見くびっていたことが、誤算だった。

神々に愛された神子が、肉体的には無力であることは珍しくなかった。神子の中には成長とともに衰える霊力を維持するために、故意に四肢を損なったり、視力などを神に捧《ささ》げる者も少なくない。

昼が過ぎたころ、雨に濡れた志賀坂御子の一行が山をおりてきた。その中に真坂の姿を見つけて、隼人がささやいた。

「真坂が案内をさせられたな」

そう言いつつふり向いた隼人に、鷹士は矛を差し出した。

「長柄《ながえ》の武器はおまえに必要だ。この半年の鍛錬の成果を見せてもらう」

変色し腫れた頬に好戦的な笑みを浮かべて、鷹士は隼人を励ました。

「鷹士はどうするんだ。弓もいつもどおりには引けないだろ」

「どのみち、矛は片手では操れない。だが、おれは左でも剣が使える。最初の一矢でひとりたおして武器を奪えば、数の上では対等だ」

隼人は、鷹士の厳しい表情を見上げた。

志賀坂御子が森と里の境を示す岐石《ちまたいし》を過ぎて、弓の射程内に近づいた。望む収獲を得られなかったずぶ濡れの一行は、どの顔も不機嫌に彩られている。

鷹士は木切れを口に咥《くわ》えて弓を構えた。志賀坂御子を的に矢をつがえたものの、深い息を吐いて弓をおろした。知らない敵を出会いがしらに殺害するのとは異なり、身内を手にかけるのは、心に葛藤《かっとう》が生まれるのだろう。

「やっぱり、無理か。おれがやろうか。おれ、人殺しにはなりたくないけど、あいつだったら後悔しない。鷹士をなぶり殺そうとしたんだからな」

「いや、目がよく見えないだけだ。もう少し近づいてからでないと外してしまう」

利き目のまぶたが腫れてほとんど開かないのでは、焦点が合わないために飛び道具の利も無効になってしまう。鷹士はゆっくりと息を吐き、先頭を歩く体の大きな兵へと、弓を構えなおした。

いつもは息を吐くように滑らかに矢を放つ鷹士が、弦を耳のうしろまで引くのに非常な努力を要している。肩と腕の痛みをこらえるために奥歯まではさみ込んだ木切れを、嚙《か》み折りそうなほどぎりぎりとあごを震わせながら、弓を引き絞る。

鷹士のこめかみを滝のように流れる汗が、雨の滴とともにあごを伝い落ちた。その横で、隼人は三連の貝輪を右手でくるくると回しながら、狙いが定まることを必死で祈る。

弦の弾《はじ》ける音が隼人の耳を聾《ろう》した直後、悲鳴が上がる。鷹士の放った矢は、先頭を歩く兵《つわもの》の太腿を貫いた。隼人は矛を構え、投石帯から放たれた石弾のように飛び出して、志賀坂御子へと突進した。

突然の襲撃に驚いた里の男たちや、津櫛の宮奴は散り逃げたが、もうひとりの兵が志賀坂御子の前に出て隼人の矛を受けた。技量も勢いも、津櫛の兵が数段は上だったが、鷹士の稲妻のような矛さばきに慣れた目と、先年の夏から培った敏捷《びんしょう》な動きで、隼人は粘りのある戦いに持ち込んだ。

周囲が隼人に注目している隙に、鷹士は負傷した兵へと駆け寄った。上体を起こしかけた兵の肩を蹴《け》って仰向《あおむ》けにたおし、その銅剣を奪い取る。

津櫛の兵に追いつめられ、後退を続ける隼人の視界に入った鷹士の一連の動きは、右半身が自在に使えないのにもかかわらず、迅速で無駄がない。だが賞賛している余裕などなかった。隼人は突いてくる金銅の稲光を横に飛んで避け、薙《な》いでくる矛の刃《やいば》を長柄で撥《は》ね上げる。

鷹士は隼人の応援に駆けつけ、津櫛の兵はいちどにふたりを相手にして追い詰められていく。志賀坂御子は、昨日は簡単に捕らえられた少年たちが、いまは鬼神のように戦っている事態に呆然《ぼうぜん》としていた。

負傷した兵は矛を杖《つえ》に立ち上がり、矢の刺さった脚を引きずりながら志賀坂御子のもとへと駆けつけ叫んだ。

「やつらはふたりだけです。宮奴に弓を使わせてください」

志賀坂御子は、負傷した兵の助言に我に返った。

「弓矢で包囲させろ。逃げ道をふさげ」

とっさにそう命じると、志賀坂御子は鷹士に襲いかかった。

「鷹士っ。この裏切り者がぁ」

志賀坂御子の叫びに、鷹士は体を反転させて志賀坂御子の剣を受け止め、払いのけた。いちども抵抗したり、刃向かってきたことのない異母弟に、渾身《こんしん》の打撃を弾き返された志賀坂御子の両目が驚愕《きょうがく》で見開かれた。

隼人と相対していた兵も、この剣戟《けんげき》に注意を奪われた。

その一瞬の隙をついて、隼人は兵の矛をからめとって払い飛ばした。兵は一歩跳び下がり、腰に手を伸ばして剣を引き抜いた。

——鷹士の剣！

見覚えのある鞘《さや》と柄《つか》に、隼人は胸のうちで叫び、兵の籠手《こて》に矛を叩《たた》きつけた。剣を取り落とした兵のそばを、隼人は素早く走り抜けた。鷹士の剣を拾い上げ、大声で叫ぶ。

「取り返したっ。鷹士、逃げるんだ」

だが、利き手の使えない鷹士は、劣勢に追い込まれていた。さらに負傷した兵《つわもの》が宮奴と里人を呼び集め、弓を持たせて四人を囲ませ、退路をふさいだ。

「武器を捨てろ。おまえたちは包囲されているぞ」

志賀坂御子は、後退しながら射手たちへと命令を下した。

「鷹士は殺してかまわん。こいつが死ねば龍玉が使えないというのは、隈の腐れ御子のでまかせにすぎんからな」

伏屋で真坂に聞かれた鷹士との会話は、すべて志賀坂の耳に入ったものらしい。

威嚇のために放たれた矢が、隼人の肩をかすめた。焼けるような痛みと衝撃にふらつく隼人の前に鷹士が立ちはだかり、さらに飛来する矢を剣で叩き落とした。

志賀坂御子が手を上げて、射手を止めた。

「そいつを道連れにここで心中するつもりか、鷹士。その隈の御子は生かして連れ帰らねばならんのだ。おまえが降参するなら、その腐れ御子の無事は保証してやろう」

「隼人を痛めつけたり、苦しめない、髪の毛一本も傷をつけはしないと、白日別大神《しらひわけのおおかみ》に誓うか」

鷹士の問いに、志賀坂御子は不遜《ふそん》な笑いを浮かべて応じた。

「我が祖神に誓って、その隈の御子には一筋の傷もつけはしない」

「鷹士、だめだっ。おまえは逃げろっ」

隼人の安全を志賀坂御子に誓わせるために、鷹士の命を代償にできない。隼人は必死でこの場を切り抜ける手段を考えた。

「そこへ膝《ひざ》をつけ、鷹士。楽に逝かせるのは不本意だが、これ以上の時間を無駄にしたくない。いまここで、その首を打ち落として、すべてにけりをつけてやる」

膝を折りかけた鷹士の前に、隼人が飛び出した。射手の鏃《やじり》がいっせいにこちらに向けられたのも無視して、隼人は右手を突き出して叫んだ。その手には、空色の玉が小雨に濡れて鈍く輝いている。

「これが欲しいんならくれてやる。きこしめせ、サカラ龍王、潮干玉《しおひるたま》に大地の潮を還し給え」

隼人は肩越しに大きくふりかぶり、志賀坂御子の背後へ蒼玉《そうぎょく》を力いっぱい投げつけた。風が渦を描いて小雨を巻き上げ、志賀坂御子の頭上を越えてゆく蒼玉へと吸い込まれてゆく。そのあとを追うように鮮やかな七色の虹《にじ》が軌跡を描いた。

志賀坂御子たちが虹と蒼玉に気をとられているうちに、隼人は矛と剣を拾い上げて鷹士の袖《そで》を引っ張った。

「いまのうちに、逃げるんだっ」

隼人たちは龍玉と反対方向へと駆け出した。途中で胡弓と矢筒を回収し、森へと逃げ込んだものの、土地鑑のある里人に先回りされ、丘をふたつ越えたところで追いつかれた。かれらの投げた石が肩に当たり、隼人は走り疲れた足を木の根にひっかけて転倒する。

「隼人っ」

鷹士が引き返し、隼人の腕をつかんで立ち上がらせたが、そのときには追っ手に囲まれてしまっていた。里人は木製の鋤《すき》や鍬《くわ》をふりかざして、一歩一歩迫ってくる。隼人がここが死に場所かと武器を構えたとき、犬の群れが激しく吠《ほ》えたてる音が近づいてきた。

野犬の群れと志賀坂御子の追っ手に前後をはさまれたのかと、絶望的になった隼人たちの横を、茶色や黒、黄色い塊が風のようにすり抜けた。続いて四頭を数える犬の群れが追っ手に跳びかかり、激しく吠えついた。追っ手は悲鳴を上げ、鋤や鍬を投げ捨ててもと来た道へと逃げ帰る。

隼人は、甲高い口笛と、その音に呼応するように戻ってきた犬の群れに、見覚えのある黄金色を見つけて歓声を上げる。

「山吹《やまぶき》っ」

巨漢が地を揺らしながら山道を駆け上がってきた。

「あっちの丘を登りきったところで、隼人たちが追われているのが見えたんで、急いで犬たちを放ったんですけど間に合ってよかった。なにがあったんですか」

「ありがとう、惣武《そうぶ》。おれたち絶体絶命だったんだ。助かった」

隼人は、膝をついて犬たちを一頭一頭ねぎらい、なかでもいつも隼人について回っていた狐色の雌犬、山吹がすり寄ってくるのを首を抱えるようにして頬ずりした。

「だが、どうして――」

鷹士はかすれた声で、ここまで惣武が追ってきた理由を訊《たず》ねる。惣武は意味深な笑みを浮かべて、もときた道を指差した。

白い服の、細い人影が坂をふらつきながら走ってくる。隼人が頓狂《とんきょう》な声を上げた。

「あれ、毬《まり》だ。どうしたんだ」

顔を真っ赤に染め、息を切らして上がってきた毬は、満身創痍《そうい》で泥だらけのふたりを見て小さな悲鳴を上げた。惣武がなだめるようにその細い肩に手を置いた。

「とにかく、美野へ戻りましょう。前の峠まで戻れば、その先は追ってこないでしょう」

惣武が促し、隼人の先の質問に答えた。

「毬さんが、どうしても鷹士師匠に渡したいものがあるとかで、女の子ひとりでいかせるわけにいかないから、おれがついてきたんですよ。隼人と仲良しだった山吹がいれば、足取りも追いやすいし」

「わたしが渡したいんじゃないの、鈴《すず》に頼まれたの」

毬は不機嫌そうに口を出す。

「鷹士に用があるなら、なんで鈴が来ないんだ」

「鈴の足じゃ、絶対に追いつけないからよ。それに、女は簡単に邑から出してもらえないの」

「毬さんは、なかなか女になりませんからねぇ」

呑気《のんき》に口をはさむ惣武の太い腕を、毬は小さな拳《こぶし》で叩いた。

「大きなお世話よ。ずっと家で糸を紡いで機を織って、行きたいところへも、会いたいひとにも会えないんなら、女になんかなりたくないわ」

「そしたら、斎島《いつきしま》に神子として勤めるしかないでしょう」

「冗談じゃないわ。だれが神子なんかになるもんですか」

隼人は毬の剣幕に一歩下がった。

「神子になるって、毬はなんか異能でもあるのか」

「あるわけないじゃない」

即座に否定する毬を、惣武がなだめる。

「石女《うまずめ》やふたなりには、死者と語る霊力があるといいますけど。毬さんはそのうち、ちゃんときれいな女のひとになりますよ」

女の徴《しるし》がないというだけで、神子に選ばれる土地もあることに、隼人は驚いた。

「そういえば、隼人は神子なんでしょ。阿曽《あそ》の地母神の愛し児《めぐしご》ってなにができるの」

呼吸を落ち着かせた毬が、隼人に問いかける。

「たいしたことはできない。覡の修行をしていれば、神宝や呪具《じゅぐ》の力を引き出すことはできるけど、おれは冶金《やきん》師になりたいんだ」

惣武らが先を歩き、鷹士が小声で隼人に話しかけた。

「隼人は、龍玉の使い方を知っていたのか」

惣武たちに聞かれないように、隼人も小声でささやき返す。

「よくは知らない。あれの名は潮干玉《しおひるたま》というんだ」

鷹士を救うためとはいえ、隈の神宝を志賀坂御子に投げ渡してしまったことに、隼人は胸がぎりぎりするほどの焦りを覚える。神宝は邦《くに》の祖神の血を引いていなければ使えないとされているが、久慈の四族は貴賤《きせん》にかかわらず婚姻を交わしており、多少なりとも霊力を具《そな》えていれば、他邦《たほう》の神宝を使える可能性はある。

「志賀坂には、なんか異能があるのか」

「なかったと思うが、津櫛の巫覡には他邦の神宝を使いこなす者がいるかもしれない」

隼人は、龍玉が長脛日子《ながはぎひこ》の手に渡ることの脅威に思い至った。

「だったら、取り返さないとまずいな。もし長脛日子が潮を支配するようになったら、火邦《ひのくに》も豊邦《とよのくに》もひとたまりもない」

「まったく、おまえは考えなしだ。神宝を石ころみたいに投げるやつがあるか。少しは賢くなったかと思えば――」

鷹士は呆《あき》れて吐き捨てた。

「じゃあどうすればよかったんだよ。鷹士が殺されるのを指を咥えて見てたら良かったのか」

気分を害した隼人が声を上げたのを聞きつけ、惣武が後戻りしてふたりの間に割って入った。

「殺されるとか、穏やかじゃないですね。物盗《ものと》りや人さらいじゃなかったんですか」

「両方だよ。鷹士は殺されるところだった」

「だから師匠は傷だらけなんですね。右腕もひどい怪我のようですし、下風破《しもふわ》の郷に温泉があるから、そこで休んでいきましょう」

鷹士は剣の柄を握った拳で、額の汗を拭《ふ》いた。鞘がないのでずっと剣を手に持っていたのだ。

下風破の郷は、真坂に連れられて通った風破谷《ふわのたに》の里よりも広く大きな郷だった。往きでこの郷を通ったおぼえがないことに、隼人が首をかしげていると、郷の門前に美野の衛士《えじ》の姿が見えた。隼人は思わず足を止める。

「斎島の貴人が湯治に来ているようです。だとしたら泊めてもらえる家は、ないかもしれませんね」

惣武は困惑した口調で言い、小さな目と眉《まゆ》を真ん中に寄せた。隼人たちを目にした衛士が歩み寄ってきて、丁寧な立礼を捧《ささ》げた。

「美野の国主《くにのぬし》がお待ちです」

隼人は驚き、裏切られた思いで惣武の顔を見上げる。

斎島で誓約《うけい》の奇跡を見せて、異能者であることを自ら暴露したのだ。若飛虎《わかひこ》がおとなしく隼人たちを旅立たせてくれるはずがなかった。

「だからここに連れて来たのか。若飛虎と示し合わせてたんだなっ」

惣武も驚いた顔で、あたふたと口を開く。

「示し合わせてないです。宮処《みやこ》を出るときに、たまたま舟付で国主にお会いして、もし隼人たちがまだ美野のどこかにいるのなら、ここの温泉を使わせたらいいと言われましたけど。国主が自らおいでだなんて、聞いてませんよ」

華やかな木板の甲冑《かっちゅう》を着けた衛士は二十人を数えた。この谷を知り尽くしているであろう美野の衛士に追われたら、とても逃げきれそうにない。

立派な伏屋に通された隼人たちを、ご機嫌な若飛虎が迎えた。その両側には美野宮処の巫《かんなぎ》、漢人の血を引く主計司《かずえのつかさ》や、若飛虎の側近が夕餉《ゆうげ》の炉を囲んでいた。

「伯母《おば》君のおっしゃったとおり、隼人たちは美野に戻ってきましたな」

杯を掲げて笑い、若飛虎は隣の巫に話しかけた。若飛虎と面差しの似た年配の巫は、慇懃《いんぎん》に応じる。

「わたくしの占《うら》が外れることはありません」

「捜索にやった衛士たちが、隼人たちを見失ったときは外れたかと思いましたよ」

態度も口調も重厚な伯母に軽口を叩いてから、若飛虎は隼人へと手招きをした。

「隼人、鷹士、こちらに座ってともに夕餉をとるといい。惣武と、そこの童子にも円座《わろうだ》を与えよ。しかし、ずいぶんと汚れ傷ついておるが、また引き剝《は》ぎに遭ったのか」

近づいて膝礼をとった隼人たちに、若飛虎は医術の心得のある巫覡を手配させた。

若飛虎は童子と間違えたが、毬は年頃の少女だ。隼人は、毬の見ている前で服を脱いで傷を見せるのはためらわれたが、呼び出された巫覡たちは隼人の羞恥心《しゅうち》をよそに手当てを始めた。肩の矢傷を沁《し》みる薬湯で洗われたときは声が漏れそうになったが、もっとひどい怪我の治療を受けている鷹士が眉ひとつ動かさなかったので、隼人もぐっとこらえた。

勧められるままに痛みを和らげる薬湯を飲み干すと、肩の力が抜け、眠気がしてくる。

巫覡のひとりが、鷹士に小芋の湿布で痒《かゆ》みがでるかと訊ねるのを横で聞きながら、隼人は若飛虎と美野の巫《かんなぎ》に、自分たちをどうするつもりなのか問いただした。

「さて、どうなさりたいのですか、伯母君」

美野の巫は、ふくよかな頰とあごに似合わぬ、いかめしい表情で隼人を見つめた。

「隼人は斎島で誓約《うけい》をあげる前に、ひとの噂はなにひとつ正しいことを伝えぬと申したな」

重々しい巫の言葉に、隼人はうなずいた。巫もうなずき返し、話を続けた。

「わたくしも、そう思う。商人たちが久慈の異変についてもたらした噂は、実にばらばらじゃ。阿曾の地母神は、久慈のみならず秋津《あきつ》のきたる未来をも預言したという。その預言について正しく知りたければ、どうしたらよいか」

隼人は力なく応《こた》えた。

「聞いた本人に訊きます」

「わたくしもそう思う」

神に真実を問う誓約に天が応えた以上、神子ではないと言い抜けることはできない。

隼人は居住まいを正して、美野の巫と若飛虎を交互に見つめた。

「地母神の預言を全部話したら、おれたちを解放してくれますか」

若飛虎は思案顔で応えた。

「それは、聞いてみないとなんともいえぬ。むしろ、解放せず美野で身柄を保護したほうが、御身らのためではないか」

無数の創傷と打撲で紫色に変色し、腫れ上がった鷹士の顔と右半身を見て、若飛虎は自分が痛みを感じているかのように眉をひそめた。

「どのみち、御身らには治療と休養が必要だ。この下風破の郷にしばらく滞在し、温泉で癒《いや》せばよい」

「そんな時間はありません」

若飛虎の勧めに、鷹士が断りの言葉をはさんだ。

「息吹の里で、隈の日留座《ひるのくら》から預かっていた神宝を奪われてしまいました。命に換えても取り戻さなければ、隼人もおれも二度と久慈の地を踏むことができません」

「鷹士っ」

龍玉のことは秘密にしておきたかった隼人は、驚いて鷹士を遮ろうとした。鷹士は隼人を無視して続けた。

「母神の預言をすべて、正確にお話しする代わりに、国主にはご助力をいただきたい」

鷹士は左手を膝の前についた。笑みを湛《たた》えた若飛虎の瞳《ひとみ》に、鋭さが増す。

「預言がどのような内容であれ、こちらが求める以上は、相当の謝礼を用意する。だが風破と息吹を越えて美野の衛士を送り出すのが条件となれば、安請け合いはできぬ」

鷹士は深く吸った息を、ゆっくりと吐いた。

「おれが頼みたいことは、足の速い者を先行させて一味の足取りを追わせること、我々が息吹から淡海への郷や邑を摩擦なく通過できるよう計らっていただくこと、そのふたつです。一味の数は六人ですが、武人は三人。ひとりには重傷を負わせましたので、実際に戦えるのはふたり。おれと隼人で決着をつけます。案内につけていただく美野の衛士に、矢傷ひと筋負わせはしません」

隼人は鷹士の意図を理解したが、納得がいかない。

「志賀坂を追い払っても、若飛虎に借りを作って、美野に『保護』されたら同じことじゃないか」

「ではなぜっ」

急に激しい剣幕で鷹士は隼人を怒鳴りつけた。周りが驚き啞然《あぜん》とするのも、眼中にない。

「龍玉を持っていたことを黙っていた。知っていれば、無理に武器を取り戻すことなど考えず、あのまま逃げることもできたんだっ」

鷹士がこんなに怒ったのは、阿曾の降臨神事で、隼人が火口まで鷹士を追いかけたとき以来だ。噴火に巻き込まれた鷹士と日留座《ひるのくら》とともに、幽明の境までさまよい込んでしまった隼人の軽率さを、鷹士は激しく責めた。

隼人の気持ちも昂《たか》ぶってくる。

「だけど、剣も弓も、鷹士のかあさんやにいさんの形見じゃないか。矢だって、おれのとうさんが造った鏃だ。おれにだって大事なものだっ」

「だからって、神宝を投げ捨てるやつがあるかっ」

鷹士が声を上げれば、隼人の言い返す声もさらに大きくなる。

「鷹士が殺されるよりましだっ。だいたい、神宝なんてものがあるから、奪い合いや争いが起きるんじゃないか」

言い合うたびに、どちらの語気も激しくなる。

「おまえには、父祖の御魂《みたま》が込められた、神器に対する敬意というものはないのか。おまえの祖先が海を越えて何世代も培ってきた、一族の精神《こころ》を守り伝えたいという想いがわからないのかっ」

鷹士の叱責《しっせき》に、隼人の胸のうちで弾けたものがあった。長く溜《た》め込まれてきたわだかまりが、こらえきれずに噴き上げてくる。

「双子で先に生まれただけで、おれを龍蛇《りゅうだ》の子と蔑《さげす》んで海に棄てようとした連中に、敬意なんか持てるものかっ。鷹士こそ、いつまでカウマの伝統にしがみつけば気がすむんだ。血を吐くほどいやなことを死ぬまで我慢しても、『よくやった』って誉めてくれる人間は、もうどこにもいないんだぞっ」

隼人の叫びに、鷹士は口を閉ざした。紅潮していた鷹士の頰がすうっと白くなる。隼人は鷹士の表情が凍りついたのを見て、自分の失言に気づいた。しかし、吐き出してしまった言葉は取り消せない。隼人の背中から冷や汗が噴き出し、頭の中が真っ白になる。

唐突におりた沈黙に、若飛虎が腰を浮かせて少年たちをとりなした。

「双方とも、ひどく疲れているようだ。惣武、隼人の傷は浅い。温泉に案内して休ませなさい。鷹士のほうは、まだ薬を調合させているので、もう少し待ってもらわなくてはならないが」

鷹士は緩慢な動作で若飛虎に向き直り、左手を胸に当てて頭を下げた。

「見苦しいところをお見せしました」

たったいままで激昂《げきこう》して隼人と口論していたのが嘘のように、落ち着いた声音で謝罪する鷹士に、若飛虎ですら鼻白んだようだ。

隼人は、美野の支配者と友人たちの前で度を失ったことを恥じ、全身の毛穴から流れる汗とともに、この場から消え去りたい思いで膝の上の拳を握り締めた。

美野の巫《かんなぎ》が、穏やかな口調で少年たちをなだめる。

「さきほど御身らに飲ませた薬湯には、薬酒も入っていた。恐ろしい目に遭ったようであるし、疲れもあれば、酔いにまかせて苛立《いらだ》ちも抑えがたくなるものです」

言われてみれば、体が火照っているのは怒りのせいだけではなかった。酔わせて秘密を吐かせるために、酒を飲まされていたのだ。おとなたちの狡猾《こうかつ》さに為す術《すべ》もなく、隼人はふらつく足で逃げるようにその席をあとにした。惣武の世話で温泉につかったあと、用意された小さな伏屋の寝床に倒れ込む。ふたたび薬酒入りの痛み止めを飲まされ、隼人はすぐに深い眠りに落ちた。

第十一章　淡海の追跡、秋津の北岸

肩の矢傷が熱を持ち、体がだるく頭も重い。昨夜大声を出したためか、あるいは何日も雨に濡《ぬ》れて移動したせいか、のどもいがらっぽい。隼人《はやと》は重いまぶたを開いた。煙出しの穴から鉛色の空がのぞいている。朝なのか昼なのかもわからない。炊飯のにおいに顔を横に向けると、惣武《そうぶ》が炉にかけた煮鍋《なべ》をかき回していた。炉の向こうに鷹士《たかし》が眠っており、その枕元では毬《まり》が床に座り込んで針仕事をしていた。

体を起こした隼人に、惣武が青菜と溶き卵の昆布汁を寝床まで運んでくれた。

「鷹士は、遅かったのか」

「けっこう遅くまで、国主《くにのぬし》と話し合ってました」

「勝手に、おとなの都合で決めてしまったんだろうな」

隼人は咳《せ》き込み、汁をすすりながらつぶやいた。毬が針を進める手を休めず話しかける。

「地母神の愛《めぐ》し児《ご》っていっても、複雑な事情があるようね。隼人はいつも楽しそうにしてたから、わからなかったわ」

「毬や惣武といるのは楽しかったからさ」

かれらの話し声に、鷹士がみじろぎした。寝返りを打った痛みにうめき声を漏らす。

惣武が慌てて駆け寄り、鷹士が体を起こすのを手伝った。

「そんなんじゃ志賀坂《しがさか》の追跡なんか無理だろ」

隼人は硬い口調で言い張った。鷹士は淡々と応《こた》える。

「だから、若飛虎《わかひこ》の力を借りた。昨夜のうちに衛士《えじ》を遣わして、志賀坂御子《みこ》の足取りを追っているはずだ」

「津櫛《つくし》と美野《みの》が結託したらどうするんだ」

「志賀坂御子は、若飛虎におれたちを引き渡すことも要請できた。東秋津《ひがしあきつ》で不足している銅鉄をちらつかせれば、若飛虎は二つ返事で承諾しただろう。だが、御子は美野宮処《みやこ》に自分たちの存在を知られないように動き、息吹《いぶき》の里人を騙《かた》って隼人を捕らえようとした。おれたちが若飛虎につくことで、美野が受ける恩恵が多いと若飛虎を納得させられれば、龍玉を取り返すことは可能だ」

「怪我さえ治れば、志賀坂なんか鷹士の敵じゃない。龍玉はおれたちだけで奪い返せる」

意固地に言い募る隼人に、鷹士は根気よく言い聞かせた。

「治療している間に、志賀坂御子は龍玉とともに津櫛へ帰ってしまう。大郷《おおさと》の内側に入り込まれたら――隼人の家族のように――もう手が出せない。隼人、おれひとりでは、長脛日子《ながはぎひこ》からおまえを守りきれない」

独力では助け出せない養父母のことを持ち出され、隼人は動揺した。

「いつ、おれを守ってくれって頼んだ。鷹士に好きな女ができたり、気に入った場所が見つかったら、そこで新しい人生を始めればいいんだ。そのために、秋津に来たんじゃないか」

鷹士はまぶたを閉じて顔を背けた。

「おれは、そのために秋津に来たのか」

隼人の言葉を繰り返す、鷹士のつぶやきに含まれた失望の響きは、針のように隼人の胸に刺さった。

自分たちは、どうして久慈《くじ》を遠く離れて、異郷までやってきたのだろう。

長脛日子に対抗できる術《すべ》を探しに来たはずだった。

奴隷ではない生き方を探すためでもあった。

ただ、鉱石を探すためであれば、久慈から始めれば良かったはずだ。旅の目的地に危険な外洋航路をとる秋津島の東岸を選んだのは、もっと単純な理由があったはずだ。

目を閉じた隼人のまぶたの裏に、蒼穹《そうきゅう》を背景にたたずむ、白く優美な山嶺《さんれい》が浮かんだ。

――世界の果てを見に行こう――

焼けた石のような塊がのど元に込み上げ、まぶたも熱くなる。憧《あこが》れや切なさと呼ぶには激しすぎるほどの、絞られるような胸の痛みを、隼人は爪が手のひらに食い込むほど拳《こぶし》を握りしめて耐えた。

惣武が、その大判の手で握った巨大な濃紫色の握り飯を、鷹士と隼人に手渡した。若飛虎は数ある穀類の中でも、もっとも滋養の高い黒米を用意させていた。ふたりはぽろぽろと崩れやすい塩味の握り飯を無言で咀嚼《そしやく》した。

「隼人、そもそもなぜおまえが龍玉を持ち歩いていた」

「饒速《にぎはや》に頼まれたんだ。潮満玉《しおみつたま》を探してくれって」

隼人は日向《ひむか》の日留座《ひるのくら》との会談について、背信の部分には触れずに語った。話を聞き終わった鷹士は左手で前髪をかき上げ、頭を抱えてふたたび嘆息した。

「片割れの潮満玉を捜すために授けられた潮干玉《しおひるたま》まで、失くしてしまったわけだな。はじめから話してくれていれば、対処の仕方も違っていただろうに」

「潮満玉は破裂したんだ。見つけるなんて無理だ」

途方に暮れて、隼人はつぶやいた。

「隼人は龍玉のもつ神威のすべてや、おまえ自身の霊力を把握しているわけではない。これまでも行き当たりばったりで思いつきの言挙《ことあ》げで神威を発動させては、収束させずに放り出す。ために潮満玉は失われ、潮干玉は危険な人間の手に渡ってしまった。初めから潮干玉の御魂《みたま》におまえの心を沿わせる訓練をしていれば、こんなことにはならなかった」

隼人は理不尽な非難を受けたかのように、唇をかんだ。

「心を沿わすって、どうするんだ。鷹士に相談すれば、解決したのか」

鷹士は苛立《いらだ》ちを抑えるように声を低くして、隼人をにらんだ。

「おれが高照《たかてる》に警蹕《みさきはらい》の特訓を受けたことを、忘れたか」

高照の厳しい指導により、人間ののどや腹腔《ふくこう》から出すことは不可能な、太く低い神降ろしの音霊《おとだま》の発声を、鷹士が練習させられた光景が隼人の脳裏に蘇《よみがえ》った。

隼人は首を横に振った。あのように苛酷《かこく》な訓練を、鷹士から受けることを考えただけで、恐怖で身がすくむ。

「あれは命を削るから二度とやりたくないって、鷹士も言ってたじゃないか」

「神宝を担う者が、御魂降ろしを知らずにその神威を引き出せば、どのみち命取りだ」

隼人は黙り込んだ。毬は針仕事を横に置いて、鷹士に小さな布包みを渡した。

「話の途中で悪いけど、鈴《すず》からの預かり物」

鷹士が包みを開くと、中から薄朱と淡青に染めた糸で編んだ麻紐《ひも》が出てきた。

「北久慈じゃ、男のひとは頭の両側に髷《まげ》を結うんでしょ」

指先に絡めた結い紐を無言で眺めている鷹士に、毬が訊《たず》ねた。

「どうするの、受け取るの」

「受け取れば、鈴はおれの帰りを待たねばならないのだろう」

「結い紐や帯を交わす契りって、そういうものでしょ」

「これから、死ぬかもしれない戦いに行く」

「死ぬって決まったわけじゃないわ」

どちらも淡々と、他人事のように短い言葉を交わしていく。しかし隼人は、毬の抒《じょ》情《じょう》に流れない直截《ちょくせつ》的な言い方が、いまこのときはありがたいと思った。

「もらっとけよ。鷹士は、鷹士に生きていて欲しい人間がいるってこと、すぐ忘れるからな」

鷹士は無言で編み紐を毬に返した。

毬は手のひらに取り残された編み紐に、拒絶された姉の想いを見つめて嘆息する。

隼人が何か言うべきかと言葉を探していると、衛士が戸枠から顔をのぞかせた。

「妙な男を捕らえました。御身らの連れだそうですが、確かめてもらえますか」

伏屋の外では、ひどく薄汚れた男が地べたに座り込んでいた。

「真坂《まさか》っ。無事だったのか」

隼人は驚いて駆け寄った。殴られたあとはないが、泥だらけでやつれている。隼人は置き去りにして逃げた罪悪感に苛《さいな》まれた。

「隼人こそ、無事でよかった。というか、よくもあっさりおれを切り捨ててくれたな、鷹士」

「仲間だと思われないほうが、真坂のためだと言っただろう」

食ってかかる真坂に、鷹士は平然と応じた。隼人は険悪なふたりの間をとりなし、目の周りに隈《くま》のできた真坂を温泉に入れて食事を与えるよう、衛士に頼んだ。

「とにかく、真坂も助かって、よかったなぁ」

笑顔で友人たちのもとに戻った隼人は、鷹士が難しい顔で真坂の後姿をにらんでいるのを見て、笑みをひっこめた。

「真坂がおれたちの話を志賀坂に白状したこと、怒ってるのか」

鷹士は瞳《ひとみ》だけを動かして隼人を見おろすと「いや」と低い声で否定した。

その日の夕刻には、息吹の里へ送られていた衛士が帰還した。志賀坂御子《こごと》の一行はすでに息吹を発《た》ち、この朝には淡海《あふみ》を渡り、若狭《わかさ》の津へと向かっているという。即座に出発の支度を始める鷹士に、「さらに数人の衛士を遣って志賀坂御子一行の後を追わせている。焦ることはない」と若飛虎が引き止めた。

「いまから出ると、山の中で日が暮れてしまう。腕は動くのか」

首から吊《つ》り下げた右腕を少し動かし、手のひらを握ったり開いたりしてから、鷹士は姿勢を正して礼を述べた。

「国主に手配いただいた薬と温泉の効能で、かなり回復しました」

若飛虎は最も信頼する衛士を若狭までの道案内につけると申し出た。

「美真樹《みまき》は若狭の出だ。淡海のことは詳しい」

常に若飛虎の護衛を務めていた、あの逞《たくま》しく顔の怖い壮年の衛士が進み出る。美真樹の案内で、隼人たちは西日の落ちかかる山谷へとふたたび足を向けた。惣武も自分が荷を担ぐと同行を申し出る。

「鷹士、ちょっと待ってくれ」

隼人は急に思いついて、麓《ふもと》で見送る毬のもとへ駆け戻った。

肩に下げた腰の物入れから鯨骨の細い竪櫛《たてぐし》を取り出し、毬に差し出した。驚きに目をみはる毬に、隼人は早口で言った。

「もしも毬が神子《みこ》になったらだけど。秋津でも神子は白いモノしか身に着けられないんだよな」

「ずっと神子のままならね」

「おれ、美野には戻らない。これは投石帯を教えてくれたお礼だ。元気で」

真っ白な櫛には、水流紋と波模様の細やかな透かし彫りが施されていた。男女どちらでも使える挿し櫛だ。受け取った毬が礼を言う前に、その顔に浮かんだ表情も見ずに、隼人は鷹士たちのところへ駆け戻った。

夕闇迫る中、手をふる毬の影が見えなくなるまで、隼人はなんどもふり返ったが、鷹士はいちども美野の平原をかえりみることはなかった。

鷹士はいつもそうなのだ。自分を見送るものをふり返ることをしない。津櫛の比女《ひめ》との別れにも、後ろ髪引かれるようすを見せたことはない。船出のときも、久慈の雄大な陸影が水平線の彼方《かなた》に溶けるまで見つめていた隼人と違い、鷹士は船首近くの船べりにつかまって、白い波しぶきの向こう、蒼天の果てを眺めていた。

「毬さん、まださびしくなりますねぇ」

ふり返るのをやめて早足で追いついた隼人に、二頭の犬を連れた惣武が話しかけた。

隼人は驚いて言い返す。

「毬の家はものすごく賑《にぎ》やかだぞ」

惣武はやれやれと頭をふった。

「毬さんの年ごろだと、幼馴染《おさななじみ》の男たちは女とは遊ばなくなるし、女は色帯を締めて、家の仕事や恋人探しに忙しいもんなんですよ。でも毬さんは季節の祭でもいつもひとりぼっちで、月の節日《せちにち》の歌垣にもよばれません。だから隼人とウサギ狩りに行ったのがすごく楽しかったみたいです。まぁ、邑《むら》中が色気づく祭は、おれもあまり好きじゃないですけど」

惣武の話に隼人がいたたまれない気分になっていると、息を切らした真坂が追いつき、隼人らに同行すると主張した。

もはや旅の目的は鉱脈探しではなくなっている。真坂がついてくる理由はどこにもなかった。だが、見知らぬ異郷で、阿曾《あそ》からともに旅をしてきた真坂と別れてしまうのは心苦しかった。隼人は迷い、鷹士の顔色をうかがう。鷹士は好きにしろというように隼人たちに背を向けた。

松明《たいまつ》の灯《あか》りを頼りに、一行は夜通し歩いて谷を抜けた。

息吹の里人は、異郷者の諍《いさか》いに美野宮処《みやこ》が乗り出してきたことに驚いた。隼人は自分の弓矢と荷《に》籠《かご》の中身を返してもらい、鷹士の火《ひ》鑽《きり》具《ぐ》や旅用の銅鍋も無事に戻った。

「一番近い長浜《ながはま》の津から、対岸の今津《いまづ》へ渡る舟が調達できる」

美真樹はそれが地顔なのか、その怖い顔に似合った太い声で隼人と鷹士に助言した。

隼人の体調は万全ではなかったが、一刻も早く志賀坂御子に追いつくために、休みなく歩き続けて長浜津の郷に着いた。

先行していたふたりの衛士と合流した美真樹は、舟の手配に取りかかる。

疲労と不安が心を占めていたためか、初めて目にする淡水の海にも隼人は驚きを感じない。水を手ですくって口に入れ、その水が塩味でないことを確かめただけで、特に感慨はなかった。

長浜津で尋ねた志賀坂御子の足取りは、予想したほど迅速ではなかった。兵《つわもの》のひとりを負傷させたのだから、一日に踏破できる距離は限られる。

日没までに淡海を渡りきれるかどうかわからないと渋る舟主に、鷹士は言われるままに渡し料を弾んだ。隼人は自分になにひとつ相談せずに、美真樹とどんどん先へ進む鷹士に苛立ちを募らせる。

乗船の準備の隙を捉《とら》えて、鷹士をつかまえて問い詰める。

「そんなに気前よく路用を遣《や》ってしまって、足りなくなったらどうするんだよ」

「足りなければ若飛虎から借りる。心配するな」

「借りるって、なにを担保に――」

隼人は、真坂や美野の主計司《かずえのつかさ》から、交易の用語やその意味も少し学んだ。取引のとき代価になる物品が手元になくても、信用や担保があれば、物や人手を購《あがな》うことはできる。

だが、志賀坂御子から龍玉を奪い返したとして、隼人たちが若飛虎に払える代償などなにもない。

「若飛虎に龍玉をくれてやると約束したのか」

隼人は気色ばんで詰め寄った。美真樹らの命を危険にさらしても、美野に利益になるものとなれば、それしか考えつかない。

「潮満玉がないのに、潮干玉だけあっても使えないのだろう。ましてその使い手である隼人が、覡《げき》としてまっとうな呪術《じゅじゅつ》も使えない。支援の代価としては、話にならん」

素っ気なく否定された上に、容赦なく役立たずと両断された隼人は、それが事実であるだけに反論ができずに鬱憤《うっぷん》が溜《た》まる。そしてなにを担保に若飛虎と取引したのか、話そうとしない鷹士に不満を溜めこんでいく。

「龍玉は必ずとりかえす。隼人はなにも心配するな」

おれの問題なのに、なんでもかんでも、勝手に決めるなと隼人が言おうとしたとき、美真樹が淡海を横断する舟の用意ができたと告げた。鷹士と惣武は、美真樹とともに先行する刳舟《くりぶね》に乗り、隼人は真坂と衛士らの舟に乗り込んだ。

若飛虎と鷹士が交わした契約について、憶測で頭がいっぱいの隼人に、真坂が話しかける。

「志賀坂御子ってやつは、隼人から龍玉を横取りして、何をしたいんだ。わざわざ津櫛から淡海まで追ってくるなんて、相当な意気込みだぞ」

「それで好きなように潮を操れると思ってるんじゃないかな」

真坂には、潮干玉に雨を吸わせて虹を出したところを見られたのだ。隠すこともないと考え、隼人は自分の知っていることは素直に話した。

真坂は思案げに首を左右に振った。

「潮干玉は志賀坂御子の手に渡って津櫛に向かっている。そのあとを隼人が追っているわけだろ。それって、潮干玉が隼人を志賀坂御子へ、つまりは津櫛へと導いているってことじゃないか。鷹士の言うとおりに、志賀坂御子から潮干玉を奪い返して遠くへ逃げるのは、龍玉の意思に反してないか」

思いもつかない真坂の解釈を隼人は即座に否定しようとした。しかし、珍しく真剣な真坂の表情に気圧《けお》される。

「真坂は、おれに志賀坂御子につけって言っているのか。血のつながった弟を嬲《なぶ》り殺そうとしたやつだぞ。いくら潮干玉の導きだろうと、冗談じゃない」

「確かに、鷹士が受けた暴行は度を越しているが、考えてみれば、津櫛の人間にとっちゃ、鷹士は長脛日子の恩顧に泥をかけて逃げた裏切り者の奴隷で——しかも鬼童隊《きどうたい》の生き残りだ。いや、津櫛の人間にとっちゃそうだろうって話だ」

鷹士の悪口に気分を害した隼人に上目遣いでにらみつけられ、真坂は言葉を濁した。

「隼人は鬼童隊がどれだけ恐れられてたか、よくは知らないだろう。津櫛でも、鬼童ってのは血も涙もないひとでなしだと思われている。まして、成人前から剣奴扱いの鷹士だ。あの若さでどれだけの数の人間を殺してきたか、想像がつくか？　志賀坂御子の仕打ちは、津櫛最強の剣奴と恐れられた忍熊《おしくま》まで返り討ちにした鬼童、鷹士への恐怖の裏返しかもしれんぞ」

鷹士の悪口は隼人には耐え難いものの、真坂の言葉が事実を突いているだけに、反論もできない。

「鷹士にも、ちゃんと赤い血が流れているよ」

「そりゃそうだ。だが、大事なことをやり遂げるときは、仲間と腹を割って話し合うべきだって言いたいんだ。昨日から、鷹士は隼人にもなにも相談してないんだろ――」

真坂は急に声をひそめた。

「隼人に知られたくないことを、なにか隠しているのは確かだな」

隼人に潮干玉を預け、旅を占った日向の日留座《ひるのくら》の鹿骨に表れた、背信の兆しが脳裏に蘇った。

鷹士は否定したが、損得勘定が身上の若飛虎を説得できる代償といえば、龍玉しか考えられない。龍玉があれば、海流や潮汐《ちょうせき》を支配し、自在に海洋の行き来が可能になる。限られた季節や航路にこだわる必要もなく、交易路を拡大できるだろう。高峰に東西を遮られ、大地のほとんどが険しい山と深い森に覆われた大八洲《おおやしま》では、陸路による移動や物流が難しい。だが沿岸の海路を掌中に収めることができれば、津櫛どころか、久慈秋津のすべての航路を戦わずして制圧できるのだ。

「鷹士は津櫛の神宝を使えるそうだな。自分が龍玉を横取りするつもりで、若飛虎に取り入ったとは考えられないか。この追跡行が始まってから、ずいぶんと張り切っているじゃないか」

たしかに、風破《ふわ》の郷以来、鷹士の表情や動きには活力がある。

曇り空を映して、鉛色にたゆたう淡海を渡る間中、低くささやかれる真坂の忠告は、繰り返し否定すればするほど、少しずつ衣に浸《し》み込む冷たい霧雨のように、隼人の心を重くしていった。

対岸の今津に上陸したが、志賀坂御子の姿はすでになく、一日前に若狭津へ発ったという。

日も暮れ、隼人たちは今津で宿を取った。

風邪が治らず、一行についていくのがやっとの隼人は、食も進まない。夕食のあとも美真樹と行程について打合せを続ける鷹士は、薬湯を隼人に飲ませて早く床につかせるよう惣武に言いつける。

鷹士にこども扱いされる苛立ちと微熱、真坂が植えつけた疑心に、隼人の心はすり切れそうになっていた。

今津から若狭へ抜ける谷川沿いの通道《かよいじ》を、日の出とともに発つ。ときおり、美真樹がすれ違う旅人や土地のものと言葉を交わすほかは、緑のむせ返る深い森を休むことなく歩き続けた。

一歩ごとに通道にはびこる草や、頭上を揺れる緑の蔓《つる》を刈り捨てなくては進めない。

それでも繁茂する草木の勢いは、人間の足が踏み分けた細い通道など、数日のうちに森に還《かえ》そうとしていた。

名前ばかりは交易要路の険しい通道を歩き続け、いつの間に分水嶺を過ぎたらしい。渓流はいつしか、秋津の北岸、若狭平野へと流れていた。一行は渓流におりて汗をぬぐい、のどを潤した。

谷を出た最初の里で宿を借りた。

惣武は犬の世話、鷹士は武器の手入れに余念がなく、隼人は水を汲《く》みに川へおりた。水瓶《みずがめ》を抱えて川辺に座り込み、考え込む隼人の肩を誰かが叩《たた》いた。ふりむくと真坂が立っていた。

「どうだ、考えてくれたか」

「うん――」

真坂と話し終え、水で満たした瓶のように重たい心を抱えた隼人は、下流の山野を眺めて立ち尽くす鷹士とすれ違った。

「なにを見てるんだ」

隼人の問いに、鷹士が夢から覚めたように顔を上げた。

「蝉が鳴いているのを、聴いていた」

言われてみれば、谷は騒々しい蝉の声で満ちていた。風や葉ずれと同じように山中の音として聞き流していたが、意識を向けるなり、いっせいに夏を謳《うた》い始めたような蝉の合唱が、うるさいほどに大気に充満している。

「まだ、雨季に入ったばかりだと思ってたけど――」

隼人は晴れ渡った空を見上げ、いやな予感がして口をつぐんだ。ざわつく隼人の胸中に気づくこともなく、鷹士は腕をおろして息を吐いた。

「蟬は春秋冬を知らぬ。ひとも、命の夏のみを生きると思えば、後悔はない――忍熊の口癖だった」

唐突に死者の名を口にする鷹士の瞳の穏やかさに、隼人は不吉な思いに駆られた。

「忍熊を殺したこと、後悔しているのか」

鷹士はかすかな笑みを浮かべた。蟬の鳴き声に、忍熊の声を聞いていたのだろうか。

「後悔したところで、過去は変えられない。過ぎたことは、過ぎたことだ」

淡々とした口調なのに、隼人は胸が締め付けられるようだ。龍玉を取り返すために、鷹士は志賀坂御子と刺し違えるつもりなのか。

「どうやって龍玉を取り戻すか、鷹士には考えがあるのか」

「神宝ともなれば宮奴《きゅうど》ではなく、志賀坂御子か無傷なほうの兵《つわもの》が身に着けているだろう」

「志賀坂に会って、また体がすくんだら、どうするんだよ」

「息吹の里で刃《やいば》を合わせたとき、覚えていたほどには大きな男ではないことに驚いた。忍熊よりも恐ろしい相手だと、どうして思い込んでいたのだろうな」

鷹士は腰に手をやり、剣の柄《つか》を握った。

「志賀坂を、殺す気なのか」

隼人は、鷹士にもうこれ以上の殺人を犯して欲しくなかった。そしてそれが自分や龍玉のために犯さねばならない異母兄殺しであれば、なおさらだ。

「そうしなければ、龍玉を取り返せないのならば」

隼人は、鷹士が若飛虎と交わした契約の内容を詳しく話してくれるのではないかと、続きを待った。しかし、鷹士は隼人が抱えた水瓶を見て、早く伏屋《ふせや》に戻るように言った。

「夕餉《ゆうげ》をとって、早く寝ろ。明日の朝は早い」

そう言うと、鷹士自身は右の肩を回しながら、川岸に沿って歩き始めた。その背に向かって、隼人は小さくつぶやいた。

「自分で考えて、自分で決めて行動できるのが、おれのいいところだって言ったのは鷹士だ。龍玉は、おれが自分の力で取り戻す。志賀坂と対決するのも、おれひとりだ」

誰もが寝静まったころ、青い月の光が天井の明かり取りから射し込む夜半、隼人は音をたてずに寝床を抜け出した。煙のように静かに伏屋の戸をすりぬける。隼人の気配に、あごを上げてフンフンと鼻を鳴らす山吹《やまぶき》の首を撫《な》で、肉切れをやって静かにさせ、別れを告げた。

第十二章　若狭湾の虜囚、海原の死闘

川原で待っていた人物は、隼人《はやと》の姿を見ると無言で川下へと歩き始めた。

耳に聞こえるのは川のせせらぎと、森の梢《こずえ》が風にこすれ合う音だけだ。夜の鳥や獣たちの鳴き交わす声がときおりこだまする。無数の星が藍の天蓋《てんがい》を彩り、満月が中天にかかっていた。蛍が川面《かわも》を飛び違い、あたりがはっきりと見える。自分たちの姿も丸見えではないかと隼人は不安を覚えた。

少し行くと、川岸に竹を編んだ筏《いかだ》が寄せてあった。安定の良くない筏に隼人が乗り込むと、真坂《まさか》は川へと筏を押し出し、棹《さお》を操る。

流れは速く、筏は月がいくらも動かぬうちに、志賀坂御子《しがさかみこ》の一行が待ち構える舟付に着いた。

「隈《くま》の御子は見かけほど愚昧《ぐまい》ではないと見える」

腕を組み、肩をそびやかした志賀坂御子の傲慢《ごうまん》な物言いは、とても我慢がならないと隼人は思った。だがその嫌悪を胸の奥にしまいこみ、志賀坂御子を見つめ返す。

「龍玉はどうした」

「大事に保管してある。神宝を持たせて、呪術《じゅじゅつ》を使って逃げられてもこまるからな」

志賀坂御子は宮奴《きゅうど》のひとりに、隼人を後ろ手に縛るよう命じる。隼人と同じ舟に乗り込もうとした真坂を、兵《つわもの》のひとりが止めた。

「おまえの仕事はここまでだ」

途方に暮れた顔の真坂を岸に残し、一行は月明かりと蛍の灯《あか》りに照らされて川を下る。

東の空が淡い紫に染まるころ、舟は平野部へ至る。隼人は首をひねって谷の奥へと目をやった。鷹士《たかし》らはとっくに目を覚ましているはずだ。隼人と真坂がいなくなったことの意味を、鷹士は正しく推測できただろうか。

真坂が解放され、下風破《しもふわ》の郷《さと》に引き返してきたのは、龍玉を返して欲しければ隼人がひとりで来いという、志賀坂の言葉を伝えるためだったことを。

晴天の下、広がる川幅とともに谷は左右へ開けた。山裾《やますそ》から河口へと、青い稲の伸び行く水田をところどころに見かけた。数戸の伏屋《ふせや》と倉庫が立ち並ぶ、小さな集落が舟付の近くに現れた。やがて隼人は潮の匂いを嗅《か》いだ。

雨季であるべきこのときに、空に一点の雲も見られない。隼人の胸に不安がよぎる。

外海の波濤《はとう》から守られた入り江の小浜津《こはまつ》は、良津と平野にも恵まれ、日向《ひむか》の宮ノ津《みやのつ》に匹敵する大きさの郷《さと》が広がっていた。環濠《かんごう》や柵《さく》はなく、のどかに家々が散在している。

今津《いまづ》の谷で真坂から聞いた話を、隼人はぼんやりと思い返していた。

――若狭湾《わかさ》には鉤《かぎ》のように曲がった岬が櫛《くし》の歯のように並んでいる。東には角鹿津《つのがつ》、西には大浦津《おおうらつ》という郷があるが、湾の外は東も西も岸壁や森が迫り、船を寄せられる浜辺がない。だから津《みなと》のたくさんある若狭は、細長い秋津島《あきつしま》北岸の、東西を繋《つな》ぐ天秤《てんびん》の支柱のようなものだ——

浜近くの舟付で、一行は舟を降りた。

両手をうしろに縛られて、一晩中舟に揺られた隼人は、陸に上がってもふらついた。そのたびに、縄を引く若い宮奴に乱暴に引っ張られ、縄が手首に食い込む痛みにうめき声を呑《の》み込んだ。隼人たちに二度も殴られて気を失った宮奴だろう。宮奴は志賀坂御子が借りた伏屋の柱に隼人を縛りつけた。

伏屋に取り残された隼人は、ぼんやりと煤《すす》けた天井を見上げた。

川舟でも調達しないかぎり、鷹士や美真樹《みまき》たちが一日で追いつける距離ではない。狡《こう》猾《かつ》な志賀坂御子は、上流の舟をみな借り上げて、河口へと送ってしまっていた。

やがて、浜市で食料を手に入れた宮奴たちが戻り、炉に火を熾《おこ》したり、煮甕《にがめ》におろした魚や小芋、豆を放り込み、料理を始めた。

蓋《ふた》をした炊甕の中身が沸騰し、薪を抜いて火を弱めるころには、空っぽの胃をよじらせる炊き米の香りが屋内に満ち満ちてきた。隼人はよだれが口からあふれそうなのに、宮奴らは虜囚の存在すら失念したように、炊事に夢中になっていた。

食事の用意ができたころ、船を手配してきた志賀坂御子が伏屋に戻った。水瓶《みずがめ》から柄《ひ》杓《しゃく》で水をすくっては何杯も飲み干す。

志賀坂御子の顔を見て、隼人は眉《まゆ》をひそめた。数日前は艶《つや》のあった肌はかさつき、唇はひび割れている。志賀坂御子は隼人の前に座り、湯気の立つ海鮮汁の椀《わん》と、盛り飯を並べて食べ始めた。宮奴が他の菜も高杯《たかつき》に載せて御子の前に置いた。

「隈の腐れ御子が、どういういきさつで津櫛《つくし》の剣奴《けんど》なんぞと馴《な》れ合うことになったのか、聞かせてもらおうか」

口内に湧くつばを飲み込み、隼人はふいと横を向いた。志賀坂御子は箸《はし》を置くと、懐からおもむろに包みを取り出して、中から蒼玉《そうぎょく》を取り出した。

「隈の龍玉は、ふたつで対だそうだが、もうひとつはどこだ」

隼人は慎重に答えた。

「わからない。おれも捜しているんだ」

志賀坂御子は椀に注いだ水を飲み干してから、鼻で笑った。蒼玉を布に包んで懐にしまう。

「まあいい。おれの仕事は龍玉と隈の御子を津櫛に連れて帰ることだけだ。和邇《わに》の巫覡《ふげき》によれば、隈の忌まれ御子が対の玉を見つける決め手であるそうだからな」

隼人と龍玉の秘密が津櫛に漏れたのは、隈の阿多《あた》族を目の敵にしている、火邦《ひのくに》西岸の和邇族が津櫛の側についたためであると隼人は察した。

食事を終え、兵《つわもの》が腿《もも》に負った矢傷の手当てを終えると、御子の一行は乗船の準備を始めた。

宮奴が隼人を柱から立ち上がらせた。昨夜から縛られたままの腕と手首にはもはや感覚がない。固い地面から解放された尻《しり》の痛みが薄れるのにも時間がかかった。空腹も手伝い、よろよろする隼人を若い宮奴がせき立て、浜に上げてあった艀《はしけ》に押し込んだ。

沖でかれらを待っていたのは、隼人がそれまで見たこともない、大きな刳舟《くりぶね》だった。そこはかとない香りとその太さから、基舟部分は樹齢五百年はいく檜《ひのき》と知れる。日向や秋津東岸で見られるものより船体が長く、基舟に差し込まれた舷側板《げんそくいた》が高い。横木も浮き船もないのに、横波にあおられることもないようだ。隼人は先端の細い流麗な舳先《へさき》から、高く反り返った波切の船首材へと視線を移す。

両手を使わなければ船に上れないために、宮奴は隼人の縄を切った。だが隼人の痺《しび》れた両手では、舷側をうまくつかめない。縄目もように赤く皮の剝《む》けた手首に、潮水のしぶきがかかってひどく沁《し》みる。舷側から伸びた舟手《ふなて》の太い腕が、隼人の両肩を鷲摑《わしづか》みにして引っ張り上げた。

乱暴に宙吊《ちゅうづ》りにされたあと、揺れる船の底に放り出され、隼人は起き上がることもできずに肩で息をした。次に乗り込んだ志賀坂御子が、いかつい体格の船主に異国の言葉でなにやら命じた。

龍玉を奪って逃げるなら、このときしかない。隼人は余力をふりしぼって立ち上がろうとしたが、長時間同じ姿勢でいたために、四肢は震えるばかりで力が入らなかった。

舟手は隼人を船首の竪板《たていた》と仕切り板の間に押し込み、隼人の腰に巻いた縄を接板《つぎいた》に縛りつけた。隼人は濡《ぬ》れた船底に腰をおろすしかなかった。

志賀坂御子が仕切り板越しに顔を出した。かさついた頰と唇に、鷹士を蹴《け》りつけたときと同じ笑みを浮かべる。

「なかなか居心地のよい船だろう。ソヌガという名だそうだ。津櫛まで、持衰《じさい》の仕事をしっかりやってくれよ」

高笑いを響かせて、竹筒の水を飲み干した志賀坂御子は、隼人の視界から消えた。代わりに海水をすくいだすための、取っ手の短い閼伽《あか》が投げ込まれた。

津櫛へ着くまでだれとも口をきかず、体を拭《ふ》くことも許されず、着替えも与えられない。虱《しらみ》がついても櫛を入れてもらえないまま過ごさなくてはならないのは、とても耐えられそうにない。最悪の場合、人柱として嵐の海に放り込まれるかもしれない。

首を伸ばせば、仕切り板から周りを見ることはできた。舷側を越えて隼人を濡らす波は底に溜《た》まり、閼伽ですくって船べりから捨てることはできるが、じめじめした舟底はとても快適とは言い難かった。

大きなうねりが足の下を押し上げ、空に浮かぶ繭の切れ端のような雲が動き出したのを見て、隼人はソヌガが航行を始めたことを知った。

隼人は時間の感覚を失いつつあった。日向から美野《みの》へ向かっていたときに比べると、空を流れる雲の動きが、ひどくゆっくりとしている。それが雲自体の速さなのか、ソヌガの船足が日向の船より遅いせいなのかは、隼人にはわからない。

一度だけ投げ込まれた握り飯と竹の水筒で、飢えと渇きを癒す。

岬周辺は、潮の流れが複雑だ。潮読みが石錘《せきすい》を結わえた縄を落とし、水深を測りながら左右の漕《こ》ぎ手に独特の合図を送る。

どれだけ進んだかと、首を伸ばして舷側板の向こうを眺めると、まだ三方は緑色の陸影に囲まれている。ずいぶんと足の遅い船だと隼人はあきれ、この調子では津櫛に着くころには冬になっているのではないかと嘆息した。

再び空を見たときは、蟹《かに》のはさみのような岬が背後に遠ざかり、うねりの幅と波の高さが増してきた。外海にでたのだ。縄を切り龍玉を奪い返せたとしても、海に飛び込んで泳いで帰れる距離ではなくなった。

志賀坂御子や長脛日子《ながはぎひこ》が龍玉の神威を発現させたければ、いつかは隼人に潮干玉《しおひるたま》を触れさせなくてはならない。長期戦を覚悟した隼人は、この憂鬱《ゆううつ》で不潔な旅に耐える覚悟を固めた。

膝《ひざ》を抱え、ぼんやりと真夏のような青い空を見上げているうちに、やたらに水を飲む志賀坂御子のかさついた肌を思い出し、隼人ははっとして体を起こした。

志賀坂御子に警告すべきだろうか。隼人自身がはっきりとは断言できない潮干玉の作用を。

やがて陽が西に傾き、隼人はのどの渇きを覚えて、水を催促するために仕切り板を蹴った。

怒声が返ってきて、隼人は思わず体をすくめた。が、なにも飛んでこない。叫び声は続き、大きなものが水面に落ちる音が聞こえた。首を伸ばしかけた隼人の頭上を、細長いものが飛来し、ダンッと恐ろしい音を立てて竪板に突き立った。

板を貫通した鏃《やじり》は見えなかったが、ぶるぶると震える矢羽根に見覚えがあった。

「まさか、こんなに早く追いつけるはずが――」

流れ矢を恐れて隼人が船底に体を縮めている間に、さらに悲鳴や水没音、矢の飛来する音が続いた。頭を出さずに、舷側と仕切り板との隙間を見つけて船尾をのぞくと、志賀坂御子や従者たちが、叫び声をあげながら後方へ矢を放っている。

ソヌガを追ってくる船影は細く小さいが、風のように速い。帆も小さいものの、三対の櫂《かい》が恐ろしい速さで回転している。

その舳先に立って弓を引いているのは鷹士だ。追い風であることと、飛距離の長い胡弓であることから、志賀坂御子らの矢が海に落ちるのと対照的に、鷹士の矢は軽々とソヌガに届く。

ただでさえ船足の遅いソヌガは、帆綱《ほづな》を射切られ、漕ぎ手を失い、潮と風に流されるままに漂い始めた。追ってくる船の舳先に隼人が視線を戻したとき、鷹士が引いていた胡弓が折れて弾《はじ》け、破片が宙を舞い飛んだ。その鼓膜を裂くような音は、折り重なる波を越えて、隼人の耳にも届いた。

「鷹士っ」

背を反らして弦や弾け飛ぶ破片を避けた鷹士の姿が、船の中に消えた。ぎりぎりまで引き絞った弦が切れて、顔や体に当たれば深い傷を負う。あるいは裂けた弓の破片で目をやられたら万事休すだ。隼人が心配のあまり必死に伸び上がって見ているうちに、小船の櫂の数が増え、加速を始めた。あっというまにソヌガの船尾に突っ込みそうな勢いで迫ってくる。

このままでは衝突してしまうと、隼人が目をぎゅっとつぶり、体を固くして衝撃に備えた。

小型船の舳先が、進路を逸《そ》れ始めていたソヌガの船腹に、切り込むように激突した。舷側が裂ける音とともに、小船の舳先がへし折れて飛んだ。ソヌガでは荷崩れが起き、男たちの悲鳴が重なった。隼人は衝撃で竪板に叩《たた》きつけられ、意識が飛びそうになった。それでも開いていた目に、剣を手にした鷹士と、斧《おの》を持った美真樹がソヌガに跳び移るのが見えた。

剣戟《けんげき》の音はすぐにおさまり、ぼんやりと虚空を見上げていた隼人の視界に、細いあごが映った。その上の頬には三対の弧線、切れ長の目尻を薄《すすき》の葉に似た刺青《いれずみ》が彩っている。

隼人は嬉《うれ》しさを呑み込んで顔をしかめた。

「海の上で船を衝突させて、どうやって帰るんだ」

「これが、必要だったんだろう」

鷹士はひょいと手を伸ばし、蒼玉を隼人へと放り投げた。隼人は慌てて両手を突き出して潮干玉を受け取る。

「破れたのは、後方左舷の側板だけだ。基舟部はやられていないから、重い荷を捨てれば沈みはしない。それでも波が高くなれば海水は入ってくるだろう。日が暮れる前に、潮に命じて船を陸へ向けてくれ」

鷹士が隼人を拘束していた縄を切り、手を貸して引き上げた。津櫛の一行は志賀坂御子と兵《つわもの》がひとり、宮奴がひとり残っているだけだった。ソヌガの乗員は半数を切っていた。みな、美真樹とふたりの衛士《えじ》に武器をつきつけられ、舟底に正座させられている。

隼人は、鷹士のうっすらと赤い線の走る右の頬を見つめて、一番の心配を口にした。

「弓が折れて、怪我、しなかったか」

「かなり前から、弓を引くたびにこれで最後かと思い続けていたから、引き絞るのは加減していた」

竪板に鏃がめり込むような矢を放つのに、手加減ができるなど隼人にはとても思えない。鷹士の頰を斜めに走る鞭痕《むちあと》のような赤い線は、出血こそしていないものの目のすぐ近くを走っている。

隼人は背筋に冷たい汗を感じた。

「無茶すんな――」

言い終わらぬうちに、犬の吠《ほ》え声とともに、隼人は陽光を受けて金色に輝く毛の塊に飛びつかれ、桃色の長い舌で顔を嘗《な》め回された。

「山吹《やまぶき》かっ」

驚いた隼人に、もう一頭の黒犬を従えた惣武《そうぶ》が笑いかけた。

「陸に置いてきたら、だれかに捕まって食べられるかもしれないんで、連れて来ました」

「惣武の櫂は五人力だ。おかげで、今日のうちに追いつけた」

横から美真樹が朗らかな声で惣武に感謝した。

「それでも、舟がよく見つかったな」

こんなに早く船が手配できた理由を、鷹士が説明した。

「美真樹の父親は小浜の大人《うし》衆だ。その伝手《つて》で先にひとをやって足の速い船を用意させていた。若飛虎《わかひこ》は、おれたちが風破を出る前から、志賀坂御子の先回りをするあらゆる手はずを整えてくれていた。おまえが若飛虎を信用できないようだから言わなかったが、まさか自分から志賀坂御子に囚《とら》われにいくとはな」

追跡の思いがけない迅速さは、土地の縁故による便宜と、それを手配する周到さによって可能だったのだ。

「潮干玉に触れることができれば、なんとかなると思ったんだ」

「相変わらず、前後を考えずに行動するやつだ」

隼人のひとりよがりな行動を指摘する鷹士の、呆《あき》れたような、むしろあきらめたような口ぶりに、隼人は身の置き所がない。

「おれって、ちっとも進歩しないな」

ははっ、と鷹士が声を出して笑ったことに、隼人は仰天した。

「蛟《みずち》が成龍となるのに千年かかる。隼人が龍王の申し子なら、並の人間より育つのに時間がかかるのも仕方なかろう」

誉められているのか、けなされているのかよくわからない。それでも、隼人がなにも言わずに去ったのを責めていないことは、滅多に聞けない鷹士の笑い声に感じ取ることができた。

「真坂は、どうなったんだろう」

「真坂は小浜をうろついていたところを捕まえた」

「無事だったんだ」

隼人はほっとして、口元をほころばせた。鷹士は片方の眉を上げ、不機嫌な声を上げた。

「おまえは、まだわからないのか。真坂はおまえを志賀坂御子に売ったんだぞ」

「わかってたよ。血を流さずに龍玉を奪い返すには、志賀坂の懐に飛び込むしかないと思ったんだ。真坂はおれを売ったかもしれないけど、おれも真坂を利用した。用がなくなって志賀坂に殺されたら申し訳ないと思ってた」

鷹士は大げさに溜息《ためいき》をついた。

「いや、わかっていない。真坂は、初めからおまえに鉱脈探しを教えるつもりなど——」

話しながら捕虜の前に移動した瞬間、志賀坂御子が隼人に飛びかかった。間に割り込んだ鷹士は、志賀坂御子の体当たりを受け止め、棚板の血のりに足を滑らせた。母を異にする兄弟はもみ合い、もつれ合うようにして舷側板の破れ落ちた舟べりを越え、水しぶきを上げて海へと落ちた。

「鷹士っ」

「御子さまっ」

悲痛な叫びが同時に上がった。舷側から身を乗り出して海面をのぞき込んでも、上がってくるのはあぶくばかりだ。ふたりの姿は、どこにも見えない。

鷹士は短甲をつけ、剣を帯びていたのだ。軽装であった志賀坂御子と水中で争って勝ち目はない。その志賀坂御子ですら浮かび上がってこないことに、隼人は絶望的になった。

綱が切れ、乱れた帆に風を孕《はら》むソヌガは波と風に押され、寄せては行き過ぎる高波のうねりに、航跡はたちまちかき消されてゆく。鷹士らの落下した波間も、すぐにわからなくなった。

──海に落ちたら、息の長さも、泳ぎの上手下手もあまり関係ないのよ──

海難に関する、高照《たかてる》の忠告が耳に蘇《よみがえ》る。

──腰の深さでも、底潮に足をとられて溺《おぼ》れることがあるわ。波に呑まれないように、浮きになるものにつかまってなければ、内海だって簡単に溺れ死ぬの。まして外海では、常に竹の浮き具を腰の前後に巻いておくことね──

隼人は、棚板に落ちていた小刀を拾い上げた。だれにも止める隙を与えないまま、船首の波切材を失いソヌガに曳航《えいこう》されていた小船に飛び乗り、曳《ひ》き綱を切った。

小船はたちまち波に押されてソヌガから離れてゆく。

隼人は舟底に膝《ひざ》をつき、蒼玉を抱え込んで目を閉じた。

「潮干玉――頼む。鷹士を、返してくれ」

犬の山吹が高くひと声吠えて、隼人の小船に飛び乗った。山吹を止めようと船べりから巨体を乗り出し、手を伸ばした惣武がソヌガから落ち、その身長の二倍はある水柱を上げた。

祈りに集中する隼人の耳には海鳴りが満ち、周囲の一切が見えなくなる。

音霊《おとだま》を紡ぎ出す訓練などしたことのない隼人に、神を降ろす警蹕《みさきはらい》など上げられるはずがない。かれののどから漏れる音も、高照や鷹士の警蹕とは比べものにならないほど、貧弱であった。

ただ、隼人の肌に浸《し》み込んだ潮満玉《しおみつたま》の御魂《みたま》のかけらが、隼人の祈りに応《こた》えて体内で凝縮し、四方にも足の下にも満ち満ちている海水に、呼びかけているような感覚があった。

体内から潮干玉へ、潮干玉から隼人の血流へ、環流する潮の熱さだけを感じている隼人の周りで、渦潮《うずしお》が広がりだした。

空が薄暗くなり、雨がぽつぽつと降り始める。

波が高く盛り上がり、ソヌガは陸へと押しやられてゆく。

櫂もなく波間を漂う隼人の小船を、渦潮《うずしお》が呑み込み始めた。小船の舷側板が軋《きし》み、割れる音がしたが、ただひたすらに祈り続ける。

隼人はただ、だれの命も失いたくなかった。

鷹士と志賀坂御子に殺し合って欲しくなかった。

みなに、安全な場所へ、居るべき場所へと戻って欲しかった。

海水に満たされてゆく小船に膝をついたまま、もし、まだ地母神が隼人の存在を認めているのなら、己のすべてを引き換えにこの願いを叶《かな》えてくれと、全身全霊をかけて祈り続けた。

第十三章　ノット岬の道連れ、溟海の底

波の打ち寄せる音、砂をさらって返す音が、絶えず耳の底に響く。

顔や手を、柔らかく濡《ぬ》れた生温かいもので繰り返し撫《な》でられ、隼人《はやと》はその生臭さに顔をしかめた。重いまぶたを上げると、濃い桃色の舌でねろりと鼻を舐《な》められる。

「や、ま、ぶき、か」

口を開けると、砂が入ってくる。隼人は砂を吐こうと顔を上げた。左右はどこまでも続く白い砂浜であった。すぐ近くで豚が絞め殺されるような『ギャァァ』という悲鳴を聞き、隼人はぎょっとして飛び起きた。山吹が吠《ほ》えながら隼人の周りを駆け回り、うるさく鳴き散らすカモメらを追い払った。

ここがどこで、どうしてこんなところにいるのかと考えようとしても、こめかみから頭頂にかけてずきずきと痛む。腹のあたりでごろごろする感触に帯を解いてみると、蒼《あお》くきらめく潮干玉《しおひるたま》が転がり出た。

「失《の》くさなかったのか」

渦に呑まれたときに、潮干玉を懐へ深く押し込んだのは漠然と覚えている。片方の手で山吹の首をつかまえ、波間に漂う竪板《たていた》にしがみついて、水底に引きずり込まれるのを免れた。波間に顔を出した隼人は、竪板の広い部分に山吹を押し上げ、自分は板に腹ば

いになって海を漂った。夜通し流されたあたりまでは覚えているが、翌日もずっと海の上にいた記憶はおぼろげだ。

少し離れたところに、小船の破片が打ち上げられていた。小船が渦潮に呑み込まれたとき、溝にはめ込まれ、木栓や縄で固定されていた竪板や舷側板《げんそくいた》などの船材は、ばらばらに分解してしまったのだろう。しかし、基底となる刳舟《くりぶね》部分は見当たらない。

「みんな、助かったのかな」

ふらつきながら立ち上がり、小船の残骸《ざんがい》のどこかに、鷹士《たかし》やほかの漂流者がいないかと捜すが、隼人が砂に落とす影と、飛び交う海鳥、その鳥を追い回す山吹のほかはだれもいない。

少し先に、流木や船材にしては繊細な棒切れが砂に埋もれていた。棒の尖端《せんたん》にはめ込まれた骨製の細工に見覚えがあった。早まる鼓動に、砂を掘ってその棒切れを拾い上げる。

鷹士が作ってくれた、隼人の弓の破片であった。鹿骨の弓弭《ゆはず》には弦をかけるための細工だけでなく、鳥の頭にも似た装飾の模様が彫り込んであった。まだ数えるほどしか使うことのなかった弓だ。

弓弭を握りしめた隼人の拳《こぶし》が震える。

「どうして――」

胸に固いものがつかえ、まぶたが熱い。ずっと水分を摂《と》っていないために、のどが引き攣《つ》れて声も嗚咽《おえつ》も出せない。

――きちんと話し合わなかったのだろう。こども扱いされてへそを曲げ、相手の考えを受け入れようとせず、腹を割って自分の気持ちを話さなかったのは、隼人の方ではなかったか――

隼人は肩で息をしながら、ふらふらと立ち上がった。見渡すかぎりの細長い白浜と、丘へ続く野原には、水も食べ物もない。

帯の物入れを見ると蓋《ふた》はきっちり閉まっていた。中は少し湿っていたが、貴重品や魚皮にくるまれた生薬や塩、椰子蜜糖《やしみつとう》は無事だった。

龍玉を物入れにしまってから椰子蜜糖を取り出し、齧《かじ》りとっては口に含む。足元に駆け戻ってきた山吹にも分けてやった。食べ終わってひと心地ついたものの、満腹には程遠い。この椰子蜜糖の塊ひとつで、何日分の肉や穀物に換えられたかと思って後悔したが、あとの祭だ。

「飢え死にする前に人里にたどり着けるとは限らないしな。それにしても、若狭《わかさ》からどれだけ流されたんだろう」

甘いものを食べたあとは、いっそうのどが渇く。真水を探して波打ち際沿いにとぼとぼと歩くうちに小川を見つけたが、水はしょっぱいうえに生温かい。

――見知らぬ地で迷ったら、草原や森に入ってはいけない。海が近ければ、海岸に沿って移動し、幅の広い川を探せ。舟が浮かべられるほどの川なら、必ず近くにひとが住んでいる――

鷹士が教えてくれたことを思い出し、額に手をかざして小川の上流を眺めた。この川は浅く、狭すぎる。

砂まみれの足を川に浸して浅瀬を渡り、さらに歩いた。やがて、谷にはさまれた平地の、大きな河口に行き当たった。不規則に続く田畑と集落、そして船の並ぶ舟津。

隼人は安堵《あんど》の息を漏らした。

住居は、これまで見てきたのよりも小さく、傾斜の急な円形の伏屋《ふせや》から炊煙が昇っている。里《こざと》のひとびとは色白で、奥二重の目は椎《しい》の実のように丸く目尻《めじり》は切れ長だ。言葉はまったく聞き取れなくもないが、なかなか通じない会話の末、隼人が遭難者であると知ると、里人たちは甘葛《あまずら》を溶いた白湯《さゆ》を飲ませ、雑穀を煮詰めた重湯を作ってくれた。

里人の話から、そこが若狭の北東に位置するノット岬の小さな里であることを知る。足の速い刳舟《くりぶね》でも若狭から二、三日はかかる距離であるとも。それだけの距離を水も食糧もなく漂流し、蒸し暑い浜辺を歩いて脱水症状を起こしていた隼人は、助かって緊張が解けたとたん、高熱を出して寝ついた。

すぐにでも若狭に引き返したい隼人だが、起き上がることも難しい体ではどうにもならない。

水と重湯しかのどを通らず、一向に回復する兆しを見せない異郷の少年に、里人は疫病か憑《つ》きものの災いを怖れ、隼人を浜に近い小さな漁屋《いさりや》に移し、土地の巫覡《サマン》に世話を任せた。

これまで経験してきた病や怪我とは違う、関節の痛みや内臓を絞られる苦しみに耐えている間は身動きもできない。

鷹士の安否が気にかかり、津櫛《つくし》に囚《とら》われている養父母の面影が宙に浮かぶ。鏡に刻んだ別れの詩句のとおり、病にたおれて高照《たかてる》に再会することもないのではと涙ぐみ、そして気が付けば誰もいない空間へ、懐かしいひとびとの幻覚に話しかけている。

食事がとれるようになっても、微熱が続き、悪夢にうなされる隼人は昼と夜の区別もつかず、幻覚に誘われて戸外へさまよい出る。砂浜でたおれているところを、必死で吠える山吹に呼び出された巫覡に助けられることもあった。

様々な生薬も、憑きもの祓《ばら》いや癒《いや》しの呪術《じゅじゅつ》も効果はなく、かといって世話した者が同じ病にかかることもないので疫病ともつかない。首をひねった巫覡は、隼人の来し方について詳しく尋ねた。

隼人の身の上と、遭難したいきさつを聞いた土地の巫覡は、驚き呆《あき》れた。

「修行も導きもなく神を降ろして正気を保っていられるのなら、召《よ》ばれたということだ。だがそのために降ろした神霊に汝《なれ》の心身が馴染《なじ》めず、巫病《ふびょう》を患っているのであろう。覡の修行に励めば命は助かるはずだ」

「おれは、冶金《やきん》師になりたいんです」

すがりつくような隼人の訴えに、土地の巫覡は首を横にふった。

「潮の神に、おのれのすべてと引き換えに、ともがらの無事を祈念したのだ。神々との約定は違《たが》えてはならぬ。もしも違えれば、隼人の命だけでなく、救われたかもしれぬその友も、無事ではすまなくなるぞ」

隼人に、選択の余地はなかった。

巫覡の修行は、久慈《くじ》で見知っていたのとは異なってはいたが、自分なりに潮干玉を祀《まつ》り、その御魂《みたま》に心を沿わす道を探していくうちに、体調は落ち着いてきた。

長い患いと、こもりがちの修行に、隼人は時の経過を見失っていた。稲や粟の穂が頭《こうべ》を垂れるのを見て夏の終わりを知り、野に揺れる淡い赤紫の萩や、青く清楚《せいそ》な花に不釣り合いな名を持つ薬草の疫病草《えやみぐさ》、風になびく薄《すすき》の穂と虫の声に、季節がいつのまにか秋を迎えていたことに驚く。

若狭より戻った船があると聞き、隼人は舟主に会いに行った。

ノット岬と若狭を往復しているという舟主は、夏のはじめに櫂《かい》もなく北へと漂流してゆく壊れた刳舟《くりぶね》を見かけたと話した。乗っていたのが巨漢と青年だったと聞き、惣武《そうぶ》と鷹士ではないかと、隼人はいてもたってもいられなくなった。

舟主は、隼人が漂流者を捜して岬を巡りたいと告げると反対した。砂浜ばかりではなく、険しい磯や森が岸まで迫っている所も多く、陸路で岬の海岸をくまなく回ることは不可能だという。

「それに、もしノット岬に打ち上げられとらんかったら、サワト島に流されてしまったに違いねが」

「その島にはどうやって行くんですか」

隼人は心臓が絞られる思いで訊《たず》ねた。

「ノロシ崎から舟が出とる。サワトは豊かな島やが。船はようけ出てるが、島に渡る季節はもう過ぎたぎ。島に渡るんは春まで無理だやぎ」

隼人はあきらめきれず、世話になっている巫覡に相談した。

「各地を巡り山海の神樹《ひもろぎ》や磐座《いわくら》を祀るのは、巫覡の大切な修行であり、務めでもある。秋冬の旅は楽ではないが、神々の加護と友人との再会を信じ、覚悟して励みなさい」

そう隼人を諭して、糧食と旅道具、真新しい旅蓑《みの》だけでなく、足裏に厚く二重に革を張り獣脂を塗りこんだ、冬季の旅沓《ぐつ》を用意してくれた。

隼人は千里の浜を北へと向かった。

人里を見つけることは稀《まれ》で、野宿が日常となっていた。旅杖《づえ》に日没を刻み数えているうちに、月が満ちて欠けてゆく。

岸壁が険しければ短い距離も難渋して、ほとんど進めない。

ひとの踏み分けた道を見つけて進んでゆくと、漆樹林や、白い実をつけ始めた白膠木《ぬるで》の林で行き止まりとなり、同じ道を引き返して一日が潰《つぶ》れた。

木の幹や柔らかな地面に常に視線を走らせ、熊の爪痕《つめあと》や足跡には注意を払う。知らない間に腕や膝《ひざ》から血が滴り、衣を脱いで赤くふくれ上がった山蛭《やまびる》を払い落とす。森を賑《にぎ》わす果物や、投石帯と山吹のおかげで、ウサギや山ネズミの肉など食べ物には困らない。猪の痕跡《こんせき》や鹿の鳴く声に生つばが湧いたが、犬より大きな獣は獲《と》るのも消費するのも、隼人の手には余る。

肉が余ると塩味の白膠木の実をすりつけ、笹の葉に巻いて保存した。山野で生きるための知恵のひとつひとつに、鷹士の言葉や面影が蘇《よみがえ》る。その日も椎の葉に盛った山神への供え物とともに、鷹士と惣武の旅膳《たびぜん》を添えて、生存を祈る祝詞《のりと》を唱えた。

降り続く雨に足止めされた三日目の朝、地面から少し高く居心地のいい木の洞で、隼人は気だるく熱っぽい体で目覚めた。体の節々が痛む。巫病がぶりかえしたのかと、雨は激しく風も強いこの日は、このまま山吹と体を寄せ合って一日を過ごすことにした。

潮干玉を包み込むように抱えて祝詞を捧《ささ》げてから、ノットの巫覡にもらったどんぐりの干餅《ほしもち》をとりだした。山吹と分け合い、少しずつ口の中で溶かすようにゆっくりと味わう。空腹が落ち着くと、洞の外に置いた椀《わん》に溜《た》まった雨水をいがらっぽいのどに流し込み、惰眠をむさぼった。

まどろみのなかで、隼人は阿古《あこ》で家族との団欒《だんらん》を楽しみ、日向《ひむか》の浜辺では高照の笑顔にほほ笑み返す。鷹士と惣武が、若飛虎《わかひこ》と杯を交わしては、そんなところでなにをしている、早く美野《みの》に帰って来いと隼人に話しかけた。

——なんだ、みんな助かったんだな。おれ、みんなを捜してこんな遠くまで来てしまった。

目尻から滴り落ちる涙を、山吹にべろりと舐められて、隼人は目を覚ました。

「だれも見てないから、泣いたっていいんだよ」

隼人は、顔を赤くして山吹に言い訳した。

二度目の新月を迎えるころには、朝夕に吐く息が白くなっていた。早朝と夜は冷え込み、蓑が手放せない。

晴れた海岸近くで渓流を見つけて水浴し、服と髪を洗った。

水面に映った自分の顔を久しぶりに見て、隼人は濡れた前髪を額の上で結ぶのをためらった。発達した額の下の窪《くぼ》んだ眼窩《がんか》と、肉の薄くなった頰、強靱《きょうじん》そうなあごは他人の顔のようだ。童形はもう似合わない。そのまま髪を背中に梳《す》き流して、鉢巻きで前髪と横の髪を押さえた。

隼人がようやく目指すノロシ崎に着いたころには、紅葉が始まっていた。右手には秋《あき》津《つ》の北陸海岸が、正面には水平線の彼方にサワト島らしき島影が望めた。しかし、聞いていたような舟津はノロシ崎の周辺にはなかった。隼人は海岸に沿って南下し、最初に行き着いた郷《さと》で足を止めた。

隼人はサワト島へ出る船はないかと探したが、ノット岬の舟主と同じ理由で断られた。短い間隔で時化《しけ》が襲ってくる時季に、わざわざ湾の外へ船を出す物好きがいないだけでなく、まもなく始まる鮭漁で、どこの川津でも人手が足りなくなるのだとも聞かされた。

旅の疲れに体調もすぐれず、郷の巫覡《サマン》を訪ねて土地の神々を祀った。旅を続けるうちに、鷹士の消息を追って焦る気持ちは静まっていった。むしろ、潮干玉に心を沿わせ、覡としての力を伸ばせという鷹士の忠告に従うことが、再会を確実にするように思え、修行に励んだ。

山が真朱《まそほ》の鉱脈と見まがうほど鮮やかに染まるころ、隼人は郷のはずれの浜で古ぼけた刳舟《くりぶね》を見つけた。持ち主が痛風で漁にでられなくなり、放置されているものだという。隼人は首飾りから熊の牙《きば》だけを取り置いて、真珠などあるだけの装飾品を舟と取り換えた。

隼人は潮を操ることで、サワト島へ渡ることを考えていた。

霧の深い未明、隼人は刳舟を浜へと押し出した。舷側板《げんそくいた》が低く、浮き木が片側にひとつしかない刳舟は、舳先を波に立てておかないとあっという間に転覆してしまいそうだ。沖に出た隼人は舟底に膝《ひざ》をつき、潮干玉を両手に握りしめ、警蹕《みさきはらい》を上げた。舟を上下させるうねりの律動に、隼人は唐突に海鳴りと警蹕は同じものだということを悟った。

山吹が尻尾《しっぽ》を巻き込んで舟底に潜り込んだのも、隼人の目には映っていなかった。潮干玉の内側から、果てしなく繰り返す群青のうねりと、その律動を支配する潮流のめぐりを視《み》ていた。

海中には潮の流れという無数の道、あるいは河があった。秋津島の北岸を北へ向かって進む暖流の大河、その脇を蛇行し、逆行する潮流。あれが裏潮というものか。陸近くでは渦を巻き、磯ではぶつかり合い打ち消し合う潮。あるいは、海の底から噴き上げてくる、水の中の逆さ滝。海流は層にもなっていて、深くゆくほどに、濃くどろりとした流れがどこへとも知れぬ闇へと流れ落ちてゆく。

果てしなき大海原《わだのはら》、溟海《めいかい》の底へ続く闇の深さは幽冥《ゆうめい》界への入り口を思わせ、隼人の背筋に氷のような汗が流れる。

サワト島へと北上する太い暖流へと意識を戻した隼人は、愕然《がくぜん》とした。その流れに乗るには、幾筋もの複雑な潮流を乗り越えなくてはならないのだ。さらに、暖流の大河から分かれた支流が、ノット岬の東岸から岬の内海へと、巻き込むように円を描いて流れ込んでいた。

「これは、でかすぎる。この舟じゃ、渡りきれない」

潮流の対岸すら見通すことができないのだ。隼人にできることは、潮の流れを変えることではなく、舟を望ましい上陸地へと導かせることのみと思い知った。

隼人が潮干玉から目を離したとたん、嵐に追いつかれた。文字通り時化に放り込まれた木の葉のごとき刳舟は、横木や舷側の接合部分から波風に引き裂かれ、隼人は山吹とともに荒波に放り込まれた。

山吹と壊れた浮き木にしがみつき、波に押されるままに浜に泳ぎ着く。身に着けていたものは無事だったが、舟は流され、食糧も防寒具もみな沈んでしまった。裸足《はだし》で寒さに震えながらあたりを見回すものの、前後どちらに進んでも、日暮れまでにひとの住む地にはたどり着けそうになかった。

「もう、おれは、なにやってんだよ」

隼人は砂を蹴《け》りながら、自分の無力さに歯嚙《はが》みをした。

「流されっぱなしだな。潮に、って意味じゃなくてさ。なにもかもだよ。どうして、自分の行きたい方向とか、やらなきゃならないことが一歩も進まないんだろう」

山吹は舌を出して尻尾を左右にふりながら、隼人の顔を眺めている。まるで「人生ってそんなもんだよ。力を抜きなよ」と犬に諭されている気分になってきた。

「腹減ったな」

風の吹き込まない岩陰を見つけて、乾いた流木を集めて積み上げ、木切れを擦り合わせて火を熾《おこ》す。塩気を含んだ流木は緑色の炎を揺らめかせる。ぱちぱちと音を上げて燃える炎の暖かさに、隼人は生き返る思いだ。

干潮の浜で貝を掘りだし、焚《た》き火で焼いて山吹と分け合って食べる。口の中が砂でじゃりつくが、気にもならなかった。おこぼれをかすめようと近寄ってきたカモメは投石帯の餌食《えじき》となり、焼き鳥と化して隼人と山吹の胃袋へ消えた。焚き火の周りに砂の壁を作り、薪を足してできるだけ熾《お》き火が長持ちするようにしてから、山吹と身を寄せ合って夢も見ずに眠る。

翌朝、気力を取り戻した隼人は、サワト島からの舟が泊まる津を探して北へと向かった。

砂浜が途切れ、その先は荒磯に姿を変えた。鬱蒼《うっそう》とした森を戴《いただ》く岩壁を呆然《ぼうぜん》と見上げる。いまの季節なら森には食べ物があるはずだと、隼人は寒さと疲労、そして空腹でぐるぐるする胃袋を抱え、森へと足を踏み入れた。

——行動する前に、もう少し充分に考える癖をつけたらどうだ——

森の木々を見上げた隼人の耳に、鷹士の苦笑が響いた。

見知らぬ北の森林は、久慈の樹木とは色も形も異なっていた。秋津北部の冬の訪れは、久慈よりもずっと早い。果物もどんぐりもすでに森の獣に食べつくされていた。見慣れないキノコは恐ろしくて手が出せない。陽光の射さない森の中はひどく静かで、ウサギなどの小獣を見かけることもなかった。

熱っぽい気がするのは、巫病だろうか。幻覚は見ないところから、時化の海を泳いで風邪をひいたのだろうと楽観的に考えようとした。

川に行き当たり、落ち枝で地面を掘って石を並べ、竈《かまど》を作り火を熾した。薪をくべてから川へ戻り、流れの緩やかなところでじっとしている川魚を投石帯で仕留めた。

腹を見せて浮きあがる川魚を、素早く川に飛び込んだ山吹が口に咥《くわ》えて戻ってくる。

隼人はさらに三尾に命中させた。火にくべておいた焼石に、爪で腹を裂いて内臓をとった川魚をのせる。白い身がじゅうじゅうとよい音と香りをたてた。

「どんなに腹が減ってもな、名前を知らないものは、火を通してからじゃないと、食べちゃダメなんだぞ。特に川魚はな」

白膠木《ぬるで》の実を魚にすりつけつつ、隼人は年上の友人から教わったことを、自分の知恵のように山吹に伝授した。山吹は尻尾を左右にふって、感銘を受けたようにのどを鳴らし、魚を呑み込んだ。

日の高いうちに服を脱いで頭に載せ、凍えるような川を渡った。冷たい水に体温を奪われたせいか、歩き始めてすぐに空腹が襲ってくる。

隼人はきゅるきゅると鳴る胃の辺りをさすり、重い足を運び続けた。なにやら丸くてころころとしたものを踏みつけ、隼人は足を滑らせて転んだ。

「これ、栗かっ？」

ひとつ拾い上げて周りを見ると、濃茶の艶《つや》やかな大粒の木の実が大量に地面に落ちていた。この栗は頭がとんがっていないし、色も濃くて形がいびつだ。イガを踏んだ覚えもなかったが、落ちて時間が経っているためか、あるいは寒い土地の栗はこうなるのかもしれないとも思った。

「どんぐりにもいろんな種類があるっていうし」

独り言で自分を納得させた隼人は、大急ぎで石を拾い、虫喰《むしく》いのない実を選んで堅い皮を割り砕き、灰黄色の果肉を口に入れた。

「まずっ」

思わず吐き出した。

「栗じゃないのか。生だからかな。でも、かあさんは栗や椎は生で食べても大丈夫だと言ってたし。アクの強いのでも、腹が痛くなるくらいで死ぬことはないはずだ」

隼人の出自を知っていた養父は、隼人が里を離れ外部の人間の目に触れることを嫌い、森の奥へ木の実を採りにゆくのを禁じていた。冶金工房の手伝いに忙しかった隼人は、堅果の種類やアクの処理について知識がなかった。

なにより、ただもう、どうしようもなく空腹だったのだ。

山吹は差し出された木の実を嗅《か》いでそのにおいに鼻をそむけ、虫か小動物を探しに森の奥へ消えた。隼人はまずいのを我慢して、黒い栗の実を拾って食べた。ひと心地ついた隼人は水を求めて歩き始めたが、いくらもしないうちに腹痛と吐き気に座り込んで動けなくなった。

「どんぐりなんか、遅い季節のは毒が強いっていうけど。栗もそうなのかな」

吐いたり下したりしているうちに、隼人は激しく消耗した。日が傾き始めたのか、陽光の射し込まぬ森の中は薄暗く、急速に冷え込み始める。土や草の先に霜が降りてみるみる白くなっていく。

隼人は今夜は森の中で野宿と判断した。火を熾そうと乾いた枝をこすり合わせたが根気が続かず、疲れ果てて羊歯《しだ》の繁みにもぐりこんだ。凍えながら鯨革の物入れをひっくり返しても、薬草はほとんど残っていなかった。途方に暮れた隼人は、魚皮の袋から地面にぽろりと落ちた黒い塊を指でつまみあげた。

「熊胆《ゆうたん》か。腹痛に効くやつだ。忘れてた。また鷹士に助けられたな」

苦くてまずい熊の胆を歯で齧った。苦味はいつまでも舌に残り、隼人の愚かさをあざ笑っているようだ。水がなかったが、そのかわりに大量につばが湧いた。最期に食べるものがこれだとしたら、なんとも情けないことだ。

　鯨革の物入れから赤漆の櫛《くし》と潮干玉を取り出す。蓋の内側に縫い付けられた青銅の鉤《かぎ》守りには、青錆《さび》が浮いていた。隼人は伸びた爪でその錆を削り落とした。

　空から白くちらつくものが降りてくるのを、隼人は繁みの奥から見上げた。あたりは、たちまち白膠木《ぬるで》の実で埋まっていくようだが、舐めても冷たいだけで塩の味はしない。

「ここはもう雪が降るのか。鷹士と作った雪室《ゆきむろ》は暖かかったな。積もったら、雪穴を掘ってそこで寝よう。今日はもう動けないけど、あした、起きたら、また歩き出せばいい」

　ふしぎと、寒さを感じなかった。手足は感覚をなくしてゆくのに、むしろ体の芯《しん》はぽかぽかしてきて、隼人は気持ちのよい眠気に誘われた。うつらうつらし始めた隼人の周りを、困惑した山吹がぐるぐる回っては吠えたり鼻を鳴らしたりしたが、隼人は応《こた》えない。

　山吹はやがてあきらめ、小刻みに震える隼人の体にすり寄り横たわった。

　白い霧が流れている。周囲は厚い霧のほかはなにも見えない。隼人は、森が霧に沈んでいるのかと思ったが、寒さも空腹も感じなかった。そして唐突に『ああ、ここに来るのは三度目だな』と思った。

　生者と死者の世界のはざま、白闇の幽明境。

ひとりで来るのは初めてだ。ここにはいつも同じだれかと来たはずだが、だれだったろうか。

——おれ、こんどこそ死ぬのかな。食あたりで凍え死にとか情けない。地母神の愛《めぐ》し児《ご》とか奇跡の神子《みこ》とか呼ばれてたのは、だれのことだ。だけど、どうしてそう呼ばれてたんだっけ——

記憶が砂のようにこぼれ、霧のなかへと漂い去って行く。隼人は厚い霧の向こうへ叫んだ。

「地母神クラよ、言われたとおりに、潮の導くままに生きてきたつもりだけど、ここがおれの潮溜まりなのか」

問いは、霧に吸い込まれた。そばを通り過ぎ、追い越してゆく白い人影の流れる先に、求める答があるような気がする。

かれはそちらへと足を踏み出した。進むほどに影の数が増え、互いの境界が曖昧《あいまい》になっていった。足取りも軽くなり、影の流れは瀬にかかる水のように速さを増してゆく。

ふと、帯を引かれた。肩越しに背中を見おろし、ぎくりとする。白い闇の奥から、金色に輝くいくつもの鉤爪が伸びてきて、かれの帯や衿《えり》に爪をかけ、もと来た道へ引き戻そうとしていた。

「放せよっ。進めないじゃないかっ」

それぞれの鉤爪が意志を持ってかれを捕らえようとするのが恐ろしくて、隼人は無我夢中で暴れた。執拗《しつよう》に衣に絡みつき、肉に食い込んでくる鉤爪をふり払っていくうちに、鋭い鉤爪は金色の粉となり、白い霧に融《と》けて消えた。七つめの鉤をふりほどくと、解放された喜びに笑いがこみ上げた。

白い影の奔流へ意識を戻し、ふたたびそちらへ足を踏み出す。ふわりと、歌声のようなものが聞こえてきた。やさしく、やわらかく、包み込むような言霊《ことだま》が、最後に見た温かな淡雪のように霧の世界に降り積もる。

――ふるべ、ゆらゆら、ゆらゆらと、ふるべ――

途切れずに続く懐かしい歌声に、かれは声の主がだれであるのかひどく気になり、流れる人影に逆らって音の源を探し求めた。

「だれだろう。おれを呼んでいるのか。どこに行けばいいんだ」

霧の向こうに、淡く輝く円盤がぼんやりと見えてきた。その円盤を前に、ひざまずき祈る巫女《みこ》がいる。長く艶やかな黒髪が背中へ、赤い裳《も》に覆われた腰へと流れ、裾《すそ》を越えて床に広がっている。巫女が厳かに左右に払う、常葉《とこは》の招霊《おぎたま》枝に結わえたいくつもの土鈴が木の実のように揺れて、かろころと音を立てた。

そちらへ向けようとする隼人の足は、鉛のように重い。そして歩いても、歩いても、祈りを捧げる巫女にも、金銅に輝く円盤にも近づけない。

「せめて、顔を見せてくれよ。ここにいると、なにも思い出せなくなってしまうんだ」

――ひふみよ　いむな　やこと　にのおと　ふるべ　ゆらゆら　ゆらゆらと　ふるべ
かく祈りせば　あがせこの　死《まか》るとも　さらに　蘇生《いき》なむと　ゆらかし
たてまつることの　よしをもちて　久慈大御神《くじのおおみかみ》　大海龍《おおわだつみ》　小龍《こわだつのかみ》　諸龍神《もろわだつかみ》
きこしめせ　みそなわせ　えみたまえ　まもりたまえ　さきわえたまえ――

懐かしさに視界が歪《ゆが》んでくる。肉体のないこの世界でも、涙で風景が滲《にじ》むことがあるのだ。

祈りを捧げる巫女が顔を上げて、怒ったような、泣きそうな顔にかすかな笑みを浮かべ「はやと」とかれの名を呼ぶ。隼人は巫女の名を思い出し、声に出して叫び返した。

「高照っ」

第十四章　イトイ郷の工房、冥霊の道

いつまでも吠《ほ》え続ける切羽詰まった犬の声が耳障りだ。だが、隼人《はやと》の顔に触れているのは犬のねろりとした舌触りではない。小さなこどもの、細くて柔らかな指が頰を突っついていた。隼人のまぶたが痙攣《けいれん》する。

「アーニァ！」

甲高いこどもの叫び声は、隼人の耳には確かにそう聞こえた。声の主を求めてまぶたを上げ、隼人は冷たい空気を吸い込もうとした。突然、胸が激しく痛む。びくっと痙攣し、喘《あえ》ぎだす隼人に、声の主は悲鳴を上げた。濡《ぬ》れた土を蹴《け》ってうしろに跳び下がる。

「アジャ！　アァジャ！」

こどもは怖がって逃げ出した。薄く開けた隼人の目に、一本に編まれた黒い髪が犬の尻尾《しっぽ》のように左右に揺れるのが見えた。隼人は息を吐くのもやっとのありさまで笑い出した。濃くなる夕闇のなか、あの色白のこどもが、重たげな一重のまぶたに細く切れ上がった目尻《めじり》をしていたのも、幻覚だろうか。

息苦しさに胸を押さえる隼人の顔を、山吹《やまぶき》が舐《な》めた。あかぎれに覆われた指先や、紫色の足を舐め、痛む腹に鼻先をもぐり込ませる。隼人はくすぐったさに山吹の首をつかんで引き寄せた。山吹の黒く、深い知性を秘めた丸い瞳《ひとみ》が、隼人をじっと見つめた。

犬は、正面からひとを見つめない。それは上位者に対する示威になるからだ。しかし山吹は隼人を見つめ続けた。隼人は、山吹に舐められたところから痛みが引き、感覚を失くしていた箇所には温かな血流が通いだすのを感じた。

「おまえ、もしかして、饒速《にぎはや》――」

隼人がつぶやくと、山吹は隼人の顔を見つめたまま、鼻にしわを寄せた。そして黒い唇の両端をぐっと耳まで開き、牙《きば》を見せて笑った。

持つべきものは、遊魂術を使いこなし癒《いや》しの技を身につけた双子の弟である。

こどもの甲高い声に交じって、犬の吠え声や男女の話し声が梢《こずえ》を渡る。樹間に揺れる松明《たいまつ》の灯《あか》りと、慌しく枯れ枝を踏む音が近づいてきた。山吹はそちらに鼻先を向け、短く三度吠えて声のする方へ駆け出した。

山吹の吠え声に導かれて、隼人を見つけた栃《とち》の実拾いの母子は、青海《おうみ》川沿いの山中に住む山人《そま》であった。母子に呼び出された山人の男は、意識の朦朧《もうろう》とした隼人を背負い、山里へと連れ帰った。

円錐《えんすい》形の伏屋《ふせや》は竪穴《たてあな》が深く、木枠に土を盛った階段で昇り降りするほどだが、中は暖かい。隼人のそばを離れず、助けを呼び続けた山吹は、ごほうびに巨大な鹿の骨つきの脛《すね》肉をもらって、ご満悦で齧《かじ》りついている。

伏屋の内装や風俗は異国風で、家族は秋津《あきつ》言葉とも異国語とも判別のつかない言葉を話していたが、あるじは隼人が久慈《くじ》の出とわかると、交易商人たちが交わす秋津言葉で話した。

「彫りの深い顔しとるから、毛人《えみし》の若いもんかと思ったら、久慈の海人《あま》だったか」

顔の下半分を黒々としたひげに覆われた伏屋のあるじは、腹に響く声の持ち主だ。

猪の脂と薬草を練り合わせた軟膏《なんこう》を体中にべたべたと塗られた隼人に、あるじの妻は栃粉とおろした山芋の粥《かゆ》を食べさせた。口に含んだ粥には、ほんのりと蜂蜜《はちみつ》の味がした。

あるじは、隼人が栃と栗を間違えたことを笑い飛ばした。

「ぜんぜん似ておらんが。久慈には栃がないんか」

「ありますけど――」

隼人は恥ずかしげに頭をかいた。

母や里の女たちについて、木の実を拾いに行くことを許されなかった隼人は、堅果を見分けるのが苦手であった。収穫してすぐに皮ごと調理して食べることのできる栗とは異なり、毒のある栃の実は、煩雑な手間と時間をかけてあくを処理しなければならないため、そのまま農奴の女たちに預けられる。隼人は、皮を剝《む》かれて調理されたり、粉に挽かれて餅《もち》にしたりした栃の味しか、知らなかったのだ。隼人は自分の無知が恥ずかしく、きまりの悪い笑みを浮かべた。

炉の反対側から隼人を珍しげに見上げている三つ編みの男の子を見ていると、隼人の口元はほころびそうになる。

――五歳くらいかな。ちっちゃい鷹士《たかし》って、感じだ。

こどもが母親にまつわりつくようすから『アァジャ』というのが『かあさん』という意味であると察せられた。隼人は、かれらの祖先が大陸から来たと聞き、ならばカウマ族を知っているかと訊《たず》ねた。

「カウマは知らんが、おれのじいさんは確かに北大陸から来た。オロチ族といったかな。いまは散り散りになって、この里も三戸しか残ってない。ときどき同祖らしい部族が海を渡ってくる。そのまま住み着くのも多い。秋津びとはわしらをまとめて足馳《あしはせ》と呼ぶ。脚が秋津びとより長くて、歩くのが速いからだそうだ」

猟を主な生業《なりわい》にしているという男は、自分の腿《もも》をパンパンと叩《たた》いて笑った。手足の長い部族は久慈にもいると言おうとして、隼人は思いとどまった。『土蜘蛛《つちぐも》』という呼び方は、『足馳』に比べると人間扱いしていないようで、失礼な気がしたからだ。

胡弓や銅器、やたらに強がる男子の風習など、オロチ族とカウマ族の共通点は多かった。だが、世界が四角い箱のようなものと考えるカウマと違い、オロチ族は半球の天蓋《てんがい》が大地を覆っていると考えていた。

「カウマとやらは内陸の南寄りの部族かもしれん。しかし、足馳が久慈へ流れ着くなんて珍しい。北大陸の東岸からでは、西から北へ流れる海流に逆らって久慈へ南下するのは無理だ。潮に引かれてノット岬や秋津のさらに北岸に着く」

猟師は首をかしげた。隼人は乏しい知識を集めて猟師の疑問に答えた。

「船が内海用だと、陸沿い島伝いにしか進めないそうですから、日数はかかるけどそうして久慈に来る船もあるそうです」

「そりゃ、奴隷船の航路だ。内陸の民は、海のことはわからんからなぁ。戦禍を避けて海を渡ろうとする連中は、東岸で待ち伏せしている海賊に騙《だま》されるんだ。気の毒なことだ」

猟師は重々しい口調で断言し、隼人は言葉を失った。

また猟師は、隼人がサワト島に渡りたい理由を訊ねた。そして鷹士らが梅雨時にサワト島まで流されていたとしたら、すでに夏の間に秋津に渡っているであろうこと、山の交易路が雪に閉ざされる前に、早々に秋津島を横断して美野《みの》へ戻ったと考えるのが妥当であると指摘した。

足馳の猟師の顔立ちが、鷹士と似た特徴を備えているからというわけでもないのだが、交易にも詳しく、この土地と海を知る人間の推測であるし、鷹士ならきっとそうするだろうと、隼人は思った。

隼人は、脂ののった鮭や滋養の豊かな蜂の子を惜しげなく養われて、ほどなく健康を取り戻した。小さな男の子とは言葉も通じないまま仲良くなった。よく笑うこどもの表情の豊かさに、カウマ族が流れ着いたのが北秋津であれば、鷹士もこのように屈託なく笑っていたのではと、隼人の胸は痛んだ。

足馳の猟師は山道を歩けるまでに回復した隼人を、イトイ津の郷《さと》へ連れ出した。

小雪のちらつく郷の市は、冬支度に忙しいひとびとが行き交っていた。足馳の猟師は市場を通り過ぎて丘を登り、河口を一望する小集落に隼人を連れてきた。

「郷長《おさ》の家だ。隼人の家を世話してくれる」

大きな伏屋の前で隼人を待たせ、郷長を連れて出てきた。

「久慈の冶金《やきん》師だそうだが。若いのぅ。巫覡《サマン》ではないのか」

壮年を過ぎた郷長が、窪《くぼ》んだ目の奥から隼人の腕にはめられた三連の貝輪に目を止めて怪訝《けげん》そうに訊ねた。

「この夏から巫覡の道を学んでいますが、父が冶金師でしたから冶金修業のほうが長いです」

はきはきとよどみなく応じる隼人に、郷長は重くうなずいた。

イトイ郷の冶金工房は長く無人であったが、道具はまだ残っているという。鋳物の修理を引き受けるのなら、その日にでも工房に郷人をやって、伏屋の修理と掃除をさせようと郷長は申し出た。

隼人はふたたび冶金ができることが嬉《うれ》しく、足元がふわついた。

連れて行かれた無人の工房では、煤《すす》だらけの坩堝《るつぼ》を拾い上げ、床に散らかったバリのかけらや、銅滴《どうてき》をつまみ上げた。服の裾《すそ》でこすって光を当て、銅の赤い輝きに目頭を熱くする。

ここでは、祭器も武器も求められなかった。古く実用的な器や刃物のひびを継ぎ、割れていれば鋳直して違うものに造り変える。なんども熔《と》かされて、錫《すず》の配合率の不明な銅器からも、頼まれた道具や器を鋳造した。

経験不足で、わからないことを訊《き》ける先達もいない隼人にとって、記憶に頼りながら無骨な斧《おの》や、もようのない器ひとつ鋳込むのも真剣な作業だ。

ある夕方、持ち込まれた古い短剣の柄頭《つかがしら》に、隼人は信じがたい印を見つけた。養父の印が鋳られていたのだ。おそらくは隼人が生まれる前に鋳造され、ひとの手から手へと渡り、いくども砥《と》がれ続けたためにすり減り、刀子《とうす》よりも薄く、柄よりも短くなってしまった短剣。

「久慈の島、豊邦《とよのくに》の阿古《あこ》の里《こざと》から、こんな北の果ての海岸まで、こんなに使いこまれて——」

隼人は養父と再会したように思えた。夢中になって砥ぎ、磨きながら、隼人はこの剣を譲ってもらえるよう、持ち主に交渉すると決めた。

気がつくと、外は薄暗くなっていた。いつもは郷長が食事を運ばせる時間であるが、今日は遅くなっているようだ。隼人が短剣を置いて炉の火をかいていると、郷長の末娘が工房の戸を開けた。

「遅ぅなってもうて」

娘は小さな声であいさつをすると、いつもどおりに小ぶりの煮甕《にがめ》を炉に置いて温め、家で炊いてきた飯櫃《めしびつ》の蓋《ふた》を開けて給仕を始めた。

隼人はこの娘が夜道を帰ることを案じて、その冬初めて出された百合根の柿酢漬けを小豆《あずき》飯とともにかきこんだ。煮甕の中身を急いで山吹と分け合い、具も見ずにたいらげる。食器を片付け、煮甕を炉からあげて、娘に早く家に帰るようにと告げた。

「仕事にも慣れたし、冶金の代価に食糧をもらうこともある。そろそろ自分で飯も作れるから、もう食事は届けなくてもいいって郷長に伝えてくれ。これから雪がたくさん降るそうだし、女の子は暗くなってからひとりで外を歩かない方がいい」

奥二重の小ぶりな目を見開いて、里の娘はぽっちりとした唇を震わせた。雪のように白い肌、清楚《せいそ》な仕草とどこか不釣り合いな肉感的な唇。

「今夜は、ここに置いてくんなせ」

娘はほとんど聞き取れない、か細い声で訴えた。

冶金師を郷に居つかせたい郷長の差し金だろうか。ひと月近く毎日顔を合わせてきた娘ではあるが、親しく言葉を交わしたことはない。隼人は娘がよそ者の自分に気があるのだと思い込むほど、能天気ではなかった。

美野の国主《くにのぬし》、若飛虎《わかひこ》は異国の商人に土地の女と家をあてがう。妻子は美野宮処《みやこ》に留《とど》まる。商人は美野宮処にしげく訪れるようになり、交易において美野を他の邑《むら》より優先させるのだ。

若飛虎の政策というより、古典的なやり方なのだろう。

「聞いてないかな。おれ、ここには冬の間しかいないんだ」

隼人は祈るような気持ちで言ったが、娘は恥ずかしそうにうつむいて小さくささやいた。

「今宵は、冬至ですけ。ひとりでいらしてはだめらて、父《とと》が」

もうそんな時期かと、隼人は驚いた。そういえば、ノット岬から北ではめったにお目にかかれない白米の小豆飯に加えて、いつもよりひと品多い夕餉《ゆうげ》だった。郷の祝祭事のおすそ分けくらいに思っていたが、年のあらたまる冬至であったと知って、隼人は少し慌てる。

「おれには山吹がいるから、大丈夫だ。郷長にはちゃんと説明するから。恥はかかせない」

隼人は強引に娘を家に送り届けた。雪はやみ、ぼんやりとほの明るい夜道に吐く息も真っ白だ。

「可愛い子だったのに、もったいなかったかな。でも、おとなしすぎる。あいさつ以外で声を聞いたの、今日が初めてじゃなかったか」

工房に戻った隼人は、獣脂を融《と》かして松明に浸《し》み込ませ、炉の炭火を小壺《つぼ》に移した。頭巾《ずきん》をかぶり毛皮の胴着を着込み、祭具を入れた背嚢《はいのう》を担いで、ふたたび外へ出る。

「うっかりして冬至を逃すところだった。雲は流れているけど、晴れてよかったな。星が明るい」

大小の石が転がる無人の浜は、耳を聾《ろう》する潮騒と風の音で満ちていた。沖つ方からは、荒潮が大岩を転がしてゆくような海鳴りが響いてくる。

雪の溜《た》まっていないところに石を積み上げて竈《かまど》をつくり、薪《まき》を入れて炭火を移す。だれもいない海辺に、焚《た》き火が炎を上げた。生姜《しょうが》入り米酒の入った小瓶を、火のそばに置いて温める。

久慈であろうと、秋津であろうと、冬至の夜に出歩く者などいない。いるとすれば、この夜に鎮魂《たましず》めの役を負って各地をまわる巫覡ぐらいなものだ。

冬至の大祓《おおはらえ》は大地から穢《けが》れを祓い、春を呼び戻す大切な季節の祭のひとつだ。異郷の地にひとりきりでも、巫覡であれば儀式を行わなくてはならない。

麻苧《あさお》を結わえた八本の竹串《ぐし》を焚き火の周りに挿し、縄で囲んで結界を作る。山吹に結界の外に出ないように言い聞かせ、それぞれの竹串の前に五穀と水、塩、酒を供える。

結界の中をゆっくりと歩きながら、祓詞《はらえごと》と祝詞《のりと》を唱える。北秋津の巫覡に教えられた、大祓と新年を迎えるための神事を手順通り終えた隼人は、温めた米酒をひと口含み、ひと息ついた。

冬至の祭の重要さに関しては、高照《たかてる》からも聞かされていた。

――複雑な呪術《じゅじゅつ》で降ろさなくても、神や死者と対話できる夜が、年にいちどだけあるの。でも避邪の術を知らないと、命取りよ――

恐ろしげな話題にもかかわらず、心の躍る秘密を打ち明けるような笑みを浮かべて、高照は歌うように続けた。

――冬至は、生霊《ムスヒ》の涸《か》れるとき。冥霊《クラヒ》の満ちるとき。陽道《あかきみち》と、闇道《くらきみち》の交わるとき。すべての御霊の道と境界が、開かれるとき――

炎の熱も光も届かぬ結界の外、大気がきしきしと音を立てて凍るほどに冷え込んできた。隼人は潮干玉《しおひるたま》を両手に持ち、警蹕《みさきはらい》を上げた。未熟な隼人が潮干玉に封じられた御魂と直接対話するには、境界の開かれる冬至の夜をおいてほかにない。

隼人の警蹕に潮干玉が応《こた》えるように、温かな潮が体内に流れ込んできた。気の交感よりも濃厚かつ明確な意思、隼人にも理解できる言葉のようなささやき。

隼人は潮干玉の語りかけに耳を澄ませた。

――祈り――願い――とこしえ――覚悟――役目――任――つとめ――神器――

龍玉が思考というものを持ち合わせているとしたら、そのような言葉が、海潮とともに隼人の意識に流れ込んできた。

――産霊《ムスヒ》――御魂――神罷《かみまか》る――とこしえに――いとしき――神在り――神成《な》り――

潮干玉の意図を悟った隼人は、反射的に自分の意識を閉じた。潮の流れが滞る。

「人柱か、おれは」

潮干玉は、潮満玉《しおみつたま》を再現させるために、隼人の生霊《ムスヒ》を必要としていた。

若狭《わかさ》の沖で、鷹士らの命と引き換えに己のすべてを差し出すと、取り下げることのできない誓いを立てたのは隼人自身だ。

「いますぐ、ってことじゃ、ないよな」

生霊の環流を拒まれた潮干玉の神気がゆらゆらと漂い、結界の中で揺れた。

隼人は顔を上げて、焚き火の向こうの水平線を眺めた。闇に溶けて肉眼では見えないその果てを、青白くほのかに揺れながら、流れてゆく光跡が見えた。夜光虫の群れであろうか。

目を凝らして見ると、それは波の上を滑るように進んでゆく無数の人影であった。隼人はぎょっとして、腰を浮かした。

気の涸れ果てた夜に、闇道《くらきみち》より湧き出ずるという、冥霊《クラヒ》の群れだ。

これを視《み》るのを怖れて、ひとびとは冬至の夜は外出しない。破魔や避邪の術を知らなければ、冥霊に連れてゆかれてしまうからだ。隼人は、その中に忍熊《おしくま》の巨体を見たと思った。山吹は四肢を踏ん張って、激しく吠え立てた。

「山吹、静かに。かれらの注意をひくな」

隼人は厳しく命じると、避邪の呪文を唱えながら冥霊の行列を見送った。その列には、鷹士も惣武《そうぶ》も、真坂《まさか》もいない。志賀坂《しがさか》御子の姿もなかったことに、隼人は安堵《あんど》した。

隼人は冥霊のために祈った。いつか陽道《あかきみち》を見出《みいだ》し、気が満ちてふたたび生霊としてこの暖かき世に生まれ出でんことを。

長い長い行列の終わりに、隼人はそこにいるはずのない人影を視て愕然《がくぜん》とした。

「たか――」

隼人は両手で口を押さえた。潮干玉が手から滑り落ちたことにも気がつかず、呆然《ぼうぜん》と立ち尽くす。

その人影は、青と白だけのほかの冥霊と違い、薄紅の淡い光を放っていた。透き通った冥霊たちの流れを遮るように立ち止まったその影は、ゆっくりと隼人の立つ浜辺へと顔を向けた。

隼人は、金縛りに遭ったように硬直した。

蒼《あお》ざめた高照が、隼人にはかない笑みを見せた。形の良い唇が動き、言葉を紡いだ。隼人はその懐かしい、やわらかく美しい声を聞きたいと切望したが、浜に打ち寄せてくるのは、遠い海の底からどよもす海鳴りだけであった。

冥霊の行列が水平線の彼方《かなた》に消え去り、あたりが霜で真っ白になっても、隼人は自分の目に映ったものが信じられずに小刻みに震え続けた。

爪で引っかいたような繊月が、空に低く浮かんでいた。東雲《しののめ》が紫に染まり始めて、ようやく隼人は我に返った。

人の一生に一度か二度しか巡り合わせることのない、月と太陽がともに再生を迎えるめでたい朔旦《さくたん》の冬至に、なんという不吉な幻を見てしまったのだろう。隼人は避邪のまじないに続けて、新年の寿詞《よごと》を唱える。

埋火《うずみび》のそばの酒瓶を拾い上げ、半分を地にまいて大歳神《おおとしのかみ》に捧《ささ》げる。残りを一気に飲み干せば、体の内側からじわじわとぬくもりが広がる。

潮干玉を拾い上げようと隼人が身をかがめると、曙光《しょこう》を浴びて砂利の中に青く煌《きらめ》くものがあった。膝《ひざ》をつき、きらきらとした青と緑の錆《さび》に覆われた拳《こぶし》大の石を拾い上げる。

「これは――藍銅鉱《らんどうこう》だ」

養父の工房にあった、風化の進んだ原鉱石の標本とそっくりだ。隼人は驚いてまわりの山々を見回した。

「銅の鉱脈がこの山のどこかにあるんだ」

言葉にしたとたんに胸が熱くなる。藍銅鉱を握りしめ、隼人は久慈の方角に向かって叫んだ。

「見つけた。とうとう見つけたぞ。おれの言ったとおりだ。おれたちに必要なものは、みんな地母神がくださるんだ。ただ、自分で見つけないといけないだけで」

隼人は、有頂天になった。膝をついて、さらに緑青を帯びた石が落ちていないか、必死で探し求めたが、鉱石らしきものは見当たらなかった。

それから、毎日のように、鉛色の空が低く垂れ込め、寒風が吹きすさび、雪まじりの波頭の砕ける浜へ通った。無数の石を検《あらた》めたが、藍銅鉱も、風化の進んでいない黄銅鉱《おうどうこう》も見つからなかった。隼人は海に注ぐ川を見つめ、拳を固めてつぶやいた。

「銅はある。もっと上流へ行けば、きっと。春になれば」

やがて平地もすっかり雪に埋もれ、仕事も減ってきた。山に入ることもできなくなり、隼人は藍銅鉱の塊をもてあそびながら、炉に燃える火を眺めて過ごす時間が増えた。

藍銅鉱は、大地が川に削られ、水に流されて転がり出てきたものだ。その鉱床は、深く広大な森の、鬱蒼《うっそう》と生い茂る木々の根と土、その下にある岩盤に守られている。銅の眠る鉱床まで掘り下げるのに、足馳《あしはせ》の猟場や、山人が命を繋《つな》ぐ栃の森を掘り返さねばならない。

覡《げき》の修行も続けるいま、森や山河に神々が棲《す》むことは、隼人の皮膚の下に血が流れているのと等しく真実であった。その神々の坐《いま》す山を崩すことへの畏怖《いふ》から、藍銅鉱を見つけた喜びも、いまはすっかりしぼんでいた。

炉の炎は、隼人に冬至の夜の光景を思い出させる。

隼人にほほ笑みかけてきた高照の幻は、なにを語りかけていたのだろう。高照の唇の動きを思い出そうとしても、鮮明に思い描くことができない。

あれは、とても切羽詰まった虫の知らせだったのかもしれないのに。

戸を叩く音に、隼人は腰を上げた。郷長が愛想笑いを浮かべて、食糧は足りているかと訊ねてきた。隼人が自炊するようになってから、娘を寄越《よこ》さなくなっていたが、この日は冬至と春分の中間にあたる日の祝い飯だといって、自ら持ってきた温かな小櫃を渡した。

この土地では、春を前に豪雪が吹き荒れる時季であり、海はいっそう時化《しけ》る。吹雪の日は外に出ず、雪が融けるまで郷の外にも出ないように忠告しに来たのだ。

小櫃の中には、豆と鮭を入れて炊いた赤米飯に、何かの木の葉にくるまれた栃餅も添えてあった。稗《ひえ》と豆の粥、干し魚に蕎麦粉《そばこ》の湯ばかりであった冬の毎日に、嬉《うれ》しい味と色彩の変化だ。

隼人は屋内に戻り、小櫃を脇に置いて鯨革の小物入れから中身を取り出して並べた。小物入れの底に小さくたたまれてしわだらけになった麻布を見つけて、床の上に広げる。美野の主計司《かずえのつかさ》が、漢鏡の背面に鋳られた詩句を炭で刷りだし、持たせてくれた布だ。隼人は羽の一対をもがれたトンボが、尾を真ん中から横へ曲げたような印に指を沿わせた。

「これは『おもう』とかいう意味だったかな」

小櫃を見つめてよだれを垂らす山吹に話しかける。

「この、足が三本生えた鍋《なべ》と蓋みたいなのは『みやこ』とか『まほろ』という意味だ。『みやこをおもう』。はじめの句は『うるわしき故郷を想う』、だ」

隼人はくすりと笑った。

「『想う・故郷』、か。大陸の言葉は並べる順番が逆なんだな」

隼人のまぶたに、阿古の里、阿曾《あそ》の幽遠な山並みと噴煙、隈《くま》の深い紺碧《こんぺき》の海、日向灘《ひむかなだ》の茫漠《ぼうばく》とした蒼《あお》い海原が蘇《よみがえ》る。父と兄と働いた工房、家族で炉を囲んでの団欒《だんらん》。灼熱《しゃくねつ》の太陽と棕櫚《しゅろ》の葉の下を、友人たちと歩いた南久慈の旅路。

阿曾の外輪山を囲む原生林で、異民族とのかかわりを拒み、太古の掟《おきて》を守り続ける異形の部族、土蜘蛛族の存在までも懐かしい。

胸を刺し、鼻の奥に込み上げる痛いほどの郷愁。

隼人は息を深く吸い込み、次の文字に指を置いた。縦長の箱の中に、三本の線。その下に短い足が四つならんでいる。

『願う』という意味だ」

次に、縦に三本並んだ線は『永遠』。次にまた羽をもがれたようなトンボ。汚れた指先で一字ずつ追ってゆく。

「願う、とこしえ、おもい、たえる、ないこと」

うるわしき故郷を恋い慕う
願わくは、想いの永遠に絶ゆるなからむことを

久慈の言葉に置き換えたとたんに、涙がとめようもなくあふれだした。望郷の念は、息もできないほどに隼人の肺とはらわたを締め上げる。

隼人は、たった十二個の記号が、正しく読むことすらできない文字が、これほどまでに心を乱し、肉体にまで苦痛をもたらすことに驚き、書き言葉の持つ魔力に慄《おのの》いた。

高照が鏡を受け取ったときにためらったわけを、初めて理解する。

巫覡たちは、布や器物に記憶を封じ込め、言霊《ことだま》を縛りつけ、誓いで御魂を縫い閉じる『文字』というものを、ひとの身には強すぎる呪術とみなし、邪法として触れることを禁じていた。

隼人は震える手で、詩句の書かれた麻布を火にくべた。

炎は文字を舐めるように燃やしてゆく。文字に封じ込まれた記憶も言霊も、無に還《かえ》ってしまえばいい。しかし、文字は炎にもてあそばれる灰となって、隼人の目の前を虫のように羽音を立てて飛びまわった。

目を閉じると、懐かしい森や海を背景に、もういちど会いたいひとびとの顔が鮮明に浮かび上がる。久慈も秋津も、どこもかしこも水と緑に輝き、うるわしくない場所などない。

ひとの祈りの永遠に絶えることのないように、いつまでも、隼人のいるときも、隼人が去った後も、そのままの美しさで、とこしえにそこに在り続けてほしかった。

隼人は潮干玉に話しかけた。

「神霊とは、なにもかも過ぎ去り、すべてに置き去りにされても、その名を忘れ去られ、依《よ》り代が風に崩れ、砂粒となり果てても、祈るものがだれひとりいなくなっても、そこに在りつづけ、見守り続けるものなんだな」

ただそこに在るだけでは、神々も無力であった。神威を起こすためには、依り代と御魂を結びつける、ひとびとの祈りが必要であった。あるいは、ひとりの強靭《きょうじん》な意志に護《まも》られた堅固な願い、その願いと意志の器である魂そのものが。

「だけど、おれの身命と魂と引き換えに潮満玉を再現させても、おれの願いだけで久慈を護りきれるとは思えない」

鉱脈が見つからなければ、代価を必要とする長脛日子《ながはぎひこ》は戦を繰り返し、奴隷を狩り続ける。志賀坂御子のような慈悲のないあるじのもとで、ひととして扱われることなく、意志も感情も奪われて、命を削られるこどもたちが増え続ける。

隼人が己の魂を捧げ潮満玉と化して神罷《かむまか》り、永久に祈り続けることが、長脛日子の野望を押しとどめる有効な手段になるとは、どうしても思えなかった。

第十五章　不二山麓の再会、日向の凶報

雪をかぶった梅の蕾《つぼみ》がふくらみ、交易の季節が近づいた。

肩近くまで積もった雪が白く照り返す陽光は眩《まぶ》しく、雪溝を流れる融水を見て、ようやく春が来たのかと、隼人《はやと》は深く息を吐いた。

隼人は山の旅に備えてひとふりの短い矛を鋳造した。

北陸から秋津《あきつ》西岸の美野《みの》までは、久慈《くじ》の北岸から最南端までの倍の距離があり、しかも久慈の最高峰、九重《くじゅう》山の倍の高さを誇る山々を、いくつも越えていかなくてはならないという。

さらに山奥の交易路は、春半ばまで雪が残り、熊や狼のほかにも、季節を問わず一つ目やひとつ足のダイボッチがひとを捕まえて頭からガリガリ貪《むさぼ》り食う。ひとを惑わして山奥へ誘い込み魂を吸い取るヤマビコ、滝つぼや川底に引きずり込んでひとの肝を喰らうカワソ、雪の融《と》けない谷に旅人を閉じ込めぬくもりを奪い凍死させる雪娘など、おそろしい魍魎《ばけもの》を数え上げたらきりがない。

「魍魎も恐ろしいが、春先は気の荒い熊が増える。腕のいい猟師を雇っていかないと、命がいくつあっても足りない」

という理由から、春の交易は大人数の隊を組んで山を越えることになっている。

隼人が旅の支度を始めてから、工房は旅立ちを待つ行商や荷を預ける郷《さと》の男たちのたまり場になっていた。

酒で顔を赤くし、持ち寄った足長蟹の甲羅や脚を、殻ごと炉の湯にくぐらせては、抉《えぐ》りだした身を魚醤《いしお》に浸して口に運び、話を弾ませた。

出発を前に、隼人はいつかここに立ち寄るかもしれない旅の冶金《やきん》師のために、道具の手入れをした。隼人は工房が維持されることを願う一方で、この山々のどこかに銅が眠っていることは、だれにも話さなかった。

志賀坂御子《しがさかみこ》が、少人数とはいえ隼人らの予想を超えた速さで、淡海《あふみ》まで追ってきたことが恐ろしかったのだ。鉱脈の存在を知れば、長脛日子《ながはぎひこ》は秋津にも兵《つわもの》と戦奴を送り込んでくるだろう。久慈の戦乱を、旅人の善意を疑うことを知らないこの北の地にまで、持ち込みたくなかった。

冬のはじめに隼人を救ってくれた足馳《あしはせ》の山人《そま》が、深山の雪融けを知らせに郷を訪れ、隼人はこの春の最初の交易商人たちとともに旅立った。

さんざん魍魎や猛獣の恐ろしさを説かれた旅路だが、雪融けの険路そのものに、隼人の想像を超えた難渋を強いられた。重い荷を担いで、急峻《きゅうしゅん》な山路を速く長く歩けるものではなく、旅の疲労を癒《いや》すために、一行はたびたび温泉里に立ち寄った。

ゆるゆるとした日程で、数日後には安曇野《あづみの》という、阿曽《あそ》の外輪山に囲まれた広大な盆地を思わせる平谷《へいこく》に出た。安曇野は四方の山々から雪融けの水が流れ込む河川により、山裾《やますそ》近くまで広大な湿地が広がっており、集落はひとの住める高台や傾斜のゆるやかな山間《やまあい》に散在していた。

それぞれの集落でも、交易のために数日ずつ滞在した。

交易の品目が入れ替わり、高地からも雪が消え、薄紅から濃桃までさまざまな樹花の咲き乱れるなか、険しく狭い谷を抜けて視界の開けた低地に出た。

科野《しなの》平谷の半分を占める洲波湖《すはこ》の彼方《かなた》に、蜃気楼《しんきろう》のように円錐《えんすい》形の蒼い山頂が浮かんでいた。頂から中腹まで雪をかぶり、なだらかな傾斜が左右におりて春の霞《かすみ》に溶けてゆく。

その幻想的な姿に、隼人は息を呑《の》み、思わず叫んだ。

「不二《ふじ》の山」

すると、まるでかれらに見られたことに気がついたかのように、すうっと白い雲がかかって、不二の山は見えなくなってしまった。

唖然《あぜん》とする隼人に、交易仲間はまるで自分の持ち物でも自慢するように言った。

「霊峰不二は大八洲《おおやしま》で一番高い山だ。大陸の加羅《から》にも、あんな高い山はないというしな」

隼人は冬至の夜からの憂鬱《ゆううつ》を、この瞬間だけは忘れて興奮した。

「秋津に来たら、あの山に登ろうって、ともだちと約束してたんですよ。そのために久慈を出てきたのに、こんなに不二の近くまで来られたのに、あいつがいないなんて」

目を輝かせて話す隼人に、仲間たちは顔を見合わせ、失笑した。

「隼人、あの山にはだれも登れない。登るどころか、裾野の樹海には、人間嫌いの神々や、おそろしい獣や魍魎《ばけもの》が棲《す》んでいるんだ。樹海に入って生きて帰ったものはいない」

隼人は肩を落とした。どのみち、いつか世界の果てを見に行こうと話し合った友人はいまここにいない。

この春、隼人は数えで十五になっていた。腕に通したときはゆるゆるだった貝輪が抜けないほどに、いつの間にか隼人の手は大きく、腕も太くなっていた。

不二の高嶺《たかね》は、谷や山の向こうに隠れては現れ、険しい峠を越え、渓流を下りゆくその目印のように、常に空に浮かんでいた。霧や雨雲で壮美な頂《いただき》が見えないと、正しい道を歩いているのか、正しい川筋を選んでいるのか不安になる。

隼人は、襞《ひだ》を折り重ねたような山々がどこまでも続き、何日歩き続けても反対側の海にたどり着くことのできない秋津の広大さに呆《あき》れた。

ついに不二の裾野である広大な山均《やまなし》の盆地に出た。至近に迫った不二の雄姿を見上げた隼人は、一年以上も前に、鷹士《たかし》と交わした言葉を思い出した。

――だれも行き着いたことのない世界の果てを、自分たちの目で見てみないか――

久慈から失われてゆく楽土に代わる天地を、天をも突くという不二の頂に登れば、みながら争わずに住める邦土を見つけることができるのではないか。

しかし、ひとの侵入を拒む厚く広大な原生林の裳裾《もすそ》を広げ、虚空に聳《そび》える不二へと一歩一歩近づくにつれ、隼人はひとびとの争わぬ楽土を見出《みいだ》すことは、不二の頂を目指すことと等しく不可能なことに思えてきた。

秋津の東海や北陸は、久慈の戦など想像もできないほど平和であったが、どれほど深く険しい山を越えても、久慈の交易品はやりとりされていた。

地母神の宣託では、秋津にも王が立ち、戦乱の時代が来るという。逃げ場はどこにもない。

やがて、一行は淵無川《かまなしがわ》と笛吹川《ふえふきがわ》が合流する不二川《ふじがわ》の郷に着いた。

不二川の舟付は、交易の季節の到来で祭のように賑《にぎ》わっていた。

郷には柵《さく》も環濠《かんごう》もなく、櫓《やぐら》への昇降も自由だという。櫓上の男たちは、賊の襲撃ではなく水路や川の増水を監視しているのだ。何気なく櫓を見上げた隼人は、櫓の上からこちらを見おろす人影を目にしたとたん、周囲の雑踏も騒音も聞こえなくなり、呼吸すら忘れた。

山吹《やまぶき》が隼人と同じように櫓を見上げ、激しく吠《ほ》えた。

その青年は、呆然《ぼうぜん》と見上げる隼人に片手を上げ、そこから動くなと手ぶりで示し、櫓から姿を消した。急な角度で柱にかけられた、丸木の樹梯《はしだて》を滑るように降りて、途中からひらりと地面に飛び降り、駆け足でこちらにやってくる。

袷《あわせ》の上着に筒褌《つつばかま》、鹿革の胴着姿は昨日別れたばかりのように、記憶と変わらない。ただ、細面の輪郭に精悍《せいかん》さが増し、うしろでひとつにまとめた髪は背中まで伸びて春風にあおられていた。細く切れ上がった目尻《めじり》が心なしか下がっているのは、笑っているせいか。隼人の前で立ち止まり、右手を隼人の額に置いた鷹士の最初の言葉は「前髪をおろしたのか、背が伸びたな」であった。

その懐かしい声を耳にしたとたん、隼人は重たい荷を背負っていることも忘れて、鷹士の肩にとびついた。荷物ごと隼人を受け止めた鷹士は、「無事だったか」と繰り返しながら、どこも欠けていないことを確かめるように、隼人の頭や肩を叩《たた》いたり撫《な》でたりした。

「鷹士か！　ほんとの、ほんものの、鷹士か。生きてたんだ、生きてたんだなっ」

夢でも幻でもない。実体も体温も確かな友人に触れて、隼人の目に涙があふれ、嗚咽《おえつ》がこみ上げる。

隼人は両手を鷹士の頬にあてて、その刺青《いれずみ》がいたずらに緑青で描かれた模様でないことを確認するかのように、なんども指でこすった。その指先が濡《ぬ》れる感触に、隼人は鷹士も泣いているのかと目をみはった。しかし隼人の髪をくしゃくしゃにしながら「相変わらず、よく泣くやつだ」と笑う鷹士の顔をしっかりと見たくても、視界が歪《ゆが》んで滲《にじ》み、周りもはっきり見えない。

その周りを山吹が吠えながら跳び回る。自分も間に割り込もうと後脚で立ち上がり、ふたりの顔を舐《な》めまわすなど、三つ巴《どもえ》の大変な騒ぎであった。

「背は伸びたが、中身は変わらないな。とにかく、おれの泊まっている伏屋《ふせや》に来い」

啞然としてかれらのやりとりを眺めていた連れの行商たちとは、隼人はそこで別れた。

鷹士の滞在する伏屋は円形で、台状に高く盛った土に竪穴《たてあな》を掘った造りだ。安曇野や科野もそうだったことを思えば、河川が多く湿地帯が低地の大半を占める盆地では、このようにして増水期の浸水を防ぐのだろう。美野の赤丹《あかに》焼の食器や、壺《つぼ》などの交易品が隅に積み上げられているほかは、荷物も少なく片づき、生活感はなかった。

「ここは若飛虎《わかひこ》が美野の交易人のために所有している伏屋だ。倉庫も兼ねている」

鷹士は炉の灰をかいて熾《お》き火を熾《おこ》した。鷹士の淹《い》れた野草茶を一息に飲むと、隼人は落ち着いてきた。

「さて、おまえから話すか、それともおれから話そうか」

横木から吊《つ》るした鹿の燻製《くんせい》肉を、大きく削《そ》ぎ落として山吹に与えながら、鷹士が訊《たず》ねた。隼人は鷹士の話を先に聞きたがり、鷹士は隼人の前に腰を落ち着けて話し始めた。

「志賀坂御子をふりほどいても、鞘《さや》の留め帯が水を吸って、剣を抜き捨てることも鞘を帯から解くこともできず、浮かび上がれなかった。さすがにこれまでかと思っていたところ、渦潮のような流れに吸い込まれた。気がつくと底だけの刳舟《くりぶね》の上で、惣武《そうぶ》に水を吐かされていた。櫂《かい》もなく外海に流されて、雨水で渇きを癒しながら漂っているうちに、通りかかったサワト島行きの船に助けられた。すぐに島から秋津に渡り——」

その後の鷹士のたどった軌跡は、足馳《あしはせ》の猟師が推測した通りだった。イトイ津よりもさらに北のコシノ津に上陸した鷹士は、惣武とともに秋津の北部を横断して、東岸のサガミ湾に出、海路で美野へと戻った。美真樹《みまき》らと再会したのちふたたび若狭《わかさ》へ向かい、隼人や志賀坂御子の消息を尋ねて歩いた。

「ノット岬で隼人らしき少年を見たという噂を聞いてひと安心したものの、若狭に戻らずに北へ向かったという。漂流していたときに、北からの船とすれ違ったから、噂でも聞いておれを捜しに行ったんだろうと見当はついた。北陸から日向《ひむか》へ戻るとしたらこの陸路と聞いて美野へ引き返し、雪が融けてからここに来て隼人を待っていた」

「鷹士はすごいな。おれがノット岬でもたもたしている間に秋津を一周したのか」

鷹士がひと夏で移動した距離とその速さに、ほんとうに母方を通して足馳の血を引いているのかもしれないと隼人は思った。

「惣武がいたおかげで、たいていの危険や困難は向こうが避けて逃げる」

と鷹士は笑いながら、惣武の剛力や、人の好さが旅の困難を軽くした経験を話して聞かせた。

「でも、なんでここで待ってたんだ。不二川だけが交易路じゃないだろ。すごく険しいけど、安曇野から美野へ直接ぬける近道もあるって聞いたし、鷹士は北路を通って、もっと東寄りの海路で美野へ戻ったんだろ」

長大な秋津島の西と東は峻嶮《しゅんけん》な山脈や山岳に隔てられ、ほぼ全土の森林と山嶺《さんれい》が人間の侵入を拒んでいる。そのため、美濃と若狭より北の秋津では、西岸から東岸への交易路は、ひとの越えられる峠と峠をつなぐ、三道のみが知られている。隼人がたどってきたのは、そのうち真ん中に位置し、不二の裾野に出る科野山均《しなのやまなし》道であった。もしも隼人がさらに秋津の東に出る北道か、美野に近い西道をとれば、すれ違う可能性もあったのだ。

隼人の疑問に、鷹士は淡い笑みを浮かべた。

「不二の山祇《やまつみ》を祀《まつ》る一の宮が、不二川の郷にある。隼人は不二の山に登ってみたかったのだろう？　隼人なら、きっとここへ来るだろうと思った」

虚を衝《つ》かれて、隼人は口を半分開けたまま絶句した。その唇が震え、小さく「覚えていたんだ」と消えそうな声でつぶやいた。

「残念ながら、登頂は無理なようだ。不二の大山祇《おおやまづみ》は、人間はおろか他の神々が踏み込むのも許さないという。禁忌を犯して樹海に踏み込めば、神罰によって方角を失い、飢えて死ぬまでさまよい続けるのだという。祟《たた》りを怖れて、樹海の奥には山人さえも住んでないそうだ。宮の巫覡《ふげき》らには神々の領域だから冒すべからずと叱られた」

八紘《はっこう》の果てを見るための登山計画は、始める前に早々に頓挫《とんざ》した。

隼人は気を取り直し、鷹士と若飛虎が交わした契約について問いただした。鷹士は少し首を傾けて、あごをかいた。

「三年の間、おれが若飛虎に剣をもって仕える条件で、志賀坂を追う手助けを得た」

「鷹士の三年？」

「北久慈の戦を見てきた若飛虎は、地母神の預言『王の時代』を真剣に憂慮している。美野の衛士《えじ》で、大きな戦を経験したものはいない。衛士を訓練したり、いざというときは先頭に立って戦い、必要であれば闇に乗じて邪魔者を葬ることのできる人間が、若飛虎には必要だ」

隼人は口を開けたまま、鷹士の顔を穴があくほど見つめた。

「それじゃっ、津櫛《つくし》にいたのと変わらないじゃないかっ。龍玉を手放したのはおれなのに、鷹士だけが代償を払うようなっ、そんなばかな取引があるかっ」

顔を赤くして詰め寄る隼人に、鷹士は平然とぬるくなった笹茶でのどを湿らせた。

「言えば、おまえは承服しなかっただろう。事実、おれたちにはこの身ひとつしか、差し出すものはなかった。龍玉とおまえは久慈に帰さねばならんし、しばらくは久慈に帰れないおれが美野に残るのが最善だろう。それに――」

そこでいったん言葉を切った鷹士はためらい、唇を舐めてから打ち明けた。

「若飛虎に仕えれば、もう長脛日子から逃げなくてもすむ」

もの言いたげに口を尖《とが》らせる隼人を手で制して、鷹士は続けた。

「津櫛は豊かな邦《くに》だが、美野からは遠い。戦を直接しかけてくることはないだろう。それに――」

ひと呼吸入れた鷹士は、ふっと笑みを浮かべた。

「おれは、美野宮処《みやこ》と、若飛虎が気に入ったんだ」

隼人は啞然とした。

「なんだよそれ。斎島《いっきしま》に家をやるって言われて、釣られたのか」

「それもあるが、若飛虎は血筋だけで国主《くにのぬし》になったのではない。美野宮処の大人《うし》衆の推薦と、巫《かんなぎ》の占《うら》が一致して、選ばれて国主に就いた。もし若飛虎の判断が美野宮処に災いをもたらせば、ほかのものが国主に代わる。秋津では民だろうが貴人だろうが、他郷者でさえ、美真樹のように力があればそれなりの地位につける」

確かに、秋津は北久慈ほどには貴人と戸民の間に隔たりがない。惣武の家でも、久慈では雑奴《ぞうど》にあたる下働きはいたが、気安い口をきき、居るも去るも自由であった。南川島では、貴人とすれ違っても戸民らは道を譲って会釈をするくらいで、北久慈のようにいちいち道端に下がって土下座することはなかった。

だからこそ、隼人が出会いがしらにぶつかっても、若飛虎は自分のほうから不注意を詫《わ》び、雑踏で見知らぬこどもに袖《そで》を引っ張られた主計司《かずえのつかさ》は、苦笑だけを残して立ち去ったのだ。

「まあ、美野はいいところだよな。鈴《すず》も、毬《まり》も、惣武もいるし」

そこはかとない敗北感に打ちのめされて、隼人はそうつぶやいた。

「鷹士は美野で出世して、国主にでもなりたいのか」

鷹士はおもしろい冗談でも聞いたように、声をだして笑った。

「いや、おれもいつかは久慈に帰る。実力で美野を治めている若飛虎について治政や交易を学べば、やがて日留座《ひるのくら》を継がれる比女《ひめ》のために、剣以外のことでもお役に立てるだろう」

津櫛の比女は穏健な母神派の御子《みこ》であり、北久慈の平和を願うひとびとの希望でもあった。とはいえ、鷹士には美野で平和に暮らせる道もあるのにと、隼人は憂いを顔に出した。

若飛虎に仕えるのならば、鈴と美野に落ち着かないのか、と訊《き》こうとした隼人だが、口を閉じる。隼人がイトィ郷で望郷の念に苦しんだように、鷹士も津櫛に帰りたいのだと思いが及んだのだ。

「じゃあ、また久慈で会えるな」

隼人が笑顔を返すと、鷹士は「もちろんだ」と即座に応《こた》えた。

ひととおり話がすんだところで、鷹士は炊甕《たきがめ》を炉に据えて、水に浸《つ》けておいた黒米を炊き始めた。切り分けた鹿肉に塩山椒《さんしょう》をふり、つくし汁と春の山菜の塩茹《ゆ》でを添えて、ふたり分の膳《ぜん》を調えた。山の芋と野鳥のゆで玉子、蕗《ふき》の煮物は、出汁《だし》に使った貝紐《かいひも》の旨《うま》味《み》を吸い込んでいた。脚のついた底の浅い美野焼の赤皿に、炊きあがった紫色の飯を盛り上げ、筍《たけのこ》の塩漬けを添える。

「ずいぶんと、いい待遇だな」

「調度がいいのは、美野びとがここで商談もするからだ。おれの食器というわけではない」

「そうじゃなくて、このごちそう、鷹士が作ったのかって」

米の炊き方が毬の家と同じらしく、ふっくらと炊き上がっている。煮物も、毬の家で食べたのと同じ味付けだ。隼人がそう言うと、鷹士は面映《おもはゆ》そうに笑った。

「隼人が毬の家の飯がうまいと言っていたので、教えてもらった。たしかに、籾殻《もみがら》や芯《しん》が残らないのはいい。野営では生煮えの米を食べさせて、隼人には悪いことをした。カウマ族は米の炊き方をよく知らなかったようだ」

毬に米の搗《つ》き方や炊き方、料理の味つけなどを教えられている鷹士を想像して、隼人はこみ上げてくる笑いをこらえる。

「いや、野宿なんて、腹さえふくれればいいから、気にしたことないけど。鍋《なべ》も小さいから、乾豆とか、乾飯の戻したので充分だしな。おれなんか冬の間中、炊甕は使わずに煮甕ひとつで適当な雑炊ばっかり食ってた。祭でもないのに、米の飯が食えるのって、ありがたいよな」

と、隼人は蕎麦《そば》がきや雑穀、堅果が主食であった秋津北岸の暮らしを思い出す。

その後は、隼人の冒険を語りながら食事を終えた。

翌日には不二川を下った。中流で一泊するために舟を降りた隼人は、夕陽に染まる不二の勇姿を見上げて深い溜息《ためいき》をついた。

「どうした、隼人」

「神であることって、どんな感じだろう、と思って」

急に感傷的なことを言い出す隼人の顔を見つめて、鷹士は話の続きを待った。隼人は冬至の夜からひとりで抱え続けてきた想いを一気に吐き出す。

「ひとの命の輪から外れて、自分がどんな風に生きて死んだかってことを覚えている人間が、みんな逝ってしまったあとでも、ずっとずっとそこにいるってことがさ。あの不二の山のように、だれも覚えてない太古の昔から、だれも見たことのない未来永劫《えいごう》のその先まで、ずっと不動で不変のまま。もしも、この大八洲から不二を見上げて感動する人間がひとりもいなくなっても、それでもそこに居続けないといけないんだ」

　鷹士は不二の高嶺を見上げてから、隼人の真剣な顔に視線を戻した。隼人は鷹士の返答を待たずに続けた。

「神宝も同じことなんだよ。神器に宿る神霊は、永劫の彼方までそこにあり続けるんだ。その神宝がなんのために地上に顕《あらわ》れたのか知っている人間や、神威を引き出せる人間がこの世からひとりもいなくなっても。永遠にこの地上に存在し続けなくてはならないんだよ」

　無意識に腰の物入れに置かれた隼人の手を、鷹士は気遣わしげに見つめた。

「潮満玉《しおみつたま》が見つかったのか」

　隼人は上目遣いに鷹士を見上げ、右の拳《こぶし》を胸に当てて小声で応えた。

「まだ形には顕れてないけど、潮満の御魂《みたま》は凝り始めている。おれのなかで」

　眉間《みけん》にしわを寄せ、目を細める鷹士に、隼人は言葉を選びながら説明した。

「潮干玉《しおひるたま》だけにしておくと、雨季でも雨が降らなくなる。霊力を環流させられない人間が持つと、体の潮を吸い取られて命取りだ。志賀坂御子が潮干玉を持ち歩いていたとき、一日中水を飲んでいたけど、肌はカサカサで髪もどんどん艶《つや》がなくなっていった。だけど、おれは潮干玉を持っていても平気だし、潮の操り方も少しずつだけど覚えてきた。

おれ自身が、潮干玉の環流に応えて潮満玉の働きをしているんだよ。そのうち、潮満玉の御魂に呑み込まれて、おれはひとでなくなるのかもしれない」

隼人は鷹士の細い目をじっとにらむように見つめた。

「若飛虎に言うか？　おれを捕らえれば、海を制することができるかもしれないと」

鷹士の瞳《ひとみ》には憂いが浮かんだ。

「だが、おまえは冶金師になりたいのだろう。家族を取り戻して、一緒に暮らしたいのではないか」

隼人は大きな目を丸くみはって、鷹士の顔を見つめ返した。鷹士は溜息を吐くように言葉を継いだ。

「ひとであろうとなかろうと、隼人は隼人だ。自分の望むように生きればいい」

隼人は詰めていた息を吐いた。緊張がほぐれ、肩の力が抜けた。

なにがあっても、なにを知っても、自分を裏切らない友人がいる。そのことが、ただひたすらに、ありがたかった。

スルガ湾を望む稲島《いなじま》の舟付に着いた隼人は、さらに懐かしい顔と再会した。赤い染料をふんだんに使った貫頭衣の巨漢が、川辺の舟津でかれらを待っていた。山吹は主人に再会した喜びに尻尾《しっぽ》をちぎれるほどに左右にふって駆け寄り、飛びついた。

「ほんとうに、惣武なのか」

隼人が目を丸くして訊ねた理由は、惣武の頭に豊かな黒髪がふさふさと揺れていたからだ。

「鷹士を連れて帰った恩賞ってことで、昔の乱暴の罪を赦《ゆる》されました。髪を伸ばしてよくなったんですよ。しかも、衛士の列に加えてもらえたんです」

確かに、惣武の着ている衣の色柄は、美野の衛士の甲冑《かっちゅう》と同じ意匠だ。この巨体に甲冑では、仰々しすぎるという判断だろう。

「迎えはいいと言っただろう。すれ違ってしまったら、目も当てられない」

口調は素っ気ないが、出迎えは喜んでいるらしく、鷹士は惣武のむき出しの前腕を軽く叩いた。しかし、惣武は真面目な顔で言った。

「いえ、出迎えじゃないんですよ。日向からの春一番の交易船が美野に着いて、隼人に日向の日留座《ひるのくら》から急ぎの伝言を預かってきました。どこにも寄り道をせずに、大至急日向の大郷《おおさと》に帰還するようにとのことです」

「なぜそんなことをわざわざ。もともと春には帰る予定だ」

不思議そうに問い返したのは鷹士であった。

「高照《たかてる》比女というお方が危篤だそうです」

隼人は鉄の爪に心臓を鷲摑《わしづか》みにされたように、息ができなくなった。鷹士が事情を問い詰めるのが、ひどく遠くに聞こえた。

「冬至のひと月くらい前に禁呪《きんじゅ》を行って、心を失われたとか」

「高照が禁呪に手をだすはずがない」

鷹士の反論が、隼人の耳に虚《うつ》ろに響いた。冥霊《クラヒ》の列とともに闇道《くらきみち》を渡りゆく高照の姿が脳裏に蘇《よみがえ》る。

「神宝を使わずに死返術《まかるかえしのじゅつ》を行ったとか。しかも術をかける相手が遠く離れていて、遊魂術を同時に使ったために、魂離《たまが》れを起こしたまま眠り続けているそうです。日向では生玉《いくたま》を使い、蜜《みつ》水を含ませて長らえさせていますが、このままでは衰弱するばかり。夏までもたないだろうということです」

隼人はかすれた声を押し出した。

「おれのせいだ。潮流を操り損ねて舟を失くして、海辺の森で迷って凍え死にするところだった。幽明境で自分がだれかもわからなくなったおれを呼ぶ声と、御魂《みたま》ふりの呪言が聞こえた。目が覚めたとき山吹がおれをじっと見ていてさ、饒速《にぎはや》が影すだまを飛ばして助けてくれたんだと思い込んだけど、あれは高照だったんだ。死返《まかるかえしの》玉《たま》も使わずに、双魂のつながりもないのに、高照の作ってくれた護符もつけてなかったのに。幽明境まで追っかけてきて呼び戻してくれたんだ。それで自分が還《かえ》れなくなるなんて。無茶苦茶だ、高照」

小声でつぶやき続ける隼人にかける言葉もなく、鷹士と惣武は黙ってそばに立ち尽くした。

「冬至の夜に、高照が海を渡る冥霊《クラヒ》の列についていくのも見た。ということは、高照はもう逝ってしまったのか。いや、高照が肩にかけていた薄桃色の比礼《ひれ》がほんのり光っていて、ほかの白と青だけの冥霊とちがって、頰も少し赤かった。あのときおれが御魂ふりの呪術で高照を引き止めていたら――」

言葉を切れば、高照との絆《きずな》も断ち切れるのではとばかりに、しゃべり続ける隼人を鷹士が遮った。

「魂離れを起こしても、飲食はできる。神降ろしに失敗して廃人になった巫覡なども、世話を怠らなければ何年も生きるという。隼人が高照の魂を捜し出して連れ帰れば、日留座《ひるのくら》がなんとかしてくれるのではないか」

鷹士が冷静に『廃人』などという言葉を口にしたことにかっとなり、隼人は声を荒らげて言い返した。

「でも日留座でさえ見つけられない高照の魂を、どうやって見つけるんだよ。幽明境で迷っているのなら、日留座にだって呼び戻せるはずだ」

隼人の剣幕に鷹士は黙り込んだ。惣武が隼人をなだめ、三人は、郷の中心からあまり遠くない静かな伏屋へと移動した。

「これも、若飛虎の家なのか」

よく手入れされた藁《わら》葺《ぶ》き造りと、屋内に並べられた美野風の調度を見回して隼人は訊ねた。

「美野の交易商人は、東は犬吠《いぬぼう》から西は日向や加羅も行き来してますからね。大きな舟津や、通道《かよいじ》の交差路にある邑《むら》や郷には、国主が伏屋を建ててくださってるんです。住み込みの鄙守《ひなもり》がいるところもあって、商人たちは交易に専念できます」

差し障りのない話題とともに、惣武に昆布湯を出されてのどを潤すと、隼人はふうっと息を吐いた。

荷を整理し、私物と交易品を分けていくうちに、隼人は荷の三分の一が高照へのみやげであることに苦笑いがこみ上げてきた。特に、イトイ津近辺の河川で採れるさまざまな貴石は、久慈では重宝される。もっとも尊貴な紫の翡翠《ひすい》は高照に似合うだろうと、勾玉《まがたま》に削り暇があれば磨いてきた。

使者の役目を果たした惣武は、翌朝には山吹とともに美野へと発《た》った。長の道連れであった山吹との別れに、隼人は目頭を熱くしてかれらの後姿を見送った。

隼人らは、日向へ直行する船が出入りする、スルガ湾でも大きな舟津へと向かうため、川舟に乗り込んだ。

舟上で真坂《まさか》のことを思い出した隼人は、鷹士に消息を訊ねた。

「真坂は、逃げた。美野の衛士らには、荷の勝った相手だったな」

鷹士は苦々しげに言う。鷹士が他者への嫌悪を表に出すのは珍しい。

「あいつは、津櫛の廻《まわ》し者だ。はじめから、隼人を津櫛に取り込む目的で近づいてきたんだ」

隼人はびっくりした。淡海《あふみ》で志賀坂御子に脅されて、隼人を売ったとばかり思っていたのだ。

「鷹士はいつから気づいていたんだ。知ってたんなら、どうして言わなかったんだよ」

「疑っていたのは会う前からだ。文字の読める人間など、津櫛にも加羅津《からつ》にもそうそういない。そんな人間が山師稼業と聞けば怪しいと思う。旅の間も、日向にいるという妻子のことも話題にしたことがない。だが、おまえが真坂を信じきっていたからようすを見ていた。証拠もなしに追い払えない」

隼人は言葉を失った。

「でも、真坂はいつも親切で、陽気で、いろんなことを教えてくれた。悪い人間には見えなかった」

「真坂はひとを欺くのが本職だ。隼人を手玉にとるくらいわけなかったのだろう」

隼人は背信を予見した日向の日留座《ひるのくら》の骨占《ほねうら》を思い出し、深い溜息をついた。

「高千穂《たかちほ》では追っ手のために時間を稼ぎ、忍熊《おしくま》の待ち伏せ場所までおれたちを誘導した。美野では引き剝《は》ぎを雇って隼人の物入れを奪わせようとした。隼人が龍玉を持っているか、確かめようとしたのだろう。そして志賀坂御子と示し合わせて、息吹《いぶき》でふたたびおれたちを罠《わな》にはめた。最後には隼人を丸め込んで志賀坂御子のところへ連れて行った。あとは、やたらに若飛虎やおれの悪口を隼人に吹き込んでいたようだが――五ヶ瀬《ごかせ》川で鈴釧《すずくしろ》を鳴らしながら歩くように勧めたのも、忍熊におれたちの場所を知らせるためだろう――斎島でおれを糾弾した豊《とよ》の商人も、おれが美野にいられなくするための真坂の差し金だったのかもしれない」

鷹士は真坂の所業を数え上げた。騙《だま》されていたと知っても、気のいい真坂の笑顔を思い出すと隼人は恨む気にはなれない。自分の目と耳で知り得た相手でも、ひとの本性はなかなかわからないものだと、隼人は重い気分で舟を降りた。

海浜の大津へ歩き始め、いくらも進まないうちに、いきなり立ち止まった鷹士の肩にぶつかりそうになる。

「噂をすれば、影を呼び寄せるものだ」

鷹士が吐き捨てるように言った。

隼人たちは、待ち伏せていたらしき四、五人の無頼に囲まれていた。まさかここまで津櫛の追っ手かと、隼人は北陸から熊退治に使っていた古銅の矛を構えた。

「真坂？」

隼人は、石戈《せっか》や石斧《せきふ》を手にした男たちのひとりに、見覚えがあった。ひげは伸び放題、髪は何ヶ月も櫛《くし》を通さずにうしろで束ねてあるだけだ。あらためて男たちを見まわしたが、志賀坂御子はいない。そのことでは隼人はほっとした。

「真坂は逃げたんじゃなかったのか」

すっかりむさ苦しくなった真坂は、粘つく声で叫び返した。

「鷹士を殺すか、龍玉を持って帰らないと、津櫛に帰っても処分されるか雑奴に落とされるだけだ。鷹士が美野を離れてからずっと見張らせていたが、隼人も生きていたのなら都合がいい。これでやっと久慈に帰れる」

鷹士は表情を変えずに剣の鞘を払った。

「こいつらは、戦奴でもないな。地元のごろつきを雇ったか」

「報酬さえもらえば、なんでもする人間はどこにでもいるさ」

「では、命まではとらん。だれに戦いを挑んでいるか、知らないようだからな」

横目で鷹士の顔を見た隼人は、その頰に浮かんだ笑みに戦慄《せんりつ》した。以前は退屈な葦刈《あしか》りのように無感動に賊の首を斬り、戦奴の腹を薙《な》いでいたが、いまはこの状況を楽しんでいるようである。喜怒哀楽が面に表れるのはいいことだが、戦いに喜びを覚えるのはどうしたものかと隼人は心配になった。

鷹士はふりおろされる石戈を軽くいなし、薙いでくる石斧の柄を鉄の剣で叩き割った。ひとりは利き手の前腕に深手を負わされ、もうひとりは膝《ひざ》を斬られて地に転がった。同時に襲いかかるふたりのならず者に、隼人は素早い身のこなしでひとりの脇をすり抜け、長柄の有利さを生かして手斧《ちょうな》を叩き落とし、もうひとりの膝裏を払って盛大に転ばせた。

隼人は口笛混じりに自画自賛の声を上げた。

「覡の修行中も、旅杖《づえ》で型稽古《げいこ》だけは続けたかいがあったよ」

鷹士が隼人の声に気を取られた隙に、真坂は駆け寄って短剣を突き出した。鷹士が真坂の攻撃をかわした瞬間、短剣を握りしめた手首が宙を舞った。鷹士はそこでやめずに、前のめりになる真坂の足首の腱《けん》に刃《やいば》を走らせた。

真坂は、ほかの男たちのように絶叫を上げて転げまわったりはしなかった。這《は》いつくばって歯を食いしばり、血走った目で鷹士をにらみつけた。鷹士は剣についた血をふり払い、真坂の短剣を拾い上げてその刃を検《あらた》めた。

「鳥頭《とりかぶと》の毒だな。これなら武器が劣り、急所を突かずとも、傷さえ負わせれば殺せる。ごろつきどもは囮《おとり》か。どこまでも卑劣なやつだ」

鷹士は短剣を真坂の額に向けた。

「戦でもないのにひとを殺すのは気が向かないが、真坂がいつまでもおれたちにつきまとうのなら、後難を絶つほうが賢明だと思う。どうするか、隼人」

急に問いかけられて隼人は焦った。

「お、おれが決めるのか、真坂を殺すかどうか？」

「安心しろ、手を下すのはおれだ。おれは生まれて初めて心からひとを殺したい気分になっている。殺しは一年ぶりだから、一撃で始末をつけるには勘が鈍っているかもしれん。鳥頭の毒なら相当苦しむが、それほど時間をかけずに死ねるだろう」

愉快そうな鷹士の声音に、隼人の脇と背中に汗が噴き出した。

「そういう気分で人を殺すのはよくないと思うっ。真坂はしばらくは普通に歩けないだろ。利き手も使えないし。死ぬより、生きる方が大変なんだしさ。さんざん騙してくれたお礼に、もっと苦労してもらわないと」

隼人に視線を向けた鷹士は、歯を見せて笑った。

「隼人にしては残酷なことを思いつく。慈悲はなくとも龍玉の意志を継いで神罷《かみまか》れるものか、見届けたいものだ」

「いや、神になりたいとか、思ってないしっ」

隼人は必死で叫ぶ。生かすのが情けか、ここで息の根を絶つのが慈悲なのかと、考えている余裕などなかった。ただ、鷹士の殺意を鎮めたいだけだった。

「抵抗できない相手を楽しそうにいたぶり殺すなんて、志賀坂を思い出すからやめてくれよ」

隼人の言い分に、片方の眉《まゆ》を少し持ち上げたものの、鷹士は黙って短剣をおろした。

その背に、真坂がつばを飛ばして叫ぶ。

「これで終わったと思うな。志賀坂御子はおまえたちを滅ぼすために、腕の立つ剣奴を次々と美野に送り込んでくるぞ」

鷹士は微塵《みじん》も動じたようすもなく、真坂を冷たい瞳で見返した。

「それは美野の兵《つわもの》の実戦訓練にはもってこいだ。おれも腕がなまらなくてすむ。いくらでも送って寄こすといい」

血を流しながら助けを求める男たちをふり返ることもせず、鷹士は足を踏み出した。

隼人は「真坂、ごめんっ」と小さく叫び、外洋船の集まる舟津へと急ぐ鷹士のあとを、早足で追った。

最終章　滄海の帰路、八潮路の果て

真坂《まさか》による襲撃のために、その日は、日向《ひむか》行きの船には間に合わなかった。天候も穏やかなので、隼人《はやと》たちは舟津の浜辺で夜を明かすことにした。焚《た》き火にあたりながら、隼人は気がかりであったことを鷹士《たかし》に訊《たず》ねた。

「鷹士は、いまでも、剣奴だったときの夢を見ることがあるのか」

高照《たかてる》の編んだ組紐《くみひも》は、いまも鷹士の手首に巻かれてはいるが、ところどころ色褪《いろあ》せ擦り切れている。悪夢封じの護符として効力が続いているかは疑問だった。顔を上げた鷹士の読み取りがたい瞳《ひとみ》には、赤い炎が映って揺れている。

「死者に追われる夢なら、たまに見る」

淡々と答えた鷹士は、隼人が次にかける言葉を考えつく前に、焚き火の炎を見つめながら話し続ける。

「おれは、この手で屠《ほふ》ってきた人間の数を覚えていない。これからも、だれも殺さずに生きていけるのかわからない。戦わなければ、おれが殺されていたのだから、やつらに申し訳ないという気持ちにはならんが、そうやって生き延びてきたということは、忘れてはいけないと、このごろは思う」

「追ってくる死者って、忍熊《おしくま》か」

隼人は背に鳥肌の立つ思いで訊ねる。鷹士はかすかに微笑した。

「忍熊は追ってこない。いつも、前にいる。背中しか見せてくれない。まだ、おれを赦《ゆる》してはいないのだろう。赦されたいとも、思わないが」

隼人は静かに息を吸って、鷹士に語りかける。

「忍熊の話をしてくれよ。鷹士の剣の師匠だろ？　ずっと忘れずに背中を追っていたいほど思い出のある人間なら、ちゃんと弔わなくちゃいけない。冬至の夜、冥霊《クラヒ》の列に忍熊がいたのを見た。まだ地上にいるんだ。もしかしたら、鷹士を心配して闇道《くらきみち》で迷っているのかもしれない。忍熊が生きていた証を語り明かすことで、迷っている魂を送り出すことができるんだ。その、久慈《くじ》の送葬だけどさ」

鷹士はしばらく黙って焚き火の揺れる炎を見つめていたが、柴《しば》を折って火にくべると、やがてゆっくりと話し始めた。

「忍熊とは、戦奴邑《むら》で出会った――」

隼人は戦奴邑にいた当時の鷹士が、まだ見習いだったことは知っていたが、誰が鷹士の師であったかまでは知らなかった。五ヶ瀬《ごかせ》川で死闘を繰り広げた師と弟子が、隼人の知らない時間をどう過ごしてきたのか。

鷹士だけが知っている忍熊の記憶を語ることが、その心に溜まった汚血《おち》を絞り出すことになると隼人は信じた。ゆえに、ときに鷹士が言葉を詰まらせたり、手で顔を覆って黙り込んだりしても、隼人は口をはさむことなく最後まで思い出話に耳を傾けた。

話し終えた鷹士の表情は穏やかで、少しかすれた声で隼人に礼を言った。

「礼なんかいいよ。でも、これはもういらないかな。鷹士にもみやげがあったのを思い出したんだけど」

隼人は膝元《ひざもと》に置いた鯨革の物入れから、鶉《うずら》の卵ほどの、平たい楕円《だえん》の形に磨き上げられた淡紅色の石英を取り出して渡した。

「青海《おうみ》の海岸で、鉱石を探していたときに見つけたんだ。鷹士は丸い石を拾うのが癖みたいなのに、石を撫《な》でたり握ったりしているときは自分では気がついてないみたいで、どうしてだろうってずっと不思議に思っていた」

ああ、と嘆息まじりに低く応《こた》えた鷹士が、丸く艶《つや》やかな淡紅石の石肌に指先で触れるのを眺めつつ、隼人は自分の話を続けた。

「鉱石を探して、浜辺で石を拾っているうちに、わかってきた。すべすべした丸い石を触っていると落ち着くよな。鷹士っていつも平気そうな顔をしているけど、ほんとうはぜんぜん平気じゃなかった。おれだって阿古《あこ》の思い出が大事で、冶金《やきん》師になりたいのも、とうさんたちとの絆《きずな》を手放したくなかったからだ。なのに、下風《しもふ》破《わ》では鷹士にカウマの習俗なんか捨てちまえ、ってひどいことを言ってしまった。ずっと、謝りたかった」

磨り減って刀子《とうす》よりも薄く短くなった養父の銅剣を取り出し、隼人は頭をたれた。鷹士は隼人の話を聞きながら、右の手のひらの中で石を回した。

「石を握る癖は、幼いときにいつか志賀《しが》坂《さか》御《み》子《こ》に投げつけてやろうと隠し持っていた名残だ。怒りや痛みをこらえるのに、握りしめた石に意識を向けていると、やがてなにも感じなくなる。石になれと念じているうちに、なにを言われても、されても、命じられても、心が動くことはなくなった」

鷹士は広げた手のひらに淡紅石をのせて、目の高さまで持ち上げた。

「戦奴邑《むら》に移された当時は、鍛錬に打ち込んでいるときはいいが、見張りや警護に立っていると、死んだ鬼童《きどう》の仲間や大郷《おおさと》のことを思い出して息が苦しくなった。そういうときは、頭も胸も空になるまで石を握るのが、癖どころか習慣になっていたな。それが——」

言葉を探すように、焚き火の炎をしばらく見つめてから、鷹士は口元に微笑を浮かべた。

「予測のつかないことをしでかすおまえにふり回されているうちに、いつの間にか石を拾うことも忘れていた。阿曾《あそ》を出てからは、心が動くようなことがあると不安になり、いつの間にかまた石に頼るようになっていた」

鷹士は奥歯の痛みを嚙《か》み締めるように、淡紅石を眺めた。

「隼人の養父に、隼人を守る代価にと渡された鏃《やじり》だが、どういうわけか温かかった。青銅の鏃なのに温かい。お前の父がずっと胸に抱えて、隼人を守ってくれとおれに頼み込んでいた間、両手で握り締めていたせいだろうが、あのときは金属が温かいということがひどくふしぎだった」

拾った子を慈しんで育てた養父の温かさが、鷹士の硬い殻を融《と》かし、隼人を守り続けた。

「この石も、温かいのだな」

鷹士がそう言って、石を手のひらに転がしてほほ笑んだ。鼻の奥が湿っぽくなった隼人は、少し照れて応える。

「色のせいだと思うけど。火の近くに置いてたし」

「おまえや惣武《そうぶ》の前で隙や弱みを見せても、足をすくわれたり潰《つぶ》されてしまうことはないとわかっているのだが、身に付いた習慣は簡単には消えない。いつ愛想を尽かされても仕方がないとはあきらめていたが、こうしてまた隼人と隔てなくいられるのは、ありがたく思う」

鷹士は、淡紅石を両手で捧《ささ》げ持ち、目を伏せた。隼人は下風破での口論のあと、充分な話し合いもせずにひとりで立ち去ったことを恥ずかしく思った。あのまま再会も和解もできずにいたら、どんなに深い傷を互いの心に残したことだろう。

「鷹士が神妙なことを言うと、なんか調子狂うよ。つらいときに石でいるのが楽ならそれもいいんじゃないか。石だって、焼けば一晩中あったかいしな」

鷹士は穏やかにほほ笑み、淡紅石を自分の鯨革の小物入れに注意深い手つきでしまった。

黙っていると、高照のことを考え、その霊魂がいまどこでどうしているのかと、隼人はどうしようもない焦慮に駆られる。気を紛らわせるため、隼人は美野で知り合ったひとびとの消息を鷹士に語らせた。毬《まり》は今年から祭に参加できるようになったと聞いて、

隼人はほっと胸を撫で下ろした。

それぞれが出会った北秋津《あきつ》の毛人《えみし》や足馳《あしはせ》の話、隼人が体験した覡《げき》の修行など語り合っているうちに、東の空が徐々に白み始める。

「鷹士は、おれは自分がなりたいものになればいいって言ったけど、おれは冶金師にはなれない」

憂鬱《ゆううつ》な面持ちで胸に詰まっていた塊を吐き出す隼人に、鷹士は穏やかに応えた。

「医術の得意な巫覡《ふげき》もいれば、楽奏の上手な巫覡もいる。冶金にすぐれた巫覡がいてもいいのではないか。イトイで冶金をしていたときには、巫病はでなかったのだろう？　神々の意図は測りがたいが、龍玉のことは焦って答を出すな。存分に生きてから、結論を出せばいい」

単調でも平坦《へいたん》でもない、温度のある声と言葉だった。

「鷹士はなんだか、人が変わったみたいだな。表情も、話し方も、わかりやすくなった」

のどを鳴らすような笑い方を、鷹士はした。

「隼人がいなくなって、自分から他人と関わらねばならなくなった。美野では剣より交渉が貴ばれる。衛士《えじ》の指導や若飛虎《わかひこ》の使いなども、相手に合わせなくては仕事にならん。はじめは疲れたが、ここで生きねばと思っているうちに、慣れてきたのだろう」

剣奴の素性を知る美野びとのなかで、自分の居場所を作るために鷹士が重ねた努力を、隼人は想像してみる。

「鷹士が他人に馴染《なじ》まなかったのは、おれのせいなのか」

「おまえは察しがいい。話さなくても通じるのは、楽だった」

隼人は啞然《あぜん》とした。察しがいいというより、鷹士という人間を知っていて気を配っていただけなのだが。

「もう少し楽をしていたかったが、龍玉を取り返すために、若飛虎におれ自身を売り込んだり、志賀坂御子を追い詰めていくうちに、自分で決断したり行動することが、面白くなってきた」

鷹士は手を伸ばして、隼人の肩に手を置いた。

「自分の生き方を、自分の頭で考えることができるようになったのは、隼人のおかげだ」

どこか湿った響きで礼を言った鷹士が、昇る朝日に目を向けて、小さな声で「あっ」と叫んだ。

「どうした、鷹士」

鷹士は旭光《きょっこう》を背後に、黒く影になった湾の東岸を見つめ、意気込んで言った。

「おまえは、覡の修行をしたのだろう？　道返術《ちかえしのじゅつ》については学んだのか」

隼人は意表を突かれた。高照の招魂をしろという意味か。

「あれは巫《かんなぎ》でも難しい高等な呪術《じゅじゅつ》だ。しかも死者の霊を降ろす術だ。高照はまだ生きているんだぞ」

「だから、地上に留《とど》まっている生霊《ムスヒ》を降ろすなら、神宝がなくても、条件さえ整えば可能では、と言っているのだ」

興奮した口調で、鷹士は東南の海岸線を指差した。

「天に風穴の開いた龍窟《りゅうくつ》があのあたりにあると、去年ここを通ったときに聞いたのを思い出した。隼人は潮汐《ちょうせき》は操れるようになったと言ったな。ならば、舟が手配できれば一日でいける距離だ」

海や天に面した洞穴が冥界《めいかい》の入り口であるという信仰は、大八洲《おおやしま》のどこにでもあった。そしてそのふたつがそろっている場所は、陽闇《あかくら》の岐《ちまた》であり、神霊を降ろしやすいと考えられていた。

「でも、引き寄せられる邪霊の祟《たた》りを避けるためには、祭壇や祭具が必要だ。その洞窟の内側には、結界を張れるような地面があるのか」

「干潮で洞窟の底が現れるかどうかは聞いてないが、隼人はその潮干玉《しおひるたま》で洞窟を干せないのか」

「さすがにそこまでは……」

自信なさそうに眉《まゆ》を寄せる隼人に、鷹士がたたみかける。

「碇《いかり》をおろして船に結界を張ればいいだろう。道具なら近くの郷でそろえられる」

善は急げと、郷の市で必要なものを求め、小舟を借りた隼人たちは昼過ぎには浜から漕《こ》ぎ出した。隼人が潮と帆を操り、鷹士が櫂《かい》を漕ぐ。夕方には満潮となった龍窟の貫門《ぬきもん》をくぐり、青い光の降り注ぐ天穴の下に碇を下ろした。

舟べりに沿って八角に張った結界の中心に、白い花をつけた常葉《とこは》の招霊枝《おぎたま》を立て、鷹士の右手首から解いた護符を結びつける。その前に八饌《はっせん》の供え物を並べた。

「でも、ほんとうにいいのか、鷹士に高照が降りても」

前夜に渡した淡紅石を片手に持つように指示し、隼人が磨き上げた紫翡翠《むらさきひすい》の勾玉《まがたま》をもう一方の手に渡して、隼人は不安そうに訊ねた。

「覡が自分に降ろすより、憑坐《よりまし》に霊を降ろす方が無難なのだろう。それに、違う口を使えば高照と話もしやすかろう」

「ありがとう、鷹士」

たそがれどきが近づく。天穴の空が紫に変わり、貫門から差し込む夕陽で洞窟の白い壁が茜色《あかね》に染まるのを待ち、隼人は招霊枝《おぎたま》を捧げ持って警蹕《みさきはらい》を上げた。鷹士の体が無意識に揺れ始めたのを感じとった隼人は、幽明境で高照が唱えていた御魂《みたま》ふりの呪文を唱え始めた。

――ふるべ　ひふみよ　ふるべ　かく祈りせば　あがせこの　死《まか》るとも

数回繰り返しても、まぶたを閉じた鷹士に変化はない。呪文に誤りがあったことに気づいた隼人の額から汗が流れた。隼人は次の繰り返しで言い直した。

――かく祈りせば　あがなにもの　死るとも――

三度繰り返したところで、鷹士は肩を上下させて、深い息を長く吐き出した。薄く開かれた目は深い闇のようだ。唇がかすかに動いているが、言葉を紡いでいるようすはない。

御魂ふりの呪文を中断することなく、隼人は鷹士の唇の動きを見つめた。それは、冬至の夜に冥霊《クラヒ》の行列とともに歩んでいた高照と、同じ口の動きだった。

その口元を注視しているうちに、昨年の春、隼人たちの船出に高照が奉納した舞の、その涼やかな歌声が隼人の耳に蘇《よみがえ》った。

――底意知られぬ海原《わだのはら》　こころのままにゆきかうは　大御《おおみ》神《かみ》の恩頼《みたまのふゆ》
天の八重雲　吹き放ち　大海原《おおわたのはら》　荒潮《あらしお》の　八《や》潮路《しおじ》の果て　根の国　底の国　息吹《いぶき》
放ちて　潮の適《かな》いて
吾が那背《なせ》の君　息吹放ちてむ　汝《な》が那妹《なぎも》　八《や》千《ち》穂《ほ》の乙女――

隼人は雷に打たれたように思わず叫んだ。

鷹士は二度瞬き、ゆっくりと顔を上げて、隼人をにらみつけた。隼人はこの瞬間、鷹士に憑坐を頼んだことを心の底から後悔した。

「せっかく真名を授けても、一年も気がつかない上に、手がかりをなんども見せないとわからないなんて、選んだ相手を間違えたかしら」

男の声で高照そのままの口調が不条理すぎて、隼人は冷や汗が止まらない。

「申し訳ない。帰ったらいくらでも苦情を聞く。とりあえず、その翡翠の勾玉におさまってくれよ」

「久しぶりに現世の景色がはっきりと見えて、隼人と話せたというのに？　招いた霊が去りたがらない気持ちがよくわかったわ」

北陸の森で命を助けられてから六度の月の巡りを、幽明の影として過ごさせてしまったことに、隼人は深い罪悪感を覚えた。

「ずっと、ひとりだったのか。でも、あのとき、どうやっておれを見つけたんだ」

「隼人の旅膳《たびぜん》にかけた玉緒が切れたから、変事が起きたのだと思って、急いで七色の護符をたどったの。そしたら隼人じゃなくて鷹士に行き着いて驚いたわ。間に合わないかと思ったけど、鷹士の持っていた双型の七鉤《ななかぎ》守りに導かれて、隼人の鉤守りにぎりぎりで届いたの。津櫛《つくし》の比女《ひめ》に感謝しなくてはね」

話し方とやたらと顔をしかめる表情、肩から髪を払う仕草も、確かに高照であった。

「とにかく日向に帰ろう。急がないと、高照——その、八千穂の体がもたない」

高照は儚《はかな》げにほほ笑むと、紫翡翠の勾玉を隼人に手渡した。鷹士はそのまま前のめりに棚板の上にたおれる。淡い紫の勾玉は、隼人の手のひらで、それ自体がぬくもりをもっているように感じられる。

隼人の介抱で鷹士が意識を回復したのは深夜を過ぎていた。高照の御魂が戻ったことを知ると、鷹士は満足そうにうなずいた。

「おれが凍えて死にかけたとき、これのおかげで助かったみたいだ」

隼人は鯨革の物入れから七鉤守りを取り出した。

高照がどのように自分の遊魂を隼人の護符に飛ばし、隼人の護符を手首に巻いていた鷹士の鉤守りが、いかにして隼人の鉤守りへと高照を導いたか。幽明境で隼人にからみついてきた金粉の鉤爪が、北陸の森で凍え、幽明の境を越えようとしていた隼人を寸前で引き止めたことを、順を追って鷹士に話した。

鷹士は驚くこともなく自分の鉤守りを出して、隼人のと並べた。鷹士の磨きこまれた鉤守りに比べると、隼人のは色も曇り、緑色の錆《さび》が浮いている。手入れを怠っていた隼人は恥ずかしくなった。

「この鉤守りは、津櫛邦《くに》と豊邦《とよのくに》との軋轢《あつれき》の中で出会ったおれたちが、友になれたことを決して忘れないようにと、比女が同じ鋳型から鋳出させたものだ。隈《くま》に生まれ、豊で育ち、火《ひ》の大郷を救い、日向に久慈の未来を託された隼人が、津櫛の友であり続けて欲しいという比女の祈りが込められている」

隼人は比女の穏やかな笑みを思い出し、熱い想いでうなずいた。

敵の中にも、友はいる。

「日向に戻ったら、津櫛の比女に帰還を知らせろ。おまえの家族と再会できるよう、機会を見て計らってくださる。すぐには無理だとしても、焦るな」

「おれと鷹士でも、なんども死にかけたもんな。とうさんと兄さんは戦えないし、かあさんと妹も連れて津櫛から逃げるとしたら、うんと慎重に計画しないとだめだ。行動を起こす前に『充分に』考えて、頼れる人間には頼ることにする」

隼人は七鉤守りに誓った。


早朝の浜津で、日向行きの二艘船《にそうぶね》に乗り込む隼人を、去年は想像もできなかった明るい笑顔で鷹士が見送る。

いつまでも浜に立ち、隼人の乗る船に手を振る鷹士の姿が見えなくなってから、隼人は藍銅鉱《らんどうこう》を取り出して陽光にかざした。深い青が美しいが、玉にするには形が不規則で、ぎざぎざしている。慎重に磨かなければ滑らかな玉にすることは難しい。

「ここにおれの魂を封じれば、潮満玉になるのか。おれの祈りでどれだけの神威が込められるのか、わかったもんじゃないけどな」

隼人は、舟主に櫂を上げるように合図した。藍銅鉱と潮干玉を両手に抱え込み、目を閉じて警蹕《みさきはらい》を腹から押し出す。胸に下げた紫翡翠の勾玉からも、東風《あゆ》を呼び寄せる高照の祈りがあふれてくる。

隼人の目に、東へ進む濃藍の暖流に逆らって西へ流れる、裏潮の道がはっきりと映った。通常なら熟練の舟主でも往きの倍はかかる航海を、七日とかけずに成し遂げてみせる。

「八千穂、銅鉱石も潮満玉も見つけた。おれは日向の高照にふさわしい男か」

隼人の髪を潮風が巻き上げた。

「見つけただけで、どうしていいかまだわからないけど。いっしょに考えよう。おれは、ひとでいられる間も、そのあとも、日向のために、久慈のために、叶《かな》うことなら、大八洲に生きるともがらのために、おれにできることをするよ」

高く張られた帆が東風をいっぱいに孕《はら》んで、船は滑るように滄海《そうかい》を西へと滑り出した。

主な参考資料

＊文献

海のグレートジャーニー　関野吉晴　株式会社クレヴィス
文化財を探る科学の眼3　青銅器・銅鐸・鉄剣を探る　平尾良光・山岸良二編　国土社
発掘から推理する　金関丈夫　岩波現代文庫
安曇族と徐福　龜山勝　龍鳳書房
みやざき文庫70　海にひらく古代日向　北郷泰道　鉱脈社
倭人をとりまく世界　国立歴史民俗博物館編　山川出版社
きたきゅう発掘！　考古学ノート　北九州市芸術文化振興財団埋蔵文化財調査室
北九州市芸術文化振興財団
歴博ブックレット1　魏志倭人伝の考古学　佐原真　財団法人歴史民俗博物館振興会
日本古典文學大系　古事記祝詞　倉野憲司／武田祐吉校注　岩波書店

＊展示

国重要文化財指定記念展「朝日遺跡、よみがえる弥生の技」愛知県教育委員会

平成9年春季特別展「青銅の弥生都市 吉野ヶ里をめぐる有明のクニグニ」大阪府立弥生文化博物館
平成25年度夏季特別展「弥生人の船 モンゴロイドの海洋世界」大阪府立弥生文化博物館
平成24年度特別展「舟の力〜古代人があこがれたノリモノ〜」静岡市立登呂博物館

＊漢文資料
重圏「清白」銘鏡（3号鏡）銘文
立岩遺蹟 福岡県飯塚市立岩遺蹟調査委員会編 河出書房新社

＊ウェブサイト
江戸東京博物館 https://www.edo-tokyo-museum.or.jp/
「発掘された日本列島2005—新発見考古速報展—」

＊本書の執筆に際し、取材にご協力いただきました皆様に、厚く御礼申し上げます。
朝日遺跡、清洲貝殻山貝塚資料館（現・史跡貝殻山貝塚交流館） 愛知県
西都原考古博物館 宮崎県
静岡市立登呂博物館 静岡県

長者ヶ原考古館、長者ヶ原遺跡公園、糸魚川ユネスコ世界ジオパーク　新潟県
大阪府立弥生文化博物館　大阪府
国立歴史民俗博物館　広報サービス室　千葉県
富士山

本書は二〇二〇年七月に小社より刊行された単行本を文庫化したものです。
この作品はフィクションです。実在の人物、地名・団体等とは一切関係ありません。

蒼天《そうてん》の王土《おうど》

篠原悠希《しのはらゆうき》

令和5年 3月25日 初版発行

発行者●山下直久

発行●株式会社KADOKAWA
〒102-8177 東京都千代田区富士見2-13-3
電話 0570-002-301(ナビダイヤル)

角川文庫 23585

印刷所●株式会社暁印刷
製本所●本間製本株式会社

表紙画●和田三造

ISBN 978-4-04-113271-5 C0193

◇◇◇

角川文庫発刊に際して

角川源義

第二次世界大戦の敗北は、軍事力の敗北であった以上に、私たちの若い文化力の敗退であった。私たちの文化が戦争に対して如何に無力であり、単なるあだ花に過ぎなかったかを、私たちは身を以て体験し痛感した。西洋近代文化の摂取にとって、明治以後八十年の歳月は決して短かすぎたとは言えない。にもかかわらず、近代文化の伝統を確立し、自由な批判と柔軟な良識に富む文化層として自らを形成することに私たちは失敗して来た。そしてこれは、各層への文化の普及滲透を任務とする出版人の責任でもあった。

一九四五年以来、私たちは再び振出しに戻り、第一歩から踏み出すことを余儀なくされた。これは大きな不幸ではあるが、反面、これまでの混沌・未熟・歪曲の中にあった我が国の文化に秩序と確たる基礎を齎らすためには絶好の機会でもある。角川書店は、このような祖国の文化的危機にあたり、微力をも顧みず再建の礎石たるべき抱負と決意とをもって出発したが、ここに創立以来の念願を果すべく角川文庫を発刊する。これまで刊行されたあらゆる全集叢書文庫類の長所と短所とを検討し、古今東西の不朽の典籍を、良心的編集のもとに、廉価に、そして書架にふさわしい美本として、多くのひとびとに提供しようとする。しかし私たちは徒らに百科全書的な知識のジレッタントを作ることを目的とせず、あくまで祖国の文化に秩序と再建への道を示し、この文庫を角川書店の栄ある事業として、今後永久に継続発展せしめ、学芸と教養との殿堂として大成せんことを期したい。多くの読書子の愛情ある忠言と支持とによって、この希望と抱負とを完遂せしめられんことを願う。

一九四九年五月三日

座敷わらしとシェアハウス

篠原悠希

座敷イケメンと共同生活、どうなるの!?

普通の女子高生・水分《みくまり》佳乃《よしの》は、祖母の形見の品を持ち帰った日から、一人暮らしのマンションに、人の気配を感じるように。そんなある日、佳乃は食卓に座る子供と出会う。「座敷わらし」と名乗る子供は、なんと日に日に成長し、気づけば妙齢の男前に。性格は「わらし」のままなのに、親友には「私に黙って彼氏を作るなんて！」と誤解され、焦る佳乃だが……。「成長しちゃう座敷わらし」と女子高生の、ちょっと不思議な青春小説！

角川文庫のキャラクター文芸

ISBN 978-4-04-103564-1

後宮の毒華《どくか》

太田紫織

毒愛づる妃と、毒にまつわる謎解きを。

時は大唐。繁栄を極める玄宗《げんそう》皇帝の後宮は異常事態にあった。皇帝が楊貴妃《ようきひ》ひとりを愛し、他の妃を顧みない。そんな後宮に入った姉を持つ少年・高玉蘭《こうぎょくらん》は、ある日姉が失踪したと知らされる。やむにやまれず、玉蘭は身代わりとして女装で後宮に入ることに。妃修行に励む中、彼は古今東西の毒に通じるという「毒妃《どくひ》」ドゥドゥに出会う。折しも側近の女官に毒が盛られ、彼女の力を借りることになり……。華麗なる後宮毒ミステリ、開幕！

角川文庫のキャラクター文芸

ISBN 978-4-04-113269-2

ISBN 978-4-04-111777-4